如意盈門 2

文創風 276

暖日晴雲 著

目錄

第十四章

等管事嬤嬤們回去，沈二夫人就帶人過來了，手裡還拿著禮單。

「我瞧了瞧，今年的禮單有些太薄了，往年都是按照一千兩銀子來置辦的，如意剛回京，大約是不清楚京城的物價，這些瓷器已經不大值錢了，算下來，這禮單也就五、六百兩。」

沈如意瞄了一眼，是侯府給沈二夫人娘家準備的年禮。

「我瞧著庫房還有幾盆金錢樹，不如我搬一盆？正好能補上。」沈二夫人笑著說道。

沈如意搖頭。「那金錢樹是有數兒的，都已經定下來，要送哪家我父親早就說過了，祖母那邊也打過招呼了。」

所謂的金錢樹是真的用銀子鑄澆而成，上面的葉子、花朵多是寶石黃金，很是富貴，一盆下來至少也得一千兩銀子。沈二夫人這胃口，可真是夠大的。

垂了眼簾，沈如意伸手拿過沈二夫人手裡的禮單。「若是二嬸娘不滿意我這個禮單，不如我直接給二嬸娘準備銀子，回頭二嬸娘自己去買？」

沈二夫人臉色沈了沈。「這都年底了，東西一天一個價，再說，這會兒就算有銀子，能不能買到東西還不一定，每年這節禮都是侯府準備的，若是我自己去準備，這傳出去，不知情的人還以為侯府要分家了呢。」

沈如意也笑。「二嬸娘說得也有道理，那不如這樣吧，二嬸娘的庫房裡，應當也是有不少好東西，二嬸娘暫且拿出來估價充作節禮，回頭我還是將這一千兩銀子補給妳？」

沈二夫人皺眉。「我那庫房裡的都是我自己的嫁妝，哪有用自己的嫁妝當節禮的，不知道的人還以為咱們侯府已經窮到要用女人家的嫁妝了！如意啊，妳年紀小不懂事，以後這話可不能隨便亂說了，知道嗎？」

「多謝二嬸娘指點，不過，二嬸娘這禮單，確實是不能再增加了。」沈如意很遺憾地搖頭。「您這邊的禮單和三嬸娘的是一樣的，不過是細節不一樣，比如這一套青花瓷，您這個是孔雀綠釉青花，三嬸娘的是豆青釉青花，您這邊的茶葉是兩斤銀針、兩斤碧螺春，三嬸娘那邊是兩斤瓜片、兩斤龍井……」

沈二夫人不耐煩地擺擺手。「這個我知道，我也知道如意妳最是公平，可妳也不想想，我和妳三嬸娘的情況能一樣嗎？我娘家是什麼人家，妳三嬸娘是什麼人家出身？」

沈如意微微蹙眉。「二嬸娘，您的意思我也明白，我問了我父親，這個可都是我父親的意思，您怕是不知道，我娘往盧家送的節禮，也不過是比照著高了三成而已。」

沈夫人是侯夫人，這地位原本就比沈二夫人和沈三夫人高，更直接一點地說，沈夫人才是這侯府的女主人，她就算願意將整個侯府都搬回盧家，只要沈侯爺沒意見，那就能直接搬。

可沈二夫人和沈三夫人不行，哪怕侯府願意替她們準備節禮，那也不過是情分問題。侯府真不願意準備，沈二夫人和沈三夫人也沒地方說理。

這會兒聽聞沈夫人的節禮也不過是高三成，沈二夫人雖然心裡覺得很應當如此，面上卻不能再說自己拿得少了，支支吾吾了一會兒，乾脆起身走人了。

沈如意搖搖頭，叫了夏蟬過來低聲吩咐了幾句，夏蟬忙點頭，靜悄悄地出了門。

沈三夫人倒是聰明，沒直接找上沈如意，迂迴地去找老夫人告狀。「我也不是貪這點兒東西，只是往年這禮單都比這高三成，忽然招呼都不打一個就降了三成，讓我爹怎麼想？搞不好還會以為咱們侯府要和我娘家斷絕來往呢。」

老夫人皺眉，也不知道想到了什麼，冷哼了一聲。

沈三夫人早摸清楚老夫人的脾氣，見她不高興，卻沒有看自己，就知道不是在生自己的氣，那就肯定是在生沈如意的氣了，沈三夫人嘴角立刻就彎起來了。

不過，這會兒不是得意的時候，沈三夫人又將自己的表情控制好。「盧家那邊，以前咱們從不曾送過節禮，現在忽然送過去，那盧家的人該不會以為大嫂能在侯府作主，以後就能時不時上門打秋風了？」

沈夫人娘家的親戚，早已經不親近了。盧大人當年是盧家的旁支，本就和主支不怎麼親近，又因著人丁稀薄，上無叔伯，中無兄弟，下無子嗣，更是差點兒被盧家主支給徹底忘記。

後來盧大人過世，盧夫人待在京城守著沈夫人長大嫁人，然後過世，也不怎麼和盧家的人聯繫。沈夫人又是從小在京城長大，盧家的族人更是見都沒見過。

沈夫人自己不說，老夫人樂得當沒有這門姻親。這準備節禮的事情，一向都是後宅婦人作主的，沈老侯爺的承諾是給盧大人並不是給盧家，再者，沈侯爺當年也看不上沈夫人，自是誰也不會有意見，所以從沈夫人嫁進來到現在，盧家的節禮是一次都沒有準備過。

沈如意這次特意準備盧家的節禮，並非是想要討好盧家，盧家雖然是世家大族，但經過這麼些年又沒出多少能人，早就不成氣候了。沈如意是想收攏盧大人以前留下來的人脈、感情，若是扔在一邊不管，再深厚的感情也會一點一點地磨沒了，只是，也不知道這會兒能不能撿起來，畢竟，盧大人都已經過世二十多年了。

老夫人正要發脾氣，不知道想到了什麼，又硬生生地給忍下去了。「妳二嫂那邊的節禮和妳的一樣？」

這過年的節禮，親近些的人家，是早早準備年前就送的；不大親近的人家，就是上門作客拜訪的時候直接帶走。

臘月二十八、九，這兩天基本上就是送禮的時候。禮單肯定是要在這之前定好的，因此沈如意參考了前例之後，增增減減給定下來的。

沈三夫人點點頭。「只瞧著不一樣，算下來是一樣的。」

於是老夫人讓人去叫了沈如意。

沈如意進門行了禮，就聽老夫人問道：「妳這節禮的禮單，是按照之前的定例來辦的？」

沈如意不忙著回話，先瞧了沈三夫人一眼。「祖母，這事是誰和您說的？」

老夫人皺眉。「妳別管是誰和我說的，妳只說這禮單，是按照哪個前例來的？」

「祖母，我不能不管啊，之前太醫可是說了，要您靜養一年，什麼是靜養？」沈如意一臉不贊成地看了沈三夫人一眼。「您本來就因為情緒起伏過大身子不舒服，又要被人打擾，整天裡想這個、想那個的，身子怎麼能好？

「管家的事情繁瑣雜亂，我都不敢來打擾祖母您了。」沈如意皺眉，十分不悅。「不管怎麼說，祖母您的身子是最重要的，您應該好好靜養才是，胡亂打擾您的人，就沒想過您的身子？」

沈三夫人臉色都青了，這是要往她頭上戴個不孝的帽子？

「不是誰來和我說的，是我找人問的。」老夫人深吸一口氣，壓下心裡的氣。「妳年紀小，妳娘又有了身子，雖說妳挺聰明，但偌大一個侯府，出了一點兒差池那就是大事情，我不大放心。」

「祖母，您不用擔心，就算出了差池，有父親幫我轉圜，定會無礙的。」沈如意忙笑道。

老夫人皺眉。「妳父親每日得上朝理事，忙得很，哪有時間管這後宅的事情？上次我不就說了，妳到底是他親閨女，他願意幫妳說兩句那也沒什麼，只是哪能時不時就問後院的事情？」

沈如意不說話，老夫人發了一頓火之後又將話題扯回來了。「這禮單，妳是怎麼定下來的？」

「是照前例定下的，不過，因著我和我娘之前不在侯府，侯府也沒準備過盧家的節禮。我沒經驗，又不敢打擾祖母，就查看了侯府四十年前的定例，當然，那會兒的物價和現在的不一樣，不過看一下別的東西，也差不多能估算出來。祖母當時是侯夫人，送往陳家的節禮是一千六百兩銀子……」

老夫人的臉頰抽了抽，沈如意笑著繼續說道：「叔祖母送往娘家的節禮是八百兩銀子。原本按照這個前例算的話……」

沈如意輕飄飄地看了一眼沈三夫人，那沈夫人送往娘家的節禮應該是沈二夫人和沈三夫人的兩倍。可現在，不過是多了三成而已。

「不過我想著，我娘也多年沒和盧家聯繫了，用不著送那麼多，我外祖父和外祖母過世得早，不比二嬸娘和三嬸娘，所以這翻倍就不用了。只是，我娘的身分在那兒放著，又有祖母當年的前例，所以，我娘這邊，無論如何也得比二嬸娘和三嬸娘這邊多一些才是。」

沈三夫人那眼神很複雜，沈如意小小年紀，竟是翻看了幾十年前的帳冊？

「可現下瞧著，三嬸娘好像不怎麼滿意，要不然，咱們還是按照前例來？」沈如意猶豫地問道。

不等老夫人說話，沈三夫人就忙擺手。「不用不用，我滿意得很。只是，我想換一換這些東西，我爹不大喜歡這青花瓷，我記得庫房有一套白玉杯，不如換成那個？」

沈如意有些愕然，這三夫人腦子沒問題吧？或者她以為全天下的人都是傻瓜？瓷器換玉器，她還真敢想啊。

「不是我不願意，而是二嬸娘那邊……」沈如意有些為難。

沈三夫人忙說道：「這個不用急，回頭我和二嫂商量一下，我自己再補貼二嫂一些東西。」

沈三夫人大包大攬，沈如意搖搖頭。「我現在不能答應三嬸娘，無規矩不成方圓，我既然受祖母的看重，主管府裡的事情，那就不能太過於隨興。要不然，今兒三嬸娘說換一換，明兒二嬸娘說換一換，那我娘那裡肯定也得換，這換來換去的，說不定就要將侯府給搬空了。」

沈如意時時刻刻將沈夫人的身分抬到沈二夫人和沈三夫人上面。「侯府家大業大，怕是也不在乎這些銀錢，可咱們侯府在京城，也不是能橫著走的人家，前面還有國公夫人、王妃什麼的，咱們難不成還要越過這些人家？」

別看這送節禮是各自家裡私底下的事情，但炫富這種事情，也不是隨隨便便就能做的。高一些、低一些，只要是在正常範圍內，也不怎麼會有人注意到，可你要是高出太多，那可就成問題了。

沈三夫人扯扯嘴角，轉頭看老夫人，老夫人擺手。「妳想多了，咱們侯府在京城也是數得上的人家，家底多少，基本上也都心裡有數，咱們送得少了，反而是讓人懷疑，所以，今年的節禮，就多一些，每家多五百兩吧。」

反正是公中出錢，老夫人一點兒都不心疼。只是，另外兩個也得了好處，老夫人對此還是很不高興，但一時半會兒也想不到辦法，只好換了一句。「至於回禮，各房自己收著就行了。」

沈如意抿抿唇。「若是這樣，不如各房自己準備節禮？」

憑什麼掏錢了還想著收回一些啊？公中的錢難道就是白撿回來的？你們兩房倒是好意思占便宜，送禮的時候要公中出錢，回禮的時候就各自放自己腰包了啊？長房難道是冤大頭？

老夫人頓時繃了臉。「誰讓妳這麼和長輩說話的？」

「回祖母，實在是沒這個前例，若是公中出錢，這回禮自然也是要回到公中的。誰家願意私底下補貼，那是私底下的事情。可若回禮是回到各房的，那這送禮……」

沈如意皺了皺眉。「或者各房折了銀錢送到公中？再或者，就算是公中發下來的月例銀子？」

「妳對長輩就是這個態度！」老夫人怒道。

沈如意卻渾不在意，這可不是前朝，地位高的女人還能養幾個女侍衛什麼的。這後院的女人，不要臉有不要臉的鬥法，要臉有要臉的鬥法。

沈如意不在乎臉面，對上一個很要名聲的老夫人，做足了潑皮樣子即可，不在乎《女誡》、《女則》上的那些規矩了，反而會有更廣闊的道路走。

沈如意不在乎老夫人的話，就算傳出去，不過是說沈如意不孝順，有了這名聲，以後就嫁不出去了。可嫁不出去，沈如意更高興。

更何況，外面的各種傳言，不過是看誰的地位高，誰更會演戲。原先老夫人是侯府的老封君，那地位是不可撼動，所以大家願意給老夫人面子，稱讚她菩薩心腸什麼的。

現在沈夫人是侯夫人，所以也少不了人傳沈夫人孝順能幹。

不管老夫人如何說，反正沈如意就一句話——要麼回禮回到公中，要麼各房自己掏禮錢。這次她的底氣可不是沈侯爺給的，而是各家都這規矩。

沈如意也不願意來來回回和老夫人周旋，笑著起身行禮。「祖母，我還有事，就先不陪您了，您若是閒著無聊，想要晚輩陪伴，不如叫了二妹和三妹過來。三嬸娘雖然也是一片孝心，但到底是到了年底，三叔父院子裡事情也多，萬一三嬸娘忙過頭了，一不小心對您說了什麼，那豈不是打擾了您靜養嗎？祖母原本只需要靜養一年，若是這身子養不好，這靜養的時間，可就要一拖再拖了。」

沈三夫人臉色脹紅，張嘴要辯解，沈如意卻沒留空子。「之前三嬸娘說二弟年紀太小，不能搬到前院去住。不過明修在前院也住了不少時間，瞧著比以前更結實了，二弟和四弟若是搬過去，定也能養得白白胖胖，不如等過了年，將兩個人也送到前院，三嬸娘回去和三叔父商量一下？咱們侯府現在還沒分家，孩子還是要一起教養的，三嬸娘若是決定好了，回頭和我說一聲。」

沈三夫人剩下的話就說不出口了，她本事再大，前院還是沒辦法插手的。

沈如意笑著告辭，沈三夫人有些坐立不安。「老夫人，明祥他們……」

老夫人伸手捏了捏眉心。「妳和老三商量去吧，他們到了年紀，也確實是該住到外院了，不過，他們兩個是親兄弟，住得近一些也能互相照看。」

「是，我知道了。」沈三夫人忙笑道，又猶豫說：「這節禮的事情……」

「妳回頭去和妳二嫂商量一下。」老夫人想了一下說道：「妳二嫂那人，最是穩重，看她是個什麼意思。實在不行，我也沒辦法。」

老夫人自己的私庫是很可觀，但是不代表她願意拿自己的銀子去補貼兒媳。

大過年的，一家子在老夫人那邊團聚。

大約因著氣氛好，老夫人竟也沒有鬧出太多么蛾子，順順利利的，沈侯爺就跟著沈夫人一起回自家院子了。

回了房間，見沈如意還跟著，沈侯爺就微微挑眉。「怎麼，難不成妳還害怕年獸，這會兒還得和妳娘一起睡？」

沈夫人忙替沈如意解釋。「侯爺可冤枉我們如意了，我們如意從小可就是小大膽呢，這會兒如意可是為了給我們驚喜才過來的。侯爺不如猜猜，一會兒如意會給我們什麼？」

沈侯爺有些詫異。「如意還有驚喜給我們？」

沈如意笑咪咪地點頭，沈侯爺手指在下巴上劃了一下，瞇著眼睛打量了一下沈如意，頓了一會兒，就笑了。「該不會是做了什麼吃的東西吧？」

沈如意和沈夫人表情如出一轍──都是瞪大了眼睛，一臉震驚和崇拜。

沈侯爺的心情甚好，難得解釋了一句。「剛才瞧見如意示意妳不要喝那湯，妳現在懷著身子，一天吃四、五頓的，這宵夜忽然沒了，定是如意另外準備了。」

「父親猜對了！」沈如意笑呵呵地到門邊去叫了夏蟬，然後自己拎了兩個食盒進來，一邊將裡面的東西擺出來，一邊說道：「以前都是我和娘一起過年，守歲的時候，就不願意吃太油膩的東西，餃子新年又怕是要吃膩了，所以大年夜的時候，就做一碗麵條什麼的。」

沈如意將裡面的碗筷擺好，自己也在沈夫人身邊坐下。「父親，你嚐嚐看好不好吃，若是好吃，以後每年我都給你們做。」

沈侯爺微微挑眉，用筷子挑了幾根麵條細嚼慢嚥地吃下去，看沈如意一臉期盼，更是放慢了動作，他瞧著連沈夫人都有些等不及了，這才笑著點頭。「還不錯。」

對沈侯爺來說，不錯就已經是很高的讚揚了。

沈如意頓時笑得十分燦爛，忙又指中間的那盤菜。「我怕父親不習慣，所以另外做了這個醃蘿蔔，父親別看這個東西不值錢，過年這會兒吃點兒卻是十分爽口，解膩又開胃，我娘親手做的喔，一進冬天就特意準備了新鮮的蘿蔔醃製，您嚐嚐。」

沈侯爺慢條斯理地挑了兩根品嚐，鮮脆中帶點兒微辣，確實挺美味。

沈夫人看沈侯爺表情十分愉悅，臉色不由得微紅。這點兒醃蘿蔔絲，她還真有些拿不出手。不過是當年如意調皮，看書得了方子，非得試一試，她也是閒著無聊，這才親自動手做。

「莊子上很多蘿蔔？」沈侯爺隨意問道。

沈夫人笑著點頭。「是呀，蘿蔔不挑地，每年到了季節，隨意抓兩把種子撒在田埂上，冬天能收一大堆呢。」

「妳和如意在莊子上受苦了。」吃完了飯，沈侯爺才嘆了一句。

沈夫人有些迷茫。「吃苦？沒有啊，我知道侯爺是為我們母女倆好，如意也和我說了，以前我那性子……侯爺將我們送出府，也是為了我和如意，要不然，現在我和如意指不定在哪兒呢。」

沈侯爺看沈如意，沈如意微微撇嘴，起身。

「時候不早了，我太睏了，就先回去休息了，你們也早些安歇。」

因沈夫人之前的性子，看誰都覺得是好人，沒讓她確實受到傷害之前，那沈侯爺就從頭到腳都是大善人。以前沈如意還想著早點兒掀開沈侯爺的面具，讓沈夫人能認清楚沈侯爺那一張人皮下的狼心狗肺，但過了這麼長時間，她早就放棄了這個打算。

一來沈侯爺確實沒那麼壞，她記憶中的父親有一大半是臆想出來，冷血是真的，殘酷卻不一定。上輩子她和沈侯爺就相處了那麼一年的時間，見面的次數一個巴掌就能數得過來，哪知道沈侯爺是什麼樣的人啊！二來，沈夫人畢竟是要和沈侯爺過一輩子，看得太清楚了，以後還怎麼愉快地生活？有時候，就是難得糊塗。

沈如意覺得自己實在是太大度了。不過，幸好她像娘親，要是真像沈侯爺，想想都覺得難以忍受。

抱著對自己的誇讚，沈如意很快就睡著了。都子時了，再不睡覺就不能睡了。旺火已經點上，三更就該起來祭祖拜神了，天色大亮的時候又該招待上門的客人，事情可多著呢。

當然，祭祖這種事情和沈如意並沒多大關係。由沈侯爺帶頭，侯府的男子們跟上，彷彿進行神秘儀式一樣。沈如意的責任就是準備好香燭鞭炮，祠堂也要早早打掃好，不能出現一點兒差池。

早膳就是餃子麵條，不過，為討吉利，這餃子麵條也是有吉祥名字，光餃子就叫元寶，帶上麵條那就叫金絲纏元寶，裡面還得包上新銅板。

朝廷每年剛出的銅板，第一批都是稀罕物，一般人還拿不到呢。不過沈侯爺是什麼人？嶄新的銅板，大年三十就搬回來一籮筐。當然，他們家的孩子買東西基本上就沒怎麼用過銅板，這些銅板都是當禮物用的。

一百個做一堆，用大紅的絲線編成一團、一串，或者一個球。長輩們發下來，小孩子就放在枕頭底下，大年三十枕著睡一晚上，第二天掛起來當吉祥物。

餃子裡面的吉祥錢，用的也是這簇新的銅板。若是吃到了，咬一口，哢嚓一聲，人樂得眼睛都瞇起來了。

沈如意一邊吃，一邊笑咪咪地對沈侯爺顯擺。「看，我都吃出來兩個了！新的一年，我必定會十分走運，父親快給我一個大大的紅包，我告訴您今年咱們家的鋪子裡面應該賣什麼東西。」

沈侯爺笑。「就妳？也不過是賺兩、三個小錢罷了，有空還不如指點指點妳自己的胭脂鋪子呢。」

沈侯爺的鋪子，哪怕是賣最不賺錢的東西，也不愁沒人買。

沈如意得意。「我那胭脂鋪子好得很，每年都在賺錢，父親放心，等您老了，我也有銀子養活您的。」

沈侯爺愣了下，隨即哈哈大笑，沈如意撇嘴，抱著碗轉頭。

真是的，難得說一句好話，竟然不相信！算了，這種人就是老了都不會示弱的。

用了午膳後，例行公事是大臣進宮給皇上拜年，而女眷也該打點一下進宮去向太后、皇后拜年了。

沈侯爺坐著馬車，等到了宮門口，才慢吞吞地說道：「太后娘娘是個和善的人，皇后娘娘雖然不愛說話，卻也不與人為難，我與宋國公是至交好友，妳們若是有什麼事情，也可找宋國公夫人。」說完，掀開簾子就下了馬車。

沈如意笑嘻嘻地看沈夫人，眨眨眼，一臉戲謔，沈夫人一張臉忍不住紅了，她伸手捏沈如意的臉頰。「想什麼呢？連長輩都敢打趣了。」

沈如意做了個鬼臉。「父親那性子，可不像是能打聽女眷的，娘親這下子總算是放心了。」

沈夫人立刻又緊張了。「妳說，這皇宮裡的人是不是都不苟言笑？萬一我說錯話了怎麼辦？宮裡的娘娘們可不像是老夫人，又沒有妳父親替咱們撐腰……」

「娘，妳若是擔心說錯話，那就少說話，還有我呢，只要保持笑容就行了，不能說的不說，拿不準的也不說。」沈如意忙安慰道。

宋嬤嬤和陸嬤嬤也連連保證，說沈夫人現在的規矩禮儀都學得很好了，定是不會出錯。她們兩個那一身本事也是宮裡的嬤嬤教導出來的，再者還跟著側妃進過宮，那點兒跪拜行禮的規矩，也很熟悉。

馬車在外面等了一會兒，有小太監拿著牌子過來，請了沈夫人和沈如意下車，然後帶著人往宮裡走。繞過前面的宮殿，到了內宮和前宮的分界處，小太監才停下來行禮。

「前面宮殿不許坐車坐轎，這才勞累沈夫人和沈姑娘，還請沈夫人和沈姑娘見諒。」

「無妨，我們也知道這個規矩。」沈夫人忙笑道，拿了荷包塞給那小太監。「公公還是帶著我們繞了近路，我們謝公公還來不及呢。」

見自己的好意被人領情了，小太監高興地笑了笑，伸手指了指另一邊的嬤嬤。「這個是後宮的嬤嬤，妳們跟著她走就是了。」

沈夫人忙道謝，見有個嬤嬤起身過來了，就笑著點頭打招呼。那嬤嬤圓臉，神色很是可親，行了禮就介紹自己的身分。「老奴是慈寧宮當差的，太后娘娘見了夫人的牌子，想起那大殿裡的雙面繡還是夫人送的，就讓老奴親自過來迎一迎。」

「煩勞嬤嬤了。」沈夫人忙道謝，跟著那嬤嬤繼續往裡面走。

那嬤嬤一路也沒停嘴。「剛才大長公主她們已經過來了，還有宋國公夫人、鎮國公夫人、李夫人等。對了，何大人家的何老夫人，不知道沈夫人認不認識？」

「自是認識的，何老夫人是個心善的人。」沈夫人笑道。

那嬤嬤點點頭。「確實，何老夫人老奴也見過幾次，可真是和善，不管什麼時候都是笑咪咪的。」

那嬤嬤說了半天，等看見慈寧宮的宮殿後，忙說了一聲。「到了，沈夫人還請等一等。」行了禮後，她讓沈夫人和沈如意在外頭等著，自己先進去稟告了。

沈夫人面色有些發白，沈如意忙拉了她的手，捏了捏她的掌心，正要說話，就聽見不遠處有腳步聲還有說話聲越來越近，她抬頭一瞧，就見三、四個人正往這邊來。

其中一半人，還都是自己見過的：一個是四皇子，一個是在福緣寺見過的少年。另外兩個人雖有些熟悉，但沈如意記不起來了，大約是上輩子曾有過幾面之緣。

那幾個人見沈夫人和沈如意在外面站著，也有些驚訝。

四皇子掃了她們一眼，過來拱了拱手。「沈夫人，沈姑娘。」

沈夫人忙帶著沈如意行禮。「見過四殿下，給四殿下請安。」

「夫人可是要覲見皇祖母？」四皇子微微點頭，抬了抬手，隨意問道。

沈夫人忙笑道：「是。」

她牢記沈如意的交代，多的話是一句都不敢說。

四皇子也不在意，點點頭，就繼續往前走了，也沒介紹身邊的幾個人，沈夫人和沈如意也只低著頭等他們過去。

那邊剛進去，之前帶她們過來的嬤嬤就急匆匆出來，笑咪咪地示意她們跟上。「太后娘娘一聽說是沈夫人和沈姑娘過來了，忙讓老奴趕緊帶妳們進去。這會兒皇后娘娘也在，還有幾位公主殿下，沈夫人是頭一回進宮，怕是有些貴人不認識，等會兒老奴會給您引介。」

進了內殿，沈夫人也不怎麼敢抬頭，之前兩位嬤嬤有教導過，上首必定是皇太后，領她們進來的嬤嬤也說了，皇后也在，所以左邊第一個肯定是皇后。

沈夫人行了禮，就聽見上面有人問話。「妳就是廣平侯夫人盧氏？抬起頭來，哀家看看。」

沈夫人有些緊張，但一想到身邊的女兒，又將那緊張給壓下來了。

女兒可從沒進過宮，別嚇壞了，自己得護在女兒面前呢。想著，沈夫人就微微抬頭，默唸著宋嬤嬤的教導——看著太后娘娘的衣服前襟，別盯著太后娘娘的臉看。

說起來，太后娘娘這前襟上，繡的是牡丹花？看起來倒是挺好看的，就是有點兒太眼花撩亂了，從上到下都是開得十分大的花朵，不仔細瞧，還以為那是一團團的線呢。

「長得倒是挺標緻的，之前妳繡的那個雙面繡，挺不錯的。」太后娘娘是個和善的人，叫了沈夫人和沈如意起身，賜了座位，笑著和她說話。「妳這女紅挺好，平日裡可經常做這項活兒？」

「回太后娘娘的話，平日裡，臣婦也就做幾件衣服，或是繡幾卷佛經，並不常常做活。聽聞太后娘娘喜佛，臣婦這次進宮，就給太后娘娘帶了幾卷佛經，也是繡出來的，還望太后娘娘不要嫌棄。」

沈夫人忙說道，起身行了禮，這才捧出幾卷佛經。

太后娘娘忙讓人接過來，拿在手裡翻看了一下，笑得合不攏嘴。「妳倒是有心了，這麼小的字，竟然也能用雙面繡做出來，這番心思著實靈巧，很好，哀家很是喜歡。」

「太后娘娘喜歡就好。」沈夫人忙笑道，太后娘娘這邊討好了，皇后那邊也不能落下，沈夫人是做得光明正大，一點兒都不藏著掖著。「臣婦也給皇后娘娘做了一幅掛屏，區區薄禮，還請皇后娘娘不要嫌棄。」

皇后笑著抬手示意宮女過去接了那疊著的繡布，笑著說道：「我原先還眼饞母后這裡的屏風和這雙面繡的佛經呢，現在竟也得了一份，這可真是意外之喜，沈夫人不介意我現在看看吧？」

沈夫人忙搖頭。「臣婦正想著能讓皇后娘娘看看呢，若是皇后娘娘哪兒不滿意，臣婦還能改一下。」

說話間，皇后就讓人展開了繡布，看一眼就忍不住稱讚道：「果然好手藝，這百花齊開實在是太好看了。」

皇太后也瞧了瞧，跟著讚美了兩句，旁邊另外一個婦人笑道：「哎呀，今兒太后娘娘和皇后娘娘可都是得了好東西，臣婦可真是羨慕，皇后娘娘，您若是不嫌棄，等會兒可得讓臣婦多看兩眼。」

皇后忍不住笑。「宋夫人想看，難不成我還能攔著？說起這好東西，我可是知道，宋夫人那裡是不是還藏著一幅錦紋？」

聽到宋夫人這個稱呼，沈夫人忍不住偷偷打量了兩眼，之前沈侯爺可是說過，到了宮裡，會有宋國公夫人幫忙照應她們，就是這位宋大人吧？

「外祖母，妳們總說這繡活什麼的，我們聽著可沒意思了。」正說得熱鬧，忽然一個聲音插了進來。

沈如意不用抬頭就知道說話者是誰，正是之前去過福緣寺的那個少年。

他叫皇太后外祖母，現下京城只有大長公主才是皇太后的親生女兒。而大年初一能進宮給皇太后請安又不用避嫌命婦們的人，只有大長公主的兒子吧！

大長公主的長子已經成親，那麼，這個是二公子劉明濤了？

沈如意拚命在腦袋裡回想上輩子這個大長公主次子的消息，似乎這個長相很不錯的少年，逝世得很早？要不然，自己不可能是沒見過的。

「倒是將你們給忘記了！」皇太后很是爽朗地笑道。「你們男孩子家的，聽這些自然沒意思，要不然，你們先出去玩一會兒？」

話音剛落，就聽見外面有女孩子的聲音傳來。「外祖母！快看，我親手畫的畫，送給您的，祝您新年快樂。」

說話間，就有個穿著紅衣服的小姑娘闖了進來，沈如意從她的年紀猜測到這個女孩大概是大長公主的小女兒，曾經她還想過要怎麼和這位天之驕女搞好關係，將來好謀一條出路呢。

不過，後來瞧著沈侯爺也不像是那種任人擺布的傻子，這種想法就消失了。再說，這位小郡主再怎麼和她交好，也不過是個閨閣女子，能出多大的力？

皇太后一瞧見小郡主，臉上的笑容立刻真誠了幾分，笑呵呵地伸手摟了小郡主坐在自己身邊，拉了畫軸看，簡直要將小郡主的傑作誇到天上去了。

倒是劉二公子很不屑地折自家妹妹的臺。「外祖母，您太瞧得起她了，若不是她自己說這畫的是一隻老虎，我還以為這是一隻貓呢，一隻肥蠢肥蠢的貓！」

小郡主齜牙咧嘴地朝他做鬼臉，太后娘娘伸手拍了拍她。「規矩都忘了？別理妳二哥，外祖母說好看就是好看，外祖母這會兒正和人說話呢，妳先自己出去玩好不好？」

小郡主點點頭，視線一轉就看見沈如意了，歪著頭想了一會兒才有些猶豫。「這個姊姊是誰，我怎麼瞧著眼生得很。」

京城裡的貴女，她不算全部認識，卻也有九成是見過的，特別是有資格進宮的女眷，那簡直太熟悉了。可眼前這個，看著也有十四、五歲了，她竟然沒見過，實在是太奇怪了。

「這位是廣平侯府的大姑娘。」宋夫人笑著替她們介紹。「叫做如意，今兒也是頭一回進宮。」

沈如意笑著起身給小郡主行禮，小郡主上下打量了她一眼，笑嘻嘻地轉頭抱皇太后的胳膊。「外祖母，我瞧著這個如意姊姊很和善，我想和她一起玩，可不可以？」

沈夫人頓時有些緊張了，不過平日的訓練讓她即使這會兒緊張，也能保持臉上的笑容。

皇太后樂呵呵地點頭。「好啊，正好妳們都是小孩子家的，自己出去玩會兒，我們這邊說話妳們也不愛聽。不過，妳可得照顧好沈姑娘才行。」

「外祖母放心吧，我肯定會照顧好她的。」小郡主連忙保證，蹦蹦跳跳地拉著沈如意出門。

第十五章

在御花園裡轉了半天，大冬天的，實在是沒什麼好看的，最後轉去了千秋亭，那裡有暖閣，倒是可以坐著說說話。

小郡主揮退了宮女，好奇地湊到沈如意身邊。「我知道妳，我聽說過，妳和妳娘在大名府住了十年對不對？外面都說……」

小郡主猶豫了一下，她雖然好奇，但這不是什麼好話，也有些不大好說出口。

倒是沈如意不大在意。「是不是很多人說，我父親厭棄我娘和我，所以才將我們送到大名府去？就好像是有些人家，不喜歡家裡的嫡妻了，就送到莊子上養病什麼的。」

小郡主忙點頭，沈如意笑著搖搖頭。「這可是誤會了，我父親這人，看著冷淡，其實對我和我娘還是很好的。妳也瞧見了吧，我娘現在懷孕了呢，若是我父親討厭我娘，怎麼可能會讓我娘懷孕？」

這話說得有點兒露骨，小郡主臉色緋紅，頗有些不自在，忙換了話題。「對了，妳在大名府住了十年，那大名府有沒有什麼好玩的地方？」

「我們是在那兒守孝，平常也不怎麼出門。要說好玩的，我們莊子上有很多好玩的東西啊，比如說，夏天我們可以去黏知了，冬天我們可以抓麻雀，我有兩個手帕交，我們有時候會去划船釣魚，或者騎馬打獵。」

沈如意興致勃勃地說道，小郡主聽得很是神往。

「二哥！」正說著話，就見小郡主喜孜孜地起身，向外面揮了揮手。

沈如意一轉頭，就瞧見劉二公子和四皇子等人進來了，身後還跟著幾個人，沈如意都認識，分別是六皇子、當今聖上捧在手心的六公主，以及三王爺家的小郡主李長安、濟寧侯家的嫡長女曹穎。

幾個人進了亭子，劉二公子笑道：「妳們兩個倒是會找地方，這裡十分暖和，又正好面對著那片梅林，不光是賞景還是說話，都是極好的。」

四皇子掃了沈如意一眼，轉頭和六皇子說話。「六弟，你身子不好，走了這麼半天，我瞧著你臉色都有些發白了，快坐下歇歇，你身邊的人呢？可帶了你日常服用的藥？」

六皇子輕咳了一聲，笑著搖搖頭。「並無大礙，不過是走的時間長了些，有些受不住，只要坐會兒就好了，大過年的，我也不想吃藥。」

四皇子皺了皺眉。「真的沒什麼大礙，也不用叫太醫過來看看？」

六皇子搖頭，轉頭看小郡主。「明珠，幾日不見，我發現妳越長越好看了，這是妳新交的朋友？和明珠一樣漂亮呢。」

小郡主的名字直白得很，她就是大長公主的掌上明珠，又是皇太后的心肝寶貝。

她聽六皇子問話，笑得眉眼彎彎。「六表哥，你也越來越英俊了，我給你介紹一下，這是我剛認識的好朋友，她叫沈如意，是廣平侯沈侯爺的嫡女。」

沈如意笑著給六皇子請安，六皇子趕忙抬手。「不用多禮了，既然妳是明珠的好朋友，那也是我的好朋友，不用見外。」

他話音剛落，就聽濟寧侯家的嫡女曹穎笑道：「妳是沈侯爺的嫡女？我知道妳啊，那個在大名府住了十年的人，妳剛從大名府回來，是不是頭一次進宮啊？有沒有在御花園轉轉？」

這話和剛才小郡主劉明珠的問話很是相似，但一個是好奇，一個就是嘲笑了。

沈如意笑著點頭。「剛才小郡主帶著我在御花園裡轉過了，還可惜了一番，這會兒是冬天，御花園也只有梅花可以觀賞。若是有幸能在春、夏、秋三季來觀賞一番，定是能讓人流連忘返。」

曹穎撇撇嘴，並未接話，轉頭又和三王爺家的小郡主說話，這個三王爺是當今聖上的兄長，三王爺年近五十才得了這小郡主，平日裡也是愛得如珠似寶，寵得這位小郡主頗有些眼睛長在頭頂上的架勢。

李長安掃了沈如意一眼，不屑地撇撇嘴。「我看啊，妳是沒這個福氣了，御花園可不是誰想來就能來的。就算是有人帶領，也不能隨意進來的。」

同樣身為郡主，一個是大長公主的寶貝，一個是三王爺的心肝。一個是外姓人，一個是宗室女。按理說，李長安的身分比劉明珠更貴重一些，可惜的是，劉明珠是太后娘娘的親外孫女，而李長安的親祖母早死了。

身分貴重不貴重，端看血統，但在後宮的權勢有多大，得看背後的靠山有多高。

所以，李長安看劉明珠很不順眼，劉明珠自然也不喜歡李長安了，聽李長安這會兒明嘲暗諷沈如意，劉明珠就有些不高興了，自己剛剛說過沈如意是自己的好朋友，李長安就說出這樣的話來，實在是太不給自己面子了。

於是，劉明珠也不高興了。「確實啊，御花園不是誰想來就能來的，不過如意是我的好朋友呢，如意若是想進宮看看，我這個好朋友，怎麼也得給如意帶路是不是？我可不像是某些人，進宮還得遞牌子，我外祖母到時候不想見了，連牌子都不會接的。」

李長安臉色變了變，她爹雖然是王爺，但在後宮的事情上，卻是一句話都不能說的。她娘即使是王妃，卻不是皇太后的親兒媳，平常也不怎麼進宮。她想進宮，還真得提前遞牌子。

劉明珠就不一樣了，大長公主是隨時可以進宮的，因此劉明珠跟著大長公主，那是想什麼時候進宮都可，就連皇后都不會阻攔這母女倆。

「明珠郡主，妳可別被小人給騙了，我看啊，這鄉下來的村姑，保不准就是看中了明珠郡主的身分，想要巴結明珠郡主呢。」曹穎不屑地看了沈如意一眼，急忙地勸劉明珠。「為這種人出頭可不值當。」

劉明珠雖然年紀小，卻知道這會兒若是反悔，那才是窩裡反，讓人看了笑話的。她當即下巴一抬，不屑地看曹穎。「曹姑娘，妳和李長安天天一起玩耍，妳身分比不上李長安，是不是也是在巴結討好李長安？」

曹穎臉色頓時紅了，那叫一個尷尬。

沈如意發現，曹穎竟然偷偷地看了四皇子一眼！難不成，這曹穎竟是喜歡四皇子？想了想，還真有可能啊，曹穎今年十七歲，按理說也該訂親了，可這會兒還能跟著四皇子他們一起出來走走，明顯還沒訂婚嘛。

四皇子雖然冷血，但長相是一等一的，臉上又時常帶笑，待人溫和，又有本事，半年前剛押送了一批糧草到邊關，算是立功了，得了皇上誇獎，綜觀四皇子也算是文武雙全，怎麼可能沒女孩子喜歡呢？

只是可惜了，曹穎這一番心意，怕是要白白浪費了。

在心上人面前，是怎麼樣都不能丟人的，曹穎尷尬了一下，瞬間就燃起熊熊戰火。「明珠郡主請慎言，妳年紀小，怕是根本分不清人心，我和長安是手帕交，雖然我身世比不上長安，但我們兩個年歲相當，志趣相投，平日裡說的話也是我們這個年紀說的悄悄話。長安擅長寫詩，我擅長作詞，長安擅長畫畫，我擅長寫字，我們兩個一處玩耍，能作畫練字，能寫詞對句，能猜謎說笑，可妳們呢？」

曹穎不屑地看了沈如意一眼。「沈姑娘年紀比明珠郡主妳大好幾歲，平日裡妳們聊的話肯定不一樣，再說，沈姑娘是從鄉下來的，都不知道識不識字呢！比如說，明珠郡主妳今兒說自己在宮裡吃了一道佳餚，是銀魚做的珍珠羹，這位沈姑娘不但不能和妳一起討論這魚羹怎麼好吃、怎麼做，恐怕連味道都說不出來吧？

「還有，明珠郡主妳偶爾得了一本好書，想找人討論一番，這位沈姑娘，能接得上話嗎？」曹穎帶著一臉嘲笑。

沈如意覺得，若不是四皇子在場，怕是曹穎的臉色會更精采。

劉明珠氣得臉色通紅，正要開口，沈如意輕輕拍了拍劉明珠的手，笑著看曹穎。「曹姑娘，妳怎麼知道我不識字？珍珠羹這種湯品，其實用銀魚做魚丸是很一般的。最好的，是用金絲魚，哦，曹姑娘知道什麼是金絲魚嗎？」

曹穎真不知道，沈如意笑著解釋。「金絲魚是生在海裡的一種魚，長得十分漂亮，不僅能吃，還可以觀賞呢，只可惜，在京城是養不了的。

「說起這讀書寫字，我的字可是跟著我父親學的，我父親還說，有他三分神韻了呢。」沈如意不好意思地說，在場的人，尤其是男人，都露出些微詫異的神色。

朝堂上下，誰不知道沈侯爺那一手字，好到千金難求的地步？沈如意一個姑娘家，竟得了沈侯爺三分神韻，那可不光是識字的程度了。

「對了，我前段時間，剛得了一本殘卷，叫《十洲記》，曹姑娘可曾看過這本書？」沈如意笑盈盈地問道。「那書共有二十八卷，我只看過其中的二十二卷，還有六卷不曾得見，也不知道誰有這本書的殘卷。」

曹穎臉色更是難看了，倒是六皇子，忽然來了興致。「妳看過《十洲記》？看的是哪幾卷？」

「缺了第六、第九、第十八、第二十一、第二十二、第二十八卷。」沈如意臉色沒多少變化。

六皇子臉色微紅，微微有些激動。「我正好有第六和第十八，不過我少了第八卷和二十卷之後的，不知道沈姑娘……」

說著，他又有些尷尬，伸手摸了摸鼻子，不大好意思。「沈姑娘若是不放心，可讓人抄寫出來，我只瞧兩眼謄抄本可以嗎？」

劉明珠覺得沈如意大大打了曹穎的臉面，給了自己面子，當即興致勃勃地說道：「如意姊姊，妳喜歡看書啊？太好了，我六表哥那裡，有很多很多書，妳要是想看，我都給妳找出來。」

沈如意略有些不好意思。「可以嗎？」

劉明珠使勁點頭。「當然可以，妳放心，要是六表哥那裡沒有，我們就去二哥的書房找，二哥書房也有很多書，妳要不要去我家玩？我家的書房，特別大喔。」

六皇子有些著急，心想：哎，別忘了我啊，沈家的那個姑娘，咱們剛才說要換書看的事情，到底行不行啊？

「好了，別說你們看書的事情了。沈姑娘，妳從大名府回來之後，可曾見過慧心大師？」四皇子適時打斷劉明珠和沈如意的話。

曹穎好不容易抓住機會，忙嗤笑了一聲，擺出一副高傲不屑的樣子來。「四殿下，您也太瞧得起她了，慧心大師是誰想見就能見的嗎？」

沈如意微微挑眉，深深地為曹穎的才智擔憂，不過想到曹穎也不是自家姑娘，就收起了那一絲同情，笑著說道：「不巧得很，我在大名府的時候，還真見過慧心大師。」

說著，她轉頭看四皇子，很是誠懇。「不過四殿下也知道，慧心大師是高僧，我這樣的人，能見慧心大師一次就已經是十分走運了。自從回了京城，因著我父親想教我下棋，就沒怎麼出門，所以還真沒見過慧心大師。」

「說起慧心大師，我倒是知道一點兒，慧心大師去年從福緣寺離開之後，是一路往南了，我倒是運氣好，差半天工夫，我就可能追不上了。」劉二公子笑咪咪地說道，也看沈如意。「說起來，還要謝謝沈姑娘呢，若非沈姑娘指路，怕是我就要和慧心大師錯過了。」

沈如意忙笑道：「我也沒說什麼，還是劉公子運氣好，才找到了慧心大師。」

「還有我當初魯莽，連累姑娘受了傷，現在可是完全好了？」劉二公子有些不好意思地問道。

沈如意噗哧一聲笑了出來，伸手在自己的額頭上點了點。「自然是已經好了，劉公子不用放在心上。」

劉二公子這才鬆了一口氣，劉明珠一拍手笑道：「我知道了，我聽二哥說過這些事，當時二哥去福緣寺還遇上了如意姊姊對不對？我二哥說，如意姊姊的毽子踢得特別好，我也喜歡踢毽子，如意姊姊，不如咱們一會兒去踢毽子？在這兒坐著也挺冷的，怪沒意思。」

「踢毽子有什麼好玩的，大冬天的，地上結了冰，一不小心可就要摔跤了。這位沈姑娘不也識字嗎？不如這樣好了，咱們來作詩？」李長安看著劉明珠，勾唇笑了笑。「咱們來比賽，誰的詩最好，誰就能提出一個要求；誰的詩最不好，就得按照那個人的要求做，妳們覺得如何？」

別人沒說話，曹穎先拍著手笑道：「好啊好啊，挺有意思的，不過就咱們幾個，人也太少了點兒，不如我去慈寧宮多叫些人過來？這會兒大公主她們應該也在。我記得，二公主是最喜歡吟詩作詞了，咱們比賽作詩，二公主定然十分高興。」

說完，不等別人答應，曹穎就起身走出亭子，急匆匆地去叫人了。

今兒大年初一，有資格進宮的命婦們不少，大多是帶著自家嫡女還有十二歲以下的男孩子。

劉明珠有些擔憂地看沈如意，湊到沈如意耳邊，壓低聲音。「如意姊姊，妳會作詩吧？」

沈如意笑著搖搖頭，不管是上輩子還是這輩子，她還真沒學過作詩。上輩子沒人願意為她花費心力，就連規矩禮儀，也還是她及笄回府之後，沈侯爺讓人請了嬤嬤回來教導的。這輩子，光顧著想辦法自保了，哪有時間去學詩。況且，活了兩輩子，她從來不覺得吟詩作詞是人生中最重要的事情。

成了親，不管妳婚前才女的名頭有多高，不照樣是要過柴米油鹽的日子嗎？因此她所有的精力，都用來學習管家。

算起來，看書寫字是她唯一的愛好了。娘親雖然是讀女四書讀傻了的人，但最重視她的字，總認為是字如其人，字都寫不好，那人也做不好。所以，沈如意才練了一手好字。

劉明珠頓時著急了。「那可怎麼辦？等會兒如意姊姊要是輸了，那不就要聽那個二公主的要求了嗎？二公主和李長安最是要好了！」

劉明珠這邊跺腳懊惱，另一邊忽然有人笑了一聲，沈如意一抬頭，就對上一雙帶著笑意的眼睛，她這才發現，竟是至今一句話都沒說過的六公主。

李長安和劉明珠兩個人都呆愣愣地看著六公主。

六公主不在意地端起茶杯抿了一口，這才看著沈如意問道：「沈姑娘，不知道這會兒妳可有空？」

沈如意不明所以，劉明珠倒是興奮起來了。「有空有空，六表姊是不是想要如意姊姊陪妳出去走走？如意姊姊有空得很呢！六表姊，我和妳說啊，如意姊姊說話最有趣了，剛才她和我說了很多很多大名府的事情，特別好玩，六表姊妳不是最喜歡宮外的事情了嗎？讓如意姊姊給妳講吧？」

六公主笑著在劉明珠的額頭上點了點，轉頭看沈如意。「不知道我有沒有這個榮幸，聽沈姑娘講講大名府的事情？」

「是我的榮幸才是。」沈如意大方地起身，給六公主行禮。

李長安的臉都黑了。「六妹，妳這是什麼意思？」

六公主隨意地將茶杯放在桌子上，起身，居高臨下地看李長安。「我不是說過了嗎？我最討厭吟詩作詞了，既然妳們要賽詩，那我就不奉陪了，我出去走走，要這位沈姑娘作陪。」

說話間，曹穎就領著一群人浩浩蕩蕩地回來，六公主不等李長安說話，笑了一聲，光明正大地帶著沈如意走人。

劉明珠眼珠子轉了轉，忙跟上。「六表姊妳等等我啊，我這會兒有些肚子餓了，妳讓御膳房做些點心吃好不好？」

六公主笑著點頭。「好，就做妳最喜歡的玫瑰酥。」

劉明珠頓時樂得見牙不見眼，三個人出了亭子，就去了六公主那裡。六公主是皇后嫡女，也到了年紀，所以有自己的宮殿。

進了門，劉明珠就撇嘴說道：「我最是看不上李長安那個樣子了，真以為她自己是天下第一！喜歡我二哥就要討好我嘛，她竟然還沒腦了和我作對！」

沈如意簡直要驚呆了，這話裡面的消息可太多了，她都有點兒反應不過來。

六公主瞧了沈如意一眼，拍了拍劉明珠的腦袋。「瞎說什麼呢，可別嚇著了沈姑娘。」

「六表姊，我和沈姑娘是一見如故啊。」劉明珠誇張地說道。「我娘都說我看人很準的，我就覺得如意姊姊是個不會胡亂說話的人，如意姊姊，妳說是不是？」

沈如意笑著點點頭，在劉明珠身邊坐下。「我剛到京城沒多久，這還是我……」她認真地思索了一下，笑著繼續說道：「頭一次出門，就遇見妳們兩個了，我也覺得，我們可以做好朋友。」

「妳第一次出門啊？妳父親平時不許妳出門嗎？」劉明珠的注意力馬上轉移了。

沈如意搖搖頭。「不是，只是我娘有了身子，我祖母身體不大好，要靜養，所以我父親就說讓我學著管家。平日在府裡，也多是看看帳本什麼的，忙得很，就不很願意出門了。」

劉明珠忙搖搖頭。「哎呀，我就說，管家這種事情很煩人的，忙得都沒空出去玩耍了，我娘之前還說要教我看帳本呢，我都不願意，那如意姊姊妳以後也不能出門嗎？」

「不是，府裡的事情我已經理順了，偶爾問問話就行了，不用整日在府裡待著。」沈如意搖搖頭。

劉明珠興致勃勃地開始計劃以後。「再過半個月是元宵節，咱們可以上街看燈，還有三月有踏青節，咱們出門踏青，四月的時候有舉辦詩會……」

六公主嘆口氣。「妳這個小沒良心的，就只顧著自己玩耍，虧我剛才還給妳圓場子呢。」

劉明珠頓時不好意思了。「六表姊別傷心，妳不能出宮，那我就將外面好玩的帶回來給妳看看？或者我畫下來，帶給妳看？哎，其實六表姊也不用這麼難過嘛，妳再等兩年，等嫁了人，不就可以隨便出府了嗎？」

六公主無奈。「還有好幾年啊，而且我聽父皇、母后的意思，還想多留我兩年呢，指不定我嫁人的時候都要十九歲了！」

沈如意更無語了，難不成，身分越高的貴女，就越是不用顧忌什麼女誡、女則之類的，這樣光明正大地說誰喜歡誰，或無奈地討論自己出嫁的事情，真是自己少見多怪了？

小郡主稚子心性，六公主光風霽月，沈如意自覺看人的水準還是有的，再者，這兩位身分高貴，也不會圖謀她什麼。這輩子沈侯爺將她當成自家人看待，沈如意也沒有要巴結這兩位的意思，倒是也能和睦共處，而且三個人各自都有些好感，沒聊多久，就覺得此人可交，也就越發說得高興了。

「公主，六殿下過來了。」

小郡主正纏著沈如意說莊子上的事情時，就見六公主身邊的大宮女進來，行了禮之後笑吟吟地說道：「六殿下說，公主之前不是想要找劉大家的字嗎？他特意讓人回府找，就給公主送過來了。」

六公主眼睛一亮，忙讓人將六皇子請了進來。

初進宮殿，熱氣撲面，六皇子忍不住咳了兩聲，臉色也有些發紅。他笑著將手裡的一幅字遞給六公主，然後就在門邊站了一會兒，等身上的涼氣散完了，這才跟著進門。

小郡主笑咪咪地湊過去看那幅字，沈如意也有些好奇，跟著站起身看，三個人湊在一起品鑑，說了好一會兒，六公主才想起六皇子，忙吩咐人將這幅字給收起來，她笑咪咪地湊到六皇子身邊替他倒茶。「六哥，你只說你喜歡什麼，我一定想辦法送給你，這幅字可是太難得了，我可不能占六哥的便宜。」

六皇子擺擺手。「說什麼呢，咱們是兄妹，哪還用計較這個？不過是一幅字，正好我有，送給妳又何妨？若是我沒有，妳就是再喜歡那不也白搭嗎？再說，妳以前送給我的孤本還少了嗎？」說著，就有些猶豫地看沈如意。

六公主冰雪聰明，一看就明白過來了。她家這個皇兄沒別的愛好，因著體弱，不善騎射，平日裡只喜歡看書寫字。

之前，這位沈家的姑娘，不是說過自己家裡有《十洲記》的孤本嗎？六皇兄當時說要借，這位沈姑娘可沒明確答應。好歹皇兄剛送了自己心頭好，自己怎麼也得幫幫皇兄這個忙。

六公主當即就笑道：「沈姑娘，我有件事情想求妳幫忙。」

沈如意眨眨眼，看了看六皇子，又看看六公主，也忍不住笑了。「六公主言重了，剛才之所以沒答應六殿下，是因為我不知道該找誰謄抄那幾本書。六公主也知道，我剛剛回京沒多久，府裡的堂兄弟們和我並不是很親近，我父親又忙，所以……」

女孩子家的墨寶，定是不能隨隨便便流到外面。沈如意既沒親兄弟，這堂兄弟也不親，孤本可是價值千金，不是自己信任的人，根本不能放心讓他去謄抄，所以沈如意剛才沒答應。

六公主恍然大悟，愛莫能助地看六皇子。

六皇子就有些著急了，皺眉苦思大半天，又想出來一個辦法。「要不然這樣，妳將那書借給我，我自己來抄寫？」

沈如意愣了一下，她初次見到這位六皇子啊，兩個人以前別說有交集了，怕是連對方的名字都是頭一次聽說。自己連自家堂兄弟都不信任了，怎麼可能會信任這位六皇子？

最重要的是，沈如意剛才說了，她和自家堂兄弟不是很親近，所以找不到人謄抄這些書。可和六皇子比起來，至少堂兄弟是自家人，但六皇子不過是個陌生人。連自己的兄弟都信不過，卻信得過一個陌生人，傳出去，那沈如意的名聲還要不要了？

和六皇子一樣，沈如意本身也是愛書如命的人。上輩子她被困在後院，整日裡不得出門，唯一的消遣就是看書。這輩子就算是多了管家的事情，她也沒將書本丟在一邊。再說，那不是普通的書，是孤本啊！

「我拿家裡的那些和妳換，這樣妳就不用擔心了。」六皇子抿抿唇，笑著繼續說道：「妳之前不是說，妳也缺了幾本嗎？咱們交換著看，然後約定個時間，等看完了再交換回來，若是誰的書有缺損，那對方就不用歸還原先的那本書了，還能將自己的書拿回去，妳覺得如何？」

沈如意這下子可推辭不得了，六皇子誠意十足，將姿態擺得那麼低，她若是繼續推辭，那可就表明是一點兒都不想將書借出去。

可是，她又不知道往日裡六皇子是如何對待書籍，有些人雖然喜歡看書，卻不是很珍惜書本，偶爾在看書的時候就喜歡吃點心、喝茶，甚至吃飯的時候也將書本攤在面前，點心渣兒、茶漬、油湯……時間一長，一本書就成了廢紙。

有些人愛書那是真愛到骨子裡了，看書之前必先洗手，看書的時候手上絕不拿著別的東西，抬頭挺胸坐在書桌前，絕不會損壞一丁點。

因此，對前一種人，沈如意是深惡痛絕的。她和六皇子，今兒是頭一回見面，六皇子看著是喜歡書的人，但怎麼看書，她一點兒都不清楚。

「如意姊姊，妳是不是擔心六表哥弄壞妳的書啊？」小郡主笑嘻嘻地在一邊替自家表哥說話。「妳就放心吧，我六表哥，那可真是愛書如命，看書的時候，連別人在他面前打個噴嚏都不允許。有一回，他在御花園的亭子裡看書，舅舅有幾個妃嬪就在外面打雪仗，一個雪球砸過來，有一點兒濺在書上了，六表哥頓時氣瘋了……」

「表妹！」六皇子十分尷尬，趕忙喝住劉明珠。

劉明珠笑嘻嘻地擺手。「表哥，又不是什麼大事，後來舅舅還不是罰了那幾個妃嬪嗎？」

沈如意這才有些放心，趕忙將話圓過去。「我倒不是擔心六皇子不愛護書本，一般說來，喜歡看書的人，都是比較愛護書本的人，我只是有些為難，我平日裡不怎麼出門，怎麼和六殿下交換書本呢？」

這孤男寡女的，見面一、兩次還好，見面次數多了，那豈不是授人話柄？

「如意姊姊妳是擔心這個啊。」在場唯獨劉明珠是真的以為沈如意之前在擔心這個，當即一拍手笑道：「這個好辦多了，我可以下帖子請如意姊姊去我家玩啊，如意姊姊將書給我，我負責給六表哥送過去，再從六表哥那裡拿了書給如意姊姊。」

沈如意嘴角抽了抽，這個辦法實在是不怎麼好。劉明珠雖然年紀小，卻也十來歲了，該注意男女有別了。好吧，就算是沒人會誤會她和六皇子，但她這樣在沈家和六皇子之間傳遞書本，知情者說是借書看呢，不知情者該以為劉明珠就是那傳書的鴻雁了，比她沈如意和六皇子親自見面還惹人閒話。

倒是六皇子微微皺了皺眉。「這有什麼好顧忌的？咱們光明正大的，那些人怎麼可能會說閒話？世人就是如此，妳越是遮遮掩掩，他們越是覺得這裡面有文章，妳將事情都攤開了，才不會有人在意。沈姑娘若是擔心這個，大可不必如此，我明兒就帶書，光明正大地去拜訪沈侯爺，沈姑娘只要和沈侯爺說一聲就行了。有長輩在場，妳我又不用見面，不過是我去廣平府的次數多一些，這閒話怎麼也不會傳開的。」

六公主笑道：「心中有佛，所見皆佛。」

劉明珠嘿嘿笑了兩聲，六公主伸手捏捏她臉頰，也微微地笑了。

沈如意只好點頭。「那好，回頭我和父親說一聲，六皇子殿下以後只要去侯府找我父親就行了，不過，若是我父親忙得很……」

其實，沈如意心裡也很忐忑，她完全不確定沈侯爺願不願意幫忙。沈侯爺這人，就是感情十分極端的那種人，你若是被他放在心上，哪怕是地獄出來的惡鬼，他也會護你周全，將你當成是至親之人。可他若是不將你看在眼裡，哪怕是血肉至親，在他眼裡也比不過一日三餐。

沈如意可是深有感觸，她和沈夫人上輩子都不是沈侯爺能看得上眼的人，侯府內也沒沈侯爺在意的人，所以誰生誰死，誰掌管著侯府，和沈侯爺半點兒關係都沒有。只要將他伺候好了，哪怕侯府翻天了，對他來說，也沒什麼大不了。

這輩子，沈夫人和沈如意好不容易稍微在沈侯爺心裡占了那麼一點兒位置，沈如意實在是拿不準，這一點點的位置，到底能讓她做些什麼。

看了看六皇子，沈如意面上雖然是笑盈盈地應下了，心裡卻暗自嘆氣，六皇子雖然不常辦差，只喜歡看書寫字，但在皇上跟前，那也是比較得寵的人。即使如此，若是父親到時候不願意幫忙，那可怎麼辦？自己丟了臉面是小，就怕娘親好不容易在侯府站穩的腳跟，也要被打折扣了。

第十六章

出宮回府的時候，已經是申時末了。

沈如意小心地扶著沈夫人出了宮門，打賞完送她們出門的小太監，轉頭就瞧見沈侯爺正站在馬車旁邊，有幾個身穿紅色或者朱紅色官服的人正在和他說話。

瞧見沈夫人母女，沈侯爺不知道說了句什麼，那些人轉頭看了看，遙遙行了禮，轉身就走人。沈侯爺站在原地等她們過來，上下掃了她們兩個一眼，一句話沒說，掀開車簾上了馬車。

沈夫人也不管沈侯爺是什麼心情，只管說自己今兒在宮裡的遭遇。「太后娘娘還問起老夫人來著，我說老夫人重陽節之後身子就有些不舒服，晚上睡不著，要靜養，昨兒又有些頭疼，實在是沒辦法了，才沒進宮給太后娘娘請安。太后娘娘就說，上了年紀了，就是容易這兒疼、那兒疼的，她也是晚上睡不著，常常讓黃太醫給她把脈，黃太醫開了個方子挺有效的，吃了三、五天就能好。」

端起茶杯，抿了一口，歇了一口氣，沈夫人繼續說道：「我就請太后娘娘賞賜，明兒你去黃太醫的府上求那方子回來。」

沈侯爺立刻就皺眉了，外面的人不清楚，自家人誰不知道老夫人是因為被逼得沒辦法了，這才答應靜養的，這樣還要為她去求個方子回來？

沈夫人笑咪咪地安慰沈侯爺。「侯爺您多擔待一下，畢竟這人老了，身子就容易不舒服，咱們求了方子回來，老夫人那裡也能消停幾天是不是？最重要的是，我聽說這個黃太醫啊，看婦人病最是拿手，咱們先去打探打探，畢竟我也有些年紀了，再過沒多久就該生孩子了……」

沈侯爺盯著沈夫人的肚子瞧了瞧，微微皺眉。

沈如意忙幫著說道：「父親，這個可真的很重要，我聽人說，有年紀的婦人不好生孩子。」

沈夫人愣了一下，隨即才想起來在閨女面前不適合說這些，連忙開口。「如意，妳胡說什麼呢？不過是讓黃太醫把把脈，開個安胎的方子，妳可別亂說。」

沈如意撇撇嘴。「得了吧，娘，別當我是什麼都不知道的小孩子了，早些時候陸嬤嬤就開始給我講這些事情了。」

教養嬤嬤的作用可不光是教導她規矩禮儀，還有身體保養之類的東西。沈如意十四歲才來初潮，陸嬤嬤那時候就開始有意無意地教導她這些觀念。從癸水時期吃什麼用什麼，到將來生孩子的時候注意什麼，坐月子的時候注意什麼，偶爾說一點兒，不求沈如意現在就記住，只讓她潛移默化，到時候自然而然就會去做。

沈夫人臉色微紅，沈侯爺斜睨了沈如意一眼。「大人說話，小孩子別插嘴。」說著，轉頭看沈夫人。「妳說得也有道理，只是，明兒是大年初二，按照習俗，是要回娘家的，黃太醫大約也沒什麼空。再者，大過年的就讓人把脈，咱們不忌諱，黃太醫心裡怕是也不會自在了。」

過年的時候避諱多，什麼初五之前不能動針線，不能往外扔東西，不能說晦氣的話，明日才大年初二，趕著去要什麼方子，這不晦氣嗎？

「那……等過了初五？」沈夫人也察覺到有些不妥了，只是太后那邊就不好說了，自家老人不舒服，不趕緊去求了方子，還避諱這個、避諱那個的，那是不是等老人一病不起的時候，你們還得嫌晦氣不去跟前伺候呢？

「明兒咱們一起去吧，就給黃太醫下個帖子。」沈侯爺也明白這個顧慮，皺眉想了一會兒，只能無奈地應了下來。「我聽說黃太醫喜歡看醫書，之前妳們從大名府回來，如意不是帶了幾本醫書嗎？」

沈如意忙點頭，這個還是她從福緣寺抄回來的，福緣寺的了然大師善醫，她不光是抄寫了幾本醫書，還搜刮了一些藥丸、藥粉、藥膏之類的。原想著侯府危機重重，她自己翻看一下醫書，也能求個自保，只是現在還沒派上用場，醫書也不過是翻了兩頁。

「那書也不怎麼貴重，要不然，了然大師也不會隨便讓我抄寫了。」沈如意有些猶豫地說道。

沈侯爺搖搖頭。「妳回頭找出來我看看，若真是一般醫書，那我回頭在我書房找找。」

沈如意只好點頭。說著話，一家子就到了侯府，下了馬車去長春園給老夫人請安。

老夫人心情自然是不怎麼好，一來沈夫人沒回來之前，都是由她進宮給太后娘娘請安，這請安的事情，可是一個大榮耀，身分不夠的人家，即使進了宮也不一定能見到太后娘娘。而且，從太后娘娘跟前的座位排行來說，還能看出各家的地位不同，以往，老夫人不說是傲視群英、獨占鰲頭，那也是矮子堆裡的高個子，少不了人上前去巴結。

可現在，這些巴結討好都便宜了她最討厭的盧氏！

一瞧見沈夫人和沈如意進門，老夫人就有些陰陽怪氣地說：「哎喲，我還以為妳們一出門就忘了自己姓誰名誰呢，竟然還記得回來？」

沈夫人一臉迷茫。「老夫人，我們不回來能去哪兒？難不成老夫人是覺得，我們應該住在皇宮裡？」說著臉色就變了變。「這話可不能亂說啊，老夫人，咱們侯府雖然也是世家大族，但更應該謹慎，什麼話該說，什麼話不該說……」

老夫人臉色頓時黑了。「妳是說我剛才的話不該說？」

沈夫人縮縮脖子，低著頭嘟囔。「那是該說？」

老夫人立刻被噎住了，再一看，沈侯爺的臉色已經比她更黑了。這女人留宿後宮，只有兩個原因，一是後宮妃嬪家裡的晚輩女孩子，一是皇上的妃嬪。沈夫人可不年輕了，後宮可沒什麼他們沈家的女人。讓沈夫人和沈如意留宿後宮，那是什麼意思？

「我覺得娘病得更重了些，這靜養一年，怕是恢復不過來，所以，就多靜養些日子吧。」沈侯爺不耐煩和她們閒話家常，乾脆俐落地作了決定，然後起身。「我們回來得晚，娘怕是早已經用過了晚膳，我們就不耽誤娘休息了，娘妳早點兒睡覺，我們先回去了。」

說完，他皺眉看沈夫人。「還不走？」

沈夫人忙不迭地點頭。「好的，侯爺請稍等。」

給老夫人行了禮後，沈夫人忙轉身跟著沈侯爺，老夫人氣得胸脯一起一伏的，旁邊邱嬤嬤看不見沈侯爺他們的身影了，才嘆了口氣。「老夫人，您這又是何必呢？眼看著侯爺已經將盧氏和大姑娘看成了心頭寶，您又何必一次次挑撥侯爺的怒火呢？奴婢已經成了這個樣子，您要是再惹怒了侯爺，怕是在侯府的日子……」

邱嬤嬤欲言又止的，老夫人氣得冷笑。「他敢？我是他親娘！他現在也就仗著我不願意和他計較就亂來，等我哪天……」

老夫人眼裡閃過陰狠，雖然嘴上說得堅定，但邱嬤嬤的話還是在老夫人心裡留下了痕跡。連邱嬤嬤這個長年伺候她的人，他都能毫不留情地下手，若是哪天真惹惱了他，他說不定就要將她這個親娘給關起來了。

她自己的兒子，她能不瞭解嗎？那人，打小就是個冷酷無情的性子。當年他外祖父死了，他連一滴淚都沒掉。從那以後，她心生嫌隙，就和這個兒子生分了。母子兩個越走越遠，現在是看見對方就討厭，卻又不能將對方一棍子打死，實在是憋得很。

瞧瞧盧氏，別看現在他願意護著，那十來年前，還不是一聲不吭就送到莊子上，然後十年不聞不問，甚至連消息都不曾打探過嗎？

虎毒尚且不食子，沈如意這個當閨女的，在他心裡卻是半點兒痕跡都沒有，她這個老不死的親娘，更是一點兒用都沒有吧？

抿了抿唇，老夫人沈聲吩咐道：「去將老三和老三媳婦叫過來。」

邱嬤嬤忙應了一聲，也沒敢吩咐人，自己踮著腳去請了沈三老爺和沈三夫人。

當然，這長春園的事情是瞞不過沈侯爺和沈夫人的。

沈侯爺沒吭聲，表情都沒什麼變化，倒是沈夫人猜測了一下。「大約是說紅柳小產那事情，這事兒一出，三弟和三弟妹心裡怕是要有了疙瘩，夫妻不和，可是大事，大約老夫人是為了勸和他們。」

沈如意捏捏她胳膊。「娘，三房的事情自有三嬸娘去管，妳就別管了。」說著，她湊到沈侯爺身邊，又是捶背又是捏肩的。「父親，我給您倒茶？」

沈侯爺很不屑。「妳又有什麼事情？可是今兒在皇宮裡闖禍了？」

沈如意諂笑著替沈侯爺換茶水。「父親怎麼能這麼說我呢？我才沒有在宮裡惹禍呢，我還給父親拉攏了個好幫手呢。」

沈侯爺頓時驚了。「妳說什麼？」

在沈侯爺面前，一切的陰謀詭計都不奏效，沈如意也不敢賣關子，忙將六皇子要借書的事情說了一遍。

「我也沒辦法拒絕，六皇子都已經說到那個分兒上了，我若是再不答應，倒是顯得我瞧不起六皇子一樣。」

說實話，對於六皇子，她真沒打算太親近。上輩子的六皇子，雖然在皇上跟前挺受寵，可最後登基的不是他。而且，新皇登基之後，六皇子也並未受到重用，領了修書的聖旨之後，就一輩子耗在翰林院了，在新皇面前也沒什麼分量。

最重要的是他和新皇的關係並不怎麼樣，就說明若不是六皇子在奪嫡的時候親近對手，要麼是兩人在皇子時期關係就不怎麼好。她說不準六皇子有沒有經歷過什麼驚心動魄、起起伏伏的事情，自然不敢輕易和六皇子扯上關係。

有句話不是叫神仙打架，小鬼遭殃嗎？

六皇子若是犯了大錯，看在老皇帝的面子上，也不會出什麼事情。再者，六皇子身子不好，本身就失去了奪嫡的資格，看樣子也只是個書呆子，所以新皇還願意將六皇子留下來當作兄弟和睦的代表對象。

可是，六皇子身邊的人，就不一定能保得住了。新皇若是說，我這六弟本身是好的，只是被身邊的人帶壞了，那豈不是誰親近六皇子誰倒楣嗎？殺雞儆猴這一招，使起來多方便。

親近不得，卻也不敢遠了。六皇子好歹是皇子，又是皇上比較寵愛的兒子，沈侯爺不過是個臣子，怎能瞧不起皇子？

沈侯爺微微皺眉，沈如意老老實實地交代。「我原先並不想答應的，可一來六皇子在皇上面前頗有些地位，二來六公主也在，即使是六皇子在皇上面前不說什麼，可難保六公主就什麼也不說。」

就算六公主不說，還有個天真爛漫的劉明珠呢。即使不對皇上說，那六公主的母后也不是個省油的燈，還有大長公主也不是個沒脾氣的人。縱然這三位都保密了，可六皇子心裡惦記著那幾本書，總還要另外找機會，沈如意能拒絕一、兩次，那萬一六皇子如果來要個七、八次呢？

「父親，您若是不喜歡六皇子，到時候只派了小廝在書房等著？」沈如意諂媚地給沈侯爺出主意。

沈侯爺摸了摸下巴，忽然開口。「說不定，妳這次是做了一件好事。」

沈如意大驚。「父親，您該不會是想要結交六皇子吧？我瞧著六皇子根本沒有繼位的可能，您可不能將寶押在六皇子身上，六皇子上面，可還有其他五位皇子呢。」

沈侯爺正要斥責沈如意，話到嘴邊卻忽然換了。「那依妳之見，妳覺得哪位皇子的可能性比較大？」

沈如意抿抿唇，那還用猜嗎？她甚至知道上輩子那個新皇是什麼時候登基的！只是，這會兒可不能和沈侯爺說，想了想，只好胡亂編一些理由。「反正不會是六皇子，以往父親和我說這朝堂上的事情，聽起來這大皇子不可能，二皇子也不可能，三皇子也不可能……」

沈侯爺忍不住摸了摸額頭。「妳就說，誰比較可能吧。」

「排除掉不可能，剩下的那個就是可能的了。」沈如意縮縮脖子。「二皇子這些年死咬著大皇子；三皇子坐山觀虎鬥，時不時撩撥一把，很沒兄弟愛，萬一登基可能容不下其他皇子；四皇子雖有野心，出身卻十分低賤；五皇子素有賢名，可這會兒皇上身體十分康健，他這賢名出現得太早了；六皇子是書呆子，只管看書不管事；七皇子只愛打仗一根筋……」

以往自家女兒喜歡問些朝堂上的事情，自己還以為她問著玩呢，倒是沒想到，她竟然還有這分聰慧。

沈侯爺挑眉。「所以，妳覺得是八皇子最有可能？」

他們父女兩個在這兒說著大逆不道的話，沈夫人早早裹著大毛披風坐在軟榻上拿著針線裝模作樣，時不時就要抬頭往外面看兩眼，確定外面不會有人偷聽。

沈侯爺瞧著，心裡有些好笑，他既然敢說，那就是確定外面沒人。這正院雖然沈夫人能用的人不多，但他沈正信身邊會沒幾個得用的小廝婆子嗎？

不過，沈夫人這樣辦事，倒是挺上道的。

「不一定啊，萬一八皇子死了呢？」沈如意壓低聲音說道。

沈侯爺有些愕然，沈如意嘟嘟囔囔地說道：「我是胡說的，父親可不要放在心上。不過，這個六皇子，父親還是不要太親近比較好，他是真的沒可能的。」

沈侯爺哈哈大笑。「本侯現在，可不需要什麼從龍之功。我說辦了件好事，是因為六皇子手裡有我想要的東西。」

沈如意愣了一下，隨即大急。「哎呀，父親，您不能拿我的書去換您的東西，您要是換了您想要的，那我想要看的書怎麼辦？六皇子肯定不願意白白給第二次的！」

沈侯爺摸摸下巴。「妳說不敢拒絕六皇子，該不會都是藉口吧？」

沈如意心虛了一下，但馬上就又壯起膽子了。「那什麼，我不是想著父親十分能幹，保證能處理好這些事情嗎？父親英明神武，這種小事肯定不會放在心上了。」

沈侯爺不說話，沈如意忙又替他捶背捏肩。「我是真的不敢拒絕六皇子啊！父親您想想，我剛得罪了李長安，那可是個郡主，萬一她要在大庭廣眾之下找我事兒怎麼辦？」

沈如意趕緊拍馬屁，將沈侯爺是誇得天上有地上無，旁邊的沈夫人都有點兒聽不下去了，轉頭捏著針在布上扎來扎去，不過她心裡卻有些鬆了一口氣，回京之後，如意和侯爺更親近了，這可是好事，將來，侯爺必定會給如意好好相看人家的。有侯爺撐腰，也不用擔心如意嫁人後會被婆家欺負了。

「父親，您想要從六皇子那兒拿到什麼啊？」沈如意誇讚了沈侯爺好半天，才忽然反應過來了——沈侯爺一個大男人，想要和六皇子接觸，那根本就是一句話的事情啊。

這見了面，要什麼東西，還不是兩、三句話的工夫，若是很貴重，沈侯爺想辦法以物易物不就得了？怎麼看，男人和男人之間的交易，也比她一個閨閣女子和男人的交易容易得多吧？

可沈侯爺竟然還要藉著她和六皇子換書看的時機來要東西，該不會是很麻煩的東西吧？

不能讓人知道？

沈如意再聰明，也不過是些女人家的聰明，沈侯爺一眼就瞧出她的想法了，斜睨了她一眼，端了一下茶杯，沈如意忙狗腿地去換熱茶，可她一瞧茶壺裡的茶水有些涼了，只好出門去拎。

等她拎了一壺回來，竟然發現，沈侯爺已經睡著了！

沈如意用自己的腦袋打賭，沈侯爺絕對是裝睡！可沈侯爺都已經擺出樣子了，她怎麼能去拆穿？

看看手裡拎著的熱水，沈如意都想將這一壺水澆到沈侯爺身上去了。

沈夫人倒是難得見自己閨女憋屈的樣子，既是覺得好笑，又是有些心疼，忙安慰道：「這會兒別吵了妳父親休息，明兒妳早些過來請安好不好？」

沈侯爺能躲開一時，難不成還能躲一輩子？

沈如意立刻想通了，再說，自己和六皇子換書看，也算是盟友，大不了，等下次見了六皇子，去問問六皇子？

「時候也不早了，妳也趕緊回去休息，明兒還得去黃太醫府上拜訪呢。妳回去將那幾本醫書找出來，送到書房讓人連夜謄抄一遍。」

沈如意自己的書是不能隨意給人，所以只能讓人再寫一遍。這醫書又不是什麼孤本，所以，隨便在沈侯爺的書房找幾個人，一人一本，一晚上就能抄寫出來。

「我知道了，娘也早點兒休息，不過，父親書房的人不一定聽我的，我得有父親的信物才是。」沈如意視線在沈侯爺身上溜了一圈，伸手從他腰上拽下來一塊玉珮，笑咪咪地給沈夫人行禮。「娘，那我先回去了，妳也早些休息，妳有了身子，今兒在宮裡大半天，肯定也累了，可別累著了我弟弟才是。」

第二天一早，沈如意還是沒能堵住沈侯爺，因為一大早沈侯爺就和沈夫人出門了，留下沈如意伺候老夫人。

沈如意和老夫人那是兩看相厭，但一個礙於孝道不能走，一個想要折磨沈如意不想放她走，兩個人只能大眼瞪小眼。

等過完年節後，正月初五劉明珠給沈如意下了宴會請帖，邀沈如意赴宴作客，於是沈如意就將沈雲柔給帶上了，登門拜訪大長公主府。

「若是我沒記錯，妳那妹妹不是個庶女嗎？妳怎麼將她帶過來了？」劉明珠抽空湊到沈如意身邊，一邊捏了一塊點心填肚子，一邊撇嘴看了沈雲柔一眼，側頭問沈如意。「還是說妳不得不將人帶來？」

「是我要將人帶過來的。」沈如意笑著端著茶杯抿了一口，伸手捏了捏劉明珠白嫩嫩的臉頰。「妳若是看她不順眼，就不用去和她說話，反正我這個妹妹，也是個八面玲瓏的人，自是能找到說話聊天的小夥伴。」

她之所以要將沈雲柔帶來，自然是有原因的，不過，這些事情都是侯府的後宅事情，和劉明珠沒多少關係，就算她和劉明珠現在關係算是不錯，但畢竟她和劉明珠不過是第二次見面罷了。侯府的那些事情，她自然不能告訴劉明珠。

劉明珠確實是不喜歡庶子庶女，見沈如意一個人坐著，就有些疑惑。「妳怎麼不和她們說話？有幾個人還是很不錯的，那個寧姑娘很有才華，是個真正的才女，妳瞧見沒，我給妳介紹一下？」

沈如意忙擺手。「妳可饒了我吧，要我看書還行，這吟詩作詞的，我確實不會。」

沈如意不愛看那些詩詞歌賦之類的書，平生只喜歡看雜談和遊記，吟詩作詞對她來說，那真不是一件簡單的事情，要她對一本遊記寫讀後感，那倒是手到擒來。

見沈如意拒絕，劉明珠也就不再勉強，只笑嘻嘻地說：「我之前和妳說過，我也不會吟詩作詞，那咱們踢毽子吧？我上次聽妳說了很多踢毽子的方法，我回去後照著學，覺得挺有意思的，咱們踢毽子？」

「這會兒妳可是主人家，能將客人都扔在這裡，自己去踢毽子嗎？好歹也想個法子，讓所有人都能參與一下。」沈如意感到有些好笑。

這樣子，怎麼能舉辦宴會啊？很顯然這宴會也就是借明珠郡主一個名頭。

「可我又不知道應該叫她們做什麼。」劉明珠嘆氣，京城的貴女們聚集在一起，大多是要吟詩作詞，正好她不喜歡，自然是不願意辦這麼一個活動了。

「大姊，妳們在說什麼？」沈如意正要開口，就聽旁邊沈雲柔笑嘻嘻地問道。

沈雲柔正帶著兩個姑娘站在一邊，對上劉明珠的視線，沈雲柔忙行禮。「明珠郡主。」

「我們在說，要想個什麼遊戲，大家好能一起參與進來玩耍，要不然，這麼乾坐著挺無聊的。」沈如意不在意地說道。

沈雲柔歪著頭想了一會兒，道：「投壺啊，或者射覆（注一）、藏鈎（注二）、猜謎、打葉子牌也行啊。」

沈如意側頭看劉明珠，劉明珠立刻選了一個，讓人去拿了東西過來，準備玩射覆。

沈雲柔則是乘機坐到了沈如意身邊。「大姊，我聽說前面也在舉辦宴會？」

沈如意看了她一眼。「妳打算做什麼？我可告訴妳，妳若是出了差池，我會立刻讓人送妳回去，下回就再也不帶妳出來了，好歹是大家閨秀，不要像那些沒皮沒臉的低賤人。」

沈雲柔臉色頓時通紅。「大姊妳說什麼呢，我又沒打算做那樣的事情。」

沈如意盯著她看，看得沈雲柔都有些羞惱了，沈如意才隨意點點頭，端著茶杯壓低了聲音。「妳規矩一些，妳雖然只是個庶女，卻也是侯爺的親生女兒，身分不低，將來妳的婚事自有咱們父親作主，妳沒必要自降身分。」

「大姊，我都說了我沒有！」沈雲柔也壓低聲音，惱得不行。

沈如意這才笑了笑。「妳若是表現得好，之前王姨娘大概也給妳透露過，想將妳記在娘親的名下，所以，妳得端著自己的身分，知道嗎？」

約莫是王姨娘從沒給沈雲柔說過，所以這話一說出來，沈雲柔有些結巴了。「大……大姊，妳說真的？」

「這得看妳表現了。」沈如意笑了笑，眼瞧著再有半年沈夫人就要生了，母女兩個手頭上的人不多，能放心用的人更不多，王姨娘在侯府的地位和掌控力，沈如意是從來不會小瞧的。

將沈雲柔認成嫡女這件事情，也是為了在王姨娘母女面前放上籌碼。若是王姨娘能保沈夫人平安生下孩子，那沈雲柔的嫡女身分就能定卜來了。

最重要的是，王姨娘生下了沈侯爺唯一的兒子。將來沈夫人生了嫡子倒還好，若是沈夫人又生了個女兒，為了提前一步堵住沈侯爺將沈明修認作嫡子，那就得先一步將沈雲柔認作嫡女。王姨娘只是個姨娘，她的一雙兒女，是絕不可能全部作為嫡出。

而從沈夫人的名聲來說，將沈雲柔認作嫡女，也是有好處的。賢孝是世人對為人媳婦的要求，現在沈夫人的孝已經是板上釘釘的事，至於賢慧的名聲，無緣無故的，怎樣才能讓人傳出去呢？

但凡要當賢妻的，要麼是為丈夫廣納妾，要麼是將庶出子女當成親生的。沈夫人可沒心情為沈侯爺廣納妾，這侯府一個有本事的王姨娘就足夠了，要是多來幾個，誰能保證她的孩

注一：射覆，原為一種猜物遊戲。將物品藏在碗盆下，讓人猜想，也用來占卜。

注二：藏鈎，一種古代遊戲，將人員分為兩方，一方把鈎藏在手裡，對方猜中則算贏。

子會活得更好？

她倒是不介意沈侯爺去別的女人那裡，她介意的是這些女人心懷不軌，會對她的子女下手。所以，廣納妾是沒門兒了，除非是沈侯爺自己提出來了。

那就只剩下後者——善待庶出子女，選擇這一條，最難辦的是對庶子。對庶子太好，別人會說妳刻意養廢；對庶子不好，別人會說妳虐待，這分寸太難把握。

沈明修現在住在前院，沈夫人就算想善待他，一來插不上手，二來王姨娘也不放心。所以，沈夫人就不願意在這方面想辦法了。

排除掉沈明修，那就只剩下沈雲柔了。一個庶女而已，誰都知道沈夫人回京的時候沈雲柔已經是十二、三歲了，性子已經定下來。若沈雲柔將來是個好的，那功勞是沈夫人的；若沈雲柔將來是個不好的，那也歸咎於底子就是壞的。

況且，庶女變成嫡女，不過是嫁妝的問題。而庶子變成嫡子，那可是家產的問題了。

沈如意姊妹與劉明珠和其他閨秀玩了一下午後，姊妹倆才告辭，乘著馬車返回廣平侯府。

剛回正院和沈夫人說了沒幾句話，就見沈侯爺書房的小廝匆忙地過來了。「六皇子殿下拿了兩本書過來，說是要換別的書，奴才也不知道應該找哪一本，還請姑娘過去幫忙找找。」

沈如意側頭想了好一會兒才想起來，沈侯爺這會兒還沒下朝。六皇子今年雖然已經十七了，卻因為身體不是很好，所以皇上並未要求六皇子上朝。

這才剛過了初五，六皇子就這麼急嗎？

想著，沈如意還是趕緊去了書房，幸好剛才回來還沒來得及換衣服，要不然，又是一番折騰。

一進書房，就看見正坐在一邊喝茶的六皇子，沈如意忙上前行禮，六皇子擺擺手。「是我不請自來，倒是失禮了，還請沈姑娘別介意才是。」

沈如意忙擺手。「無妨無妨，六殿下客氣了。六殿下今兒過來是……」

「是這樣的，我那天從妳這兒拿了那《十洲記》之後，就很是心癢，一回去就忍不住抄寫了一遍，現在拿過來讓沈姑娘瞧瞧，若是沈姑娘覺得還行，沈姑娘的藏本，我還有幾本沒看過……」

說著，他有些不好意思地伸手在下巴上刮了刮，沈如意愕然，隨即有些忍不住想笑，伸手接了六皇子另一手遞過來的兩本書，簡單翻看了一眼，眼睛就有些發亮。「六殿下親自抄寫的嗎？這字寫得可真好看。」

六皇子見沈如意還算是滿意，也有些放鬆了，笑著點頭。「是啊，多謝沈姑娘誇獎，我也就這幾筆字能拿得出手了。沈姑娘願意將書借給我，我很是感激，這兩本就當是我的謝禮。」

「這怎麼好意思……」沈如意很是喜歡那兩本書，有些不想還回去，可無功不受祿，她雖然借書給六皇子了，可六皇子同樣借書給她，還是價值差不多同樣珍貴的藏本，現下六皇子又給了謝禮，就有些太貴重了。

「我拿沈姑娘當朋友，沈姑娘就別推辭了，咱們都是喜歡看書的，朋友之間，互贈兩本書也不過普通事兒，若是沈姑娘實在是過意不去，回頭也送我兩本書好了。」

六皇子笑著說道，一開始他是急著看孤本，沒了平常心，才讓沈如意占了上風。可這愛看書的人，都有通病，他回去冷靜下來，就想到應對的辦法了。

沈如意既然不大願意將藏書借給他，那他用誘餌來換，這總是可以吧？哼哼，就不信她不上鈎。

不等沈如意回答，六皇子就又說起別的事。「我自己占卜，得歸妹卦……」

一、兩次，沈如意還能控制著自己不去回答，但次數多了，六皇子有些觀點她不能認同，就忍不住反駁了幾句，到了最後，甚至還拿自己以往想不明白的問題問六皇子，從一個人的提問，變成兩個人的探討。

等沈侯爺回來，瞧見六皇子和自家閨女其樂融融的場面，他伸手摸了摸下巴，在兩個人之間打量了一番。

六皇子彬彬有禮地起身抱拳。「見過沈侯爺，沒提前下帖子，是我失禮了，還請侯爺別見怪。」

沈侯爺漫不經心地擺擺手。「無妨，六殿下過來，可是有事找我？」

沒等六皇子說話，沈侯爺就又轉頭看沈如意。「去外面叫紅玉端茶進來，妳自己先回去，都這個時候了，妳娘還在等著妳用膳吧？和妳娘說一聲，妳們倆先用，我和六皇子在前院用……」

六皇子忙推辭。「不用了，我不過是來借本書……」

「怎麼能讓六皇子餓著肚子走呢？」沈侯爺輕笑了一聲，又吩咐沈如意。「讓大廚房將晚膳送到這邊來就行了，妳照顧著妳娘，叮囑她用了晚膳，在屋子裡走走，然後趕緊去休息。」

沈如意忙應了一聲，行了禮轉身出門。還沒走遠，就聽見沈侯爺的笑聲。「六殿下真是客氣了，想要什麼書，以後和我說一聲就行了，我幫六殿下帶過去，不用麻煩六殿下親自跑一趟了。」

「不敢煩勞沈侯爺，侯爺忙於政務，我這不過是些許小事，侯爺不用特意放在心上。」六皇子笑著說道。

然後沈侯爺又說了句什麼，沈如意沒聽太清楚，她張口哈了一口氣，看看院子裡的梅樹便往正院走。

進了正院，瞧見沈雲柔也在，沈如意解下了披風交給一邊的陳嬤嬤，笑著說道：「二妹怎麼過來了，可用了晚膳？」

沈雲柔笑呵呵地搖頭。「還沒呢，我聽說前面有客人，想著大姊可能沒空陪著母親，所以我就過來瞧瞧和母親說說話。大姊，前院的客人是誰啊？」

沈如意失笑，難不成沈雲柔還真不知道那客人是誰？問這麼一句，不過是想打開話題罷了。

「是六皇子，他想來找父親借兩本書，不過我不知道父親的書放在哪兒，也不能亂翻父親的書房，就沒敢答應，這會兒父親來了，就讓父親自己應付。」

沈如意不在意地說道，沈雲柔眼珠子一亮。「六皇子？原來是他啊，我聽說六皇子愛書如命，想來是聽說爹爹這裡有好書，所以才過來的。大姊，六皇子長得如何？」

六皇子出宮建府不到一年，沈雲柔還真沒見過，往年進宮，老夫人也絕不會帶沈雲柔。

「還行吧，溫文儒雅。」沈如意笑著說道，挑眉看了看沈雲柔。「妳見過四皇子吧？」

沈雲柔忙點頭。「以前見過幾次，四皇子長得很是高大英俊。」

「嗯，六皇子大約比四皇子矮一頭，和四皇子長得有五分相似，不過臉色更白一些，因著六皇子身子不好，所以看著比四皇子瘦一圈。」沈如意端了茶杯喝了兩口。

上輩子，她嫁給四皇子是因為沈雲柔。她們兩個，也就差兩歲。今年她十五，沈雲柔十三。今年秋天她就及笄了，若按照上輩子，明年冬天，四皇子就會上門求娶。

十三歲的小女孩，聽著年齡小，實際上該有的也都有了，身段、心機、追求，一樣不少，所以前世的沈雲柔剛來了初潮，王姨娘就想到在莊子上的沈夫人母女了，攛掇著沈侯爺將沈夫人母女倆給接了回來。

一來是早些打發了沈如意；二來是給沈雲柔擋災。因為那會兒，四皇子看中了沈雲柔。

其實，四皇子那個年紀，是不應該看上沈雲柔的，哪怕沈雲柔再漂亮，身段再成熟，那也還沒及笄。世家大族，為了表示疼愛女兒，是絕不會將沒及笄的女孩子嫁出去，所以，若真是訂了沈雲柔，四皇子至少還得等兩年。

不過若四皇子真下定了決心，兩年其實也不算什麼，今年四皇子是十九，兩年之後也不過是二十一。按理說這是一門好親事，王姨娘和沈雲柔應該是喜出望外才是，可壞就壞在，邊關的戰爭還沒結束，等四皇子從邊關回來時，臉上卻帶著傷疤。

雖然朝廷的規矩沒那麼嚴，只要是不到嚇人的程度，還能科舉當官什麼的，但對於皇位繼承人來說，臉上有傷疤，也就等於沒了繼承的資格。

一個不能繼承皇位的皇子，脾氣又變得十分暴躁凶狠，王姨娘和沈雲柔怎麼可能會答應？

但四皇子畢竟是皇上的兒子，就算沒了繼承皇位的資格，那也是皇子，若侯府你看不上一個皇子，皇上心裡會怎麼想？所以，沈家是必須嫁個女兒過去，於是，沈如意這個嫡女派上了用場。

明年冬天，四皇子就該上門提親了，所以沈如意還有一年的時間，趕在四皇子上門前，將自己嫁出去。

即使現在沈侯爺對她還算是不錯，但四皇子真是上門提親了，沈侯爺也是不能拒絕的。

畢竟沈侯爺再受皇上看重，也是為人臣子。

只是現在沈如意又有些煩惱，因為沈侯爺對她不錯，這樣一來，怕是沈侯爺不會那麼早就讓她嫁人的。再說，沈侯爺之前還打算慢慢給她置辦嫁妝，眼下都還沒開始呢。

「大姊，四殿下不是要成親了嗎？」沈雲柔笑咪咪地湊過來說。

沈如意歪著頭想了一下，這個她倒是不清楚，因為上輩子的這個時候，她還在莊子上呢，一直到回侯府出嫁前，也沒怎麼打聽四皇子的事情。不過後來還是耳聞了一些，四皇子在娶她之前，還有個沒過門的娘子，在出嫁前幾天，出了意外，落水而亡。

「不知道。怎麼了？」沈如意一邊讓陳嬤嬤去傳晚膳，一邊側頭問道。

沈雲柔捏著手指有些不好意思。「未來的四皇子妃是羅家的姑娘，到時候咱們要給羅姑娘添妝嗎？」

沈如意納悶地看了她一眼。「我又不認識羅姑娘，為什麼要給她添妝？妳認識她？」

「也沒有，只是，那可是未來的四皇子妃啊。」沈雲柔瞪大眼睛說道。

沈如意忍不住笑。「那又如何？又不是未來的太子妃，妳若是趕著送了添妝，那才是笑話呢！行了，趕緊用晚膳吧，用了晚膳就回去休息，明兒繼續跟著嬤嬤學規矩。」

沈雲柔有些不高興，但看沈夫人已經起身了，也趕忙跟上去扶沈夫人往客廳走。

第十七章

沈如意上午管家，下午則看看書和沈夫人說說話，晚上陪著沈侯爺下一盤棋，日子就這麼平平靜靜地過到十五元宵節。

草草用了晚膳，沈侯爺就準備帶著人出門了。路上都是人，馬車就走得特別慢，不過沈如意也不著急，反正兩邊都是花燈，正好她和沈夫人還能在馬車裡觀賞一番。

沈雲柔也扒在窗口，一邊看還一邊和沈如意說話。「那邊的荷花燈是百味齋的，他們家的素菜做得特別好吃，下次咱們若是有空，就到百味齋吃素菜吧？

「那個麒麟花燈是富貴樓的，那家是銀樓，他們家的首飾打得還不錯，價錢也公道。

「那個九天飛仙花燈是錦繡坊的……哎呀，那個不是四皇子嗎？大姊妳快看，我沒看錯吧？他後面是不是明珠郡主？明珠郡主身邊的那個是誰？看著氣勢挺足的，可是京城的貴女裡，我好像沒見過這個人啊，可若是身分不夠，怎麼能和明珠郡主這麼親密？」沈雲柔側身，一手拽著沈如意，一手繼續扒著窗戶，一臉驚訝疑惑地說道。

沈如意探頭瞧了瞧，正巧，那邊六公主也看了過來，視線相對，沈如意笑了笑，六公主則是朝她招了招手。

沈如意點點頭，放下簾子，轉頭和沈夫人說話。「瞧見了六公主，六公主像是叫我過去。娘，我和二妹過去瞧瞧？」

沈夫人有些擔心，沈侯爺則是掀開車簾，不在意地點頭說道：「也不用太害怕，我身邊的回春幾個人，多是懂些拳腳功夫的，就讓回春和回夏跟著妳們兩個，嬤嬤和丫鬟要帶全了。」

沈雲柔瞪大眼睛，一臉驚喜。「大姊，真是六公主？」

沈如意笑著點點頭，等沈侯爺讓人去後面叫來了陸嬤嬤等人，她和沈雲柔才下車，帶著人往六公主那邊去。街上人不少，很是花費了一些功夫，一群人才算是擠到一處。

劉明珠拉了沈如意的手笑道：「剛才六表姊說是看見了，我原本還不信，卻沒想到真是妳，妳也出來看花燈嗎？我瞧見妳父親了，果然和傳說中一樣啊，俊美無雙，溫潤儒雅。」

沈如意有些愕然。「傳說？」

劉明珠興奮地點頭。「妳不知道吧？京城裡長相俊美的男人，妳父親能排頭一個呢，別看妳父親已經成家了，有不少的閨閣千金，可還是……」

沒等她說完，六公主就輕咳了一聲，劉明珠這才反應過來，在沈如意面前說關於沈侯爺的八卦，實在是有些不妥當。

吐吐舌頭做了個鬼臉，劉明珠不甚高明地轉移話題。「馬車裡是不是妳娘親？我們等會兒要不要去給沈夫人請個安？」

「我娘懷著身子，這會兒人太多了……」按身分來說，應當是沈夫人過來給六公主和明珠郡主請安的，沈如意有些不好意思地給這一群人行禮。「我父親不放心，所以……怠慢了諸位，還請見諒。」

六公主忙笑道：「無妨，沈夫人身子最重要，不過難得遇上，還是應當見一見，等會兒妳父親和母親在哪兒落腳？」

「在前面的祥和酒樓。」

元宵節的時候，酒樓的生意最是興隆了，不過以沈侯爺的地位，還是能訂上一間位置挺好的雅間。

「咱們別在這裡擋著路了，邊走邊說。」四皇子在旁邊提醒了一句，說完率先往前走了幾步，眾人忙跟上。

六皇子特意放慢腳步，走到沈如意身邊。「前幾天的書，我已經看得差不多了，我最是喜歡欒川記，很是細膩動人。妳喜不喜歡看話本？我那裡有剛得的話本，很不錯的。」

沈如意笑著點頭。「也看的，若是方便，六殿下下次借我看看，我前些日子翻看了一本名叫《龍子》的書，志怪雜談，也是挺有意思的。」

六皇子眼睛都亮了。「我也看了，那書寫得確實是不錯……」

兩個人在後面嘀嘀咕咕地討論，難得遇上志趣相投的人，沈如意也帶了幾分愉悅。

劉明珠在一邊瞧瞧這個、看看那個，有些苦惱。「你們說得都挺有意思啊，為什麼我沒看過那些書？」

沈如意和六皇子對視了一眼，只笑笑不說話。他們兩個，一個是不能看治國明理的書，一個是打發時間養成的習慣，自然是什麼書好玩看什麼了。明珠郡主可不同，她年紀小，遊記雜談之類的，難免會移了性子，自是不能看。

當然，沈侯爺雖然開明，許沈如意能看話本，卻也僅限於雜談，但凡有情情愛愛的，在沈侯爺那一關，就先被過濾掉了。

沈雲柔也在一邊插話。「那些書我也沒看過，不過聽大姊說得可有意思。大姊，回家之後妳借我看兩本書？」

沈如意點點頭。只要不是孤本藏本，她沒半點兒不捨得，大不了自己再去買一套回來放著。

「難得出來一趟，說那些書本什麼的多煩人啊，咱們猜燈謎吧？」劉明珠不耐煩聽那些，拽著沈如意的胳膊往旁邊走。「如意姊姊，妳喜歡哪一個？我等會兒給妳猜燈謎贏回來！」

沈如意挑眉。「真的？我不管要哪一個，妳都能贏回來？」

說著，視線還往最上面的那個花燈上挪了挪。這花燈，從高往低掛，最高處的，自然是最好看、最明亮、最吸引人的視線，但同時要想拿到這個花燈，猜的燈謎也最難。

劉明珠噎了一下，立刻轉身拽了六皇子。「我六表哥能幫我！」

說完不等沈如意反應，她連聲叫了那店鋪的掌櫃。「我要猜最上面的那個，快拿你們的謎面出來。」

那掌櫃笑著捧出三個盒子。「這最上面的，自然是要猜最難的，這三個盒子，分別是從易到難，每個盒子裡有一百道謎面，頭一個是字謎，就是根據謎面打一個字。第二個是物謎，就是根據謎面猜一物。第三個比較難，什麼都有，姑娘想要最上面的花燈，那就是一個盒子抽十張謎面。」

劉明珠可不管謎題難不難，自己這邊這麼多人呢，還有最聰明的四表哥、最飽讀詩書的六表哥、最伶俐的六表姊，當然，更有最最聰穎的自己，怎麼可能會拿不下一盞花燈？

「我來抽題！」拎著袖子，劉明珠轉頭看四皇子。「四表哥，等會兒你可得幫我，還有六表哥，這可是我送給如意姊姊的花燈，我一定要贏才行。」

四皇子只笑了笑，六皇子則是含笑點頭。

劉明珠伸手在那盒子裡捏了一個紙團，展開，唸題，比較簡單的猜字謎，有些她自己都能猜著，立刻就說出了答案。只是兩、三道之後，就有些力不從心了。

沈如意也在旁邊幫忙。「這個是重字。」

沈雲柔也湊趣。「我瞧著這是個池字。」

六公主也伸一把援手。「這是白字。」

四個女孩子將前面的十道字謎全給猜出來了，接下來的第二個盒子，就難了很多，有些常見的東西，她們能猜出來，可有些沒見過的，就需要四皇子和六皇子幫忙了。

男人在外面行走，見多識廣，女孩子能見的東西就比較少了，尤其是六公主和劉明珠，花花草草她們都知道，可農具家畜她們就不知道了。

「白海棠。」

「杜鵑花。」

「缺一不可！」

「文醜。」

……

幾乎都沒給四皇子出場的機會，六皇子一個人承包了第三個盒子裡面的謎題。三十道謎題過，那掌櫃的笑呵呵地讓人上去取了那花燈。「公子好文采，學識深厚，這盞花燈，就是這位姑娘的了。」

劉明珠笑嘻嘻地伸手接了那花燈，轉著看了一遍，依依不捨地塞給沈如意。「如意姊姊，送給妳的。」

沈如意笑著揉揉她的頭。「我再送給妳好不好？」

劉明珠搖頭。「不好，之前已經說了是要送給如意姊姊，如意姊姊快收下吧，妳要是想送我花燈，那我得自己挑一個！咱們往那邊走，我記得那邊有個兔子燈，做得可好看了，我想要那個。」

沈如意自然不會反對，沈雲柔瞧著沈如意手裡的花燈，雖說有些羡慕，但到底是知道場合，笑咪咪地捧場稱讚了劉明珠兩句，又開玩笑地說自己也看中了一盞花燈，等會兒請大家幫她贏回來。

有禮貌、懂規矩的女孩子，自然不會有人半分面子不給的，所以到了最後是人手一盞花燈：沈如意提著的是荷花燈，劉明珠的是兔子燈，沈雲柔的是琉璃燈，六公主的是走馬燈。

六皇子和四皇子都說自己是大男人家，不願意提著花燈，因此他們兩個手上空空。

有了花燈，幾個人也走得累了，正好到了祥和酒樓門前，四皇子就決定上去坐坐，正好六公主和劉明珠想見見沈夫人，眾人都上了酒樓。

沈侯爺斜倚在窗邊，手裡端著茶杯，見他們進來，就放下杯子起身行禮。「微臣見過四殿下、六殿下，見過六公主、明珠郡主。」

四皇子忙抬手虛扶了一把，又還禮，接著是給沈夫人見禮。忙活了一番，眾人才算是見完禮。

沈侯爺領著四皇子和六皇子在窗邊說話，沈夫人則是和六公主等人在屏風後說話。

「沈夫人長得可真好看。」劉明珠是個直率天真的人，說話毫不遮掩。「我那天在皇宮見了沈夫人，就覺得沈夫人很漂亮，今兒再見，更是覺得沈夫人漂亮了。」

劉明珠的直白讓沈夫人都不會接話了，還是六公主岔開了話題。「沈夫人是如何保養？我瞧著沈夫人還有身孕，臉上卻沒有浮腫也沒有斑痕，倒是氣色十分紅潤。」

「也不怎麼保養，就是平日裡多吃一些補氣補血的東西，胭脂水粉也不用別家的，如意得空了，就會自己做一些出來，我就用如意做的那些。」

「如意姊姊自己還會做胭脂水粉？」劉明珠立刻瞪大了眼睛，她這年紀，說小那還真有些不懂事，說不小也還是女孩子愛美的年齡。瞧著沈夫人臉色好，心裡也就有些癢癢了。

沈如意不好意思地笑了笑。「嗯，看書上有方子，沒事就研究了一下，之前本來打算做一些送給六公主和明珠郡主，只做成了一半，還有些沒做好。」

「真的？」劉明珠大喜。「那什麼時候能做好？」

「大約再兩、三天吧。」沈如意估算了一下時間，笑著說道：「若是妳們覺得好用，回頭我打算在京城開鋪子呢，妳們到時候多去捧捧場，若是妳們過去，我給妳們打折。」

過年前，黃可兒和方琴寫了信來，說是生意很好，打算往京城開鋪子。剛好春闈快到了，兩人的夫君也要進京參加科舉，順便就將開鋪子的事情給辦好。

「妳打算開鋪子？」六公主好奇地問道。

沈如意笑咪咪地點頭。「我之前在大名府的時候，和兩個手帕交一起開了胭脂鋪子，生意挺好的，正好她們兩個今年要進京，所以就打算在京城也開一家分店。」

「哇，妳都自己開鋪子賺錢了啊？」劉明珠一臉羨慕。「那妳手裡有銀子，是不是想買什麼就能買什麼？」

沈如意搖搖頭。「也不是啊，胭脂鋪子雖然有賺錢，但每年也就二、三百兩銀子，咱們這樣的人家，頭上一支簪子加上首飾也差不多近百兩了，所以，這些錢也不過是買些小玩意兒罷了，像我平日裡買書什麼的，都是用我自己的錢。」

「這個也行啊，我喜歡買糖、買點心。」劉明珠瞪大眼睛。「我要是也能自己賺錢就行了。」

「要不然咱們合夥開胭脂鋪子？」沈如意忽然提議。

劉明珠雖然有些意動，卻還是搖了搖頭。「妳的鋪子都經營得差不多了，我們忽然要加進去，那豈不是白要妳的銀子？不行不行，我不要開胭脂鋪子。」

六公主也點頭，她們雖然也想弄間鋪子玩玩，卻不能占了沈如意的便宜。

「那咱們不開胭脂鋪子了，開別的。」沈如意想了想說道：「我原先還想著胭脂鋪子賺的錢太少了，正好咱們再開間鋪子，賺很多錢，以後就可以自己買首飾了。」

沈侯爺在另一邊聽著她們嘰嘰喳喳，忍不住搖了搖頭，笑著說道：「可真是小孩子心性，難不成府裡還少了她買首飾的錢？偏偏喜歡自己賺錢，實在是……」

未出閣的女孩子，一般都不大提起錢財之類的阿堵物，尤其是些高門大戶的人家，連說個金銀二字，都覺得是污了耳朵。平日裡姊妹們在一起，不是談論詩詞就是討論衣服、首飾，哪兒有跟自家閨女一樣的，有合心的朋友，先說的就是開鋪子做生意。

四皇子端著茶杯笑道：「令千金將來定是個會持家的賢妻良母。」

中間就隔著一道屏風，沈侯爺他們能聽見沈如意她們的話，沈如意她們也能聽見沈侯爺那邊的。

原本沈雲柔想要開口，聽見四皇子的話，就有些猶豫了。再側耳聽聽，六皇子並沒有開口，就更是猶豫了。

姨娘說過，男人最是不喜歡市儈的女人，平日裡看那些千金閨秀們也都閉口不談這些東西，自己若是……想想外面丰神俊朗的六皇子，沈雲柔就更不願意開口了。

反正沈如意和自己是親姊妹，大不了等她們商量好了，回頭自己求沈如意，往裡面摻些股什麼的，畢竟能和六公主及明珠郡主一起開鋪子，鋪子的生意定然不會太差了。想著，沈雲柔就更不開口了，只坐在一邊，瞧著誰的茶杯裡沒茶水了，就趕忙拎著茶壺親自斟茶。

「那要開間什麼樣的鋪子？」劉明珠興致勃勃地問道。

沈如意看六公主。「公主可有什麼想法？」

六公主摸了摸下巴。「叫我樂安吧，咱們也算是手帕交了，總叫公主太客氣了些，我本名樂安。」

沈如意有些猶豫，六公主笑道：「妳都叫明珠了，也不差一個樂安。」

「好，樂安。」想了想，沈如意點頭了。六公主都不介意了，自己若還是堅持什麼，就太不給六公主臉面了。

見六公主滿意地笑了笑，她就又問了一遍。「樂安覺得咱們開間什麼樣的鋪子好？」

「要我說，妳們幾個女孩子，就開間女孩子喜歡的店鋪。」沈夫人在一邊幫忙出主意。

「既然不想開胭脂鋪子，那就開個首飾鋪子或者是衣服鋪子，總能賺錢的。」

正說著，就聽外面有人敲門，陸嬤嬤忙去開門，好一會兒才回來。「回侯爺的話，外面是一位姓劉的大人，他聽說侯爺也在，就想過來拜訪一下。」

有女眷在，自是不好讓人進來拜訪，所以沈侯爺略一沈吟，就請了四皇子和六皇子移步。「咱們去隔壁，也好讓她們小姑娘們自己在這裡玩耍，免得有人打擾了。」

四皇子和六皇子自是不會不應，三個人轉移到隔壁。

但陸嬤嬤不一會兒就又過來了。「劉夫人帶了劉姑娘過來，想要拜見一下夫人。」

沈夫人略有些歉意地看六公主她們。「若是公主和郡主覺得煩，就先在屏風後面等一等？」

六公主不在意地擺擺手。「不用了，一會兒我還想出去逛逛，妳只管見吧。」說完，她轉頭看沈如意。「妳去不去？我們去買些首飾玩具什麼的，有明珠帶路，今天肯定能買到好東西。」

沈如意有些意動，但又不放心沈夫人，沈夫人瞧出她那意思，忙伸手捏了捏她掌心，笑著安慰道：「別擔心，有宋嬤嬤在，隔壁還有妳父親，妳就只管去逛逛吧，回頭給我帶禮物好不好？」

「可是……」沈如意還是有些不放心。

沈夫人拍拍她的手。「放心去吧，我又不是紙糊的，再說了，我只在這裡看燈，又不出去，有什麼好擔心的？去吧，不要緊的。」

有六公主和劉明珠在，沈如意不好說太多，也不好真只讓她們兩個去逛街，就應了下來。

見過劉夫人，六公主就提出要出去逛逛。

那位與劉夫人一同過來且名叫寶瑞的姑娘忙起身。「我也正想去逛逛呢！公主、郡主，能不能帶上我？」

劉明珠不在意，只是六公主沒見過這位劉姑娘，有些不大願意，但劉寶瑞落落大方站在那兒，她也就有些不好開口拒絕。最後，也只能帶上了她。

幾個人剛下了樓，就聽見六皇子的聲音。「妳們要出去逛逛？我陪著妳們去吧，幾個女孩子，就算有嬤嬤丫鬟，到底是不大安全。」

六公主轉頭眨眨眼看他。「你不是在跟沈侯爺和四哥他們說話嗎？」

六皇子皺了皺眉。「他們都在說正事，我又聽不懂，就不想乾坐著了。怎麼，不想我陪著妳們去？」

「當然不是，只是我們要去逛首飾鋪子、衣服鋪子什麼的，你也去？」六公主微微挑眉。

六皇子點頭。「無妨，我在外面等著就是。」

劉寶瑞在一邊開口笑道：「六殿下真關心公主殿下，我要是有這麼個貼心的哥哥，晚上睡覺都要笑了。」

六皇子看了她一眼，六公主簡單介紹了一句。「劉大人的千金。」

六皇子點點頭，並未打招呼，劉寶瑞抿抿唇，也沒再繼續說話。

一行人出了酒樓，慢悠悠地往前走，一邊賞燈一邊逛街，看見有想去的店鋪，就進去瞧瞧，沒有想去的，就只看外面的花燈，興致來了就猜猜燈謎。

不遠處有一家酒樓，掛的花燈上是一些對子、詩詞之類的，很多書生聚集在那邊。

沈如意瞧了瞧，心裡驀然就有了個念頭——若是像猜燈謎一樣，自己隨意挑中一個書生，回頭訂了親，然後等娘親生了孩子就出嫁……

想到此，她就忍不住笑了笑，最近想這個都有些想魔障了。不知道的，還以為自己恨嫁恨到了飢不擇食的地步了呢。

「笑什麼？」正獨自樂著，就聽六皇子問道。

沈如意點了點那群書生。「很熱鬧。」

六皇子跟著看了一眼，頓了頓問道：「妳喜歡？若是妳喜歡哪一盞花燈，我幫妳贏過來，就當是妳借書給我的謝禮。」

「不用了，你也有借書給我啊，要是都像你這樣要給謝禮，那我是不是也應該送你一盞花燈？」沈如意笑咪咪地搖頭。

六皇子挑了挑眉。「若是妳願意，我也不介意啊。」

沈如意有些詫異地看他，六皇子臉上還是帶著笑，和以往一樣溫和，半點兒異常都沒有。唔，大約是這位殿下不參與朝堂上的事情，所以有些單純？

「你們快看，那邊要開始放煙火了。」劉明珠跳著腳指著西南邊。

六皇子率先轉頭，沈如意也跟著轉頭，果然，天空中有一朵巨大的煙花炸開，十分絢麗。

「咱們去看煙火？」劉明珠拽著六公主的衣袖笑道：「等看完了煙火再去逛街？」

「看煙火的話，這兒不是好地方，咱們去皇宮西邊。」六公主想了想說道。

皇宮西邊有一大片空地，地勢還比較高，在那裡看煙火確實是很方便的，還很近。

「這會兒怕是擠不過去了。」劉寶瑞張望了一下人群，搖頭說道：「人太多，等咱們擠過去，指不定煙火就放完了，還不如就近找個店鋪進去看看。」

沈雲柔也贊同。「是啊，這會兒趕過去來不及的，往年煙火只有半個時辰，咱們平日裡從這兒趕到皇宮西邊都得小半個時辰了，加上這會兒還這麼多的人。」

可沈如意和沈雲柔對這樣熱鬧的煙火不感興趣，不代表六公主和明珠郡主不感興趣，一個身處深宮，一個養在大長公主府，往年就算看煙火，也不過是在宮牆上，或者是自家院子裡瞧兩眼。

絢麗漂亮是有了，只是那分熱鬧，卻始終比不上外面，所以聽著遠處的歡呼，再瞧著周圍的人群，兩個人就很想去。

沈如意表面上是個十五歲的小姑娘，內裡卻已經二十多了，正常情況下，孩子都已經好幾歲了。所以，當劉明珠眨巴著大眼睛、可憐兮兮地做出拱手的姿態時，她就有些動搖了。

沈雲柔還是有些猶豫，劉寶瑞卻立刻改變陣營了。「那咱們就去看煙火吧，咱們身邊的人這麼多，圍成一個圈兒護著，肯定不會有事的。」

六公主點頭。沈如意再強硬也不能強過六公主和明珠郡主，也只能跟著點頭，繼續前行了。

「這邊是賣布料的比較多，最出名的是曹家布莊，他們家的布料還是宮裡採買的首選呢！

「這邊是賣糧食的比較多，還有不少小吃鋪子，我覺得，做得不比酒樓裡面的精緻，但味道還不錯。這邊是賣胭脂水粉的比較多，我也只是瞧過兩眼。」

六皇子剛說到這兒，劉姑娘就在一邊接了話。「我知道這邊，胭脂水粉賣得特別好，有一家叫『天生麗質』的鋪子，他家的胭脂賣得最貴了，一盒桃花胭脂，就要三兩銀子，一般人家一輩子都不一定買得起一盒。不過，他家的胭脂用著也是挺好用的，不乾不膩，時間長了還滋潤皮膚。」

沈如意倒是對這個聽得挺入神，她的胭脂鋪子馬上就要在京城開分鋪了，她總得先打探好情況才行。這間「天生麗質」的胭脂鋪子，一聽就知道是走高調奢華的路線，自家的胭脂水粉，也差不多是走這個路線，指不定兩家就要對上了。

「這間鋪子是誰家開的？」沈如意佯裝好奇地問道。

劉寶瑞笑嘻嘻地點頭。「妳問我算是問對了，我正好知道，這家鋪子也是曹家開的，曹家是皇商，他們家可不光是宮裡布料的提供商，什麼胭脂水粉、宮花、首飾，宮裡大都是選用他們家的。」

六皇子之前在酒樓聽了沈如意說開鋪子的事情，笑著看了沈如意一眼，並未出聲。沈如意側頭瞧了瞧那條街，打定主意下次要過來瞧瞧。

「那邊是挨著書院的，所以賣筆墨紙硯的店鋪比較多。」瞧見自己比較熟悉的地方，六皇子就笑著介紹。「裡頭還有幾家古玩鋪子，不過，這種東西不好說，沒有眼力的，進來也不過是白白花了銀子。有眼力的，卻不一定能買得到真東西。」

沈如意對古玩不大感興趣，只敷衍地點點頭。「有書鋪嗎？」

六皇子笑著挑眉。「自然是有的，還不少，各家賣的書都不一樣，有專門賣話本的，有專門賣遊記的，有專門賣雜談趣怪的，之前我不是說了，這裡挨著書院嗎？書院的書生，得了空就會找一些抄書的活計做，所以，這裡偶爾還能找到不少孤本的抄寫本。另外，有不少才子會寫話本之類的東西，也有寫得不錯的。」

書生能賺錢的方式不多，要麼是自己寫了話本賣，要麼就是抄寫幾本書。所以，為了能賣錢，一些孤本藏本什麼的，還都是手抄的。

聽了六皇子的介紹，沈如意就來了幾分興趣。「真的？有沒有戲折子之類的？」

「自然是有的，妳聽過《桃花扇》吧？就是書院的一個書生寫的。」六皇子笑著說道。

《桃花扇》是最近剛出的戲，出了不到一個月，就風靡了京城的戲院和後宅，不管誰家，但凡舉辦宴會，十個裡面有九個要點這齣戲。

「那我可要找機會來看看了。」沈如意忙說道。

六皇子搖頭。「妳就算來了，也不一定能買得到書。」

沈如意立刻驚訝了。「為什麼？不是有錢就能買的嗎？」

「非也，妳也知道，這書生寫的書，有不少是那個……」六皇子輕咳了一聲，含含糊糊地將那幾個字給略過去。「所以，這條街的書鋪，好東西都是進去才能買的，可女孩子是不能進去的。」

不是說書鋪的掌櫃有良心，而是有一次，有個姑娘買了書，也沒仔細瞧是什麼內容，回去被家裡長輩發現了，書裡竟是一些情情愛愛的，那戶人家也是有些權勢的，自家閨女捨不得罰太厲害，就遷怒到書鋪上面，差點兒將那書鋪弄得關門了。

自此之後，這街上的掌櫃們就多了心眼，但凡是書生們寫的話本，全都是在裡面賣的。女孩子進去能買的，就是一些擺在前面誰都能看的。

「那些孤本、藏本之類的，也是放在裡面？」沈如意了然，又有些不解。「只是一小部分不能被人看見的，就要將所有的話本都藏起來賣？這不是……」

「並非是每個掌櫃都有空將所有的書看一遍。」六皇子解釋了一句。「不過妳放心，若是有好看的書，我會記得給妳留著。」

沈如意有些遺憾。「不過是想著親自過去看看，萬一能找到兩本合心意的……」

說完，一抬頭忽然發現原本走在自己前面的六公主和劉明珠不見了，沈如意就有些慌了。「六公主和明珠呢？」

再一轉頭，連劉寶瑞和沈雲柔都不見了！

「走散了？快看看你叫的幾個侍衛還在不在了？」沈如意忙說道，左右張望，心更沈了，連丫鬟婆子都沒了！

六皇子在沈如意打量周圍的時候，已經很迅速將自己的侍衛叫了過來，那侍衛倒是乾脆。「公主和郡主身邊都帶著人，並未走散，只是走得快了些，就在前面，沈二姑娘和劉姑娘也跟著六公主。」

沈如意瞪大了眼睛。「你看見了，怎麼不提早和我們說？」

那侍衛面無表情。「六公主和明珠郡主帶有侍衛，屬下的職責是保護六殿下的安全。」

六皇子輕咳了一聲，擺擺手示意那侍衛退下，又轉頭和沈如意說話。「他們這些侍衛都有些死板，瞧著六妹她們沒什麼危險，就不會出聲提醒。」

沈如意嘴角抽了抽，這樣也行？但仔細想想，也是能理解的。大過節的，大家出門都是為了玩，玩得高興了，自然就顧不上身邊的人。這些侍衛，既然是點明了要保護誰，那肯定只一心盯著自己的主子。別的主子有別的侍衛保護，所以，只要瞧著自己的主子沒離開自己的視線就好了。

「那我的丫鬟們呢？」沈如意問道。

這次六皇子反應比較迅速了，往後面指了指，沈如意一轉頭就看見了，剛才因為那兩個丫鬟在彎角後面，她沒看見，這會兒繞出來，自然是看見了。

那兩個丫鬟瞧見她也是十分興奮，連忙擠了過來。「周圍人太多了，奴婢本來叫了姑娘幾聲，只是這會兒離那放煙火的地方太近了，正好有幾個煙花炸開，聲音太大，姑娘也沒聽見。」

沈如意有些尷尬，再加上那時自己正專心地聽六皇子說話，所以才沒聽見吧？

「沒走散就好，妳們瞧著二姑娘是跟著六公主走了吧？」沈如意又問道。

夏冰忙點頭。「嗯，二姑娘拉著明珠郡主呢，明珠郡主急著往前走，二姑娘就跟著過去了。」

沈如意點點頭。

六皇子輕咳了一聲拉回沈如意的注意力。「我剛才瞧著妳不是太想去看煙火，正好走到這邊，咱們不如去書鋪看看？」

沈如意一臉詫異。「這會兒書鋪還開著門嗎？」

「妳忘了，元宵節和往日裡不一樣的嗎？今兒晚上沒有宵禁。」六皇子笑著說道。

沈如意有些心癢，但一想到六公主她們，又趕忙搖搖頭。「還是不了，既然六公主她們就在前面，咱們趕緊走快些，說不定還能追上。」

「這會兒人太多，咱們是肯定快不了，倒是這邊人少。」六皇子伸手點了點。

擠著去看煙火的人是摩肩擦踵，一點點的縫隙幾乎都沒有。而去書鋪的那條街，就算有人，也不是很多。

沈如意是不大願意往人群裡面擠的，六皇子忙又說道：「妳若實在擔心，我讓人去和她們說一聲。」說完，不等沈如意點頭，忙又叫來剛才那個侍衛。「去和六公主說一聲，人太多了，我們擠不過去，所以就不去看煙火了，我們去那邊買書，一個時辰後，我們在祥和酒樓見面。」

沈如意看著那侍衛三兩下就擠進了人群，她轉頭看六皇子。「你身邊幾個侍衛？」

「我身邊四個，六妹身邊也是四個，明珠身邊還有兩個。」六皇子很老實地回答，回完又問道：「這下子妳不用擔心了吧。走吧，咱們去看書？」

六皇子既然安排妥當了，再加上沈如意確實很想過去看看，也就沒再反對。

那條街果然和六皇子說的一樣，一整條街不是賣筆墨紙硯，就是古玩珍藏，剩下的全是書鋪了。

「剛出的話本有嗎？」六皇子像是來慣了這樣的書鋪，一進門就朝裡面的夥計問道。

那夥計瞧了瞧他後面的沈如意，沒吭聲。

六皇子笑著點了點沈如意。「這是我妹妹。」

既然是兄妹，那就不用太擔心了。夥計連忙笑著從櫃檯後面繞出來。「最近剛出了幾個話本，是海澄寫的，公子可要看看？」

六皇子沒應聲，只轉頭壓低了聲音和沈如意說話。「有些是寫話本寫出了名的，這個海澄，平日裡就是寫一些江湖奇談之類的，另外有個端線，寫鬼怪比較出名，我之前說的桃花扇則是冰之寫的。」

沈如意點頭表示明白，有些人寫話本，並不會用自己的真實名字，而是取個號或者是別稱，闖出名堂了，就能叫大師。

「端線大師最近可有本子出來？」六皇子轉頭問道。

那夥計搖搖頭。「端線大師去年十月到現在，都沒有本子出來，不過最近另外出了幾個本子，都是鬼怪雜談，雖比不上端線大師，賣得也是挺好的。」

「你拿過來我們瞧瞧。」六皇子點頭。

那夥計趕忙進去抱了一摞書出來。六皇子先翻看，看完之後確定沒什麼內容不適合女孩子看了，才遞給一旁的沈如意。

「這個是寫歷史故事的，妳要看嗎？」六皇子側頭問道。

沈如意手上正翻看著一本遊記，和以往她看的不一樣，這本遊記記載了各地的美食，看得她都有些嘴饞。因手上的書捨不得放下，於是她只側著身子往六皇子那邊傾斜了一下，掃了一眼上面的字，微微點頭。「這個挺有趣的，還行吧。」

由於沈如意出門之前沐浴過，洗髮的香膏、沐浴用的香胰子皆是桂花香，連帶荷包裡塞的花兒，都是去年秋天陰乾的桂花，所以，她一側身子，六皇子就聞到一股淡淡的桂花香。

一低頭，他正好從上往下看見沈如意長長的眼睫毛，以及秀氣挺直的鼻子，白嫩的臉頰上帶著一些粉潤，怎麼看怎麼動人。

他第一次聽說沈家大姑娘沈如意，是聽二表弟劉明濤說的，當時只知道這位沈家姑娘長相精緻秀美，性子有些淡。雖然被侯府送出京住在大名府，卻沒有怨懟，而是更加恬淡。

那時候不過是聽聽就算了，一個還不知道能不能回京的小姑娘，誰會放在心上？即使是二表弟，也不過感嘆了一下這個沈姑娘的相貌，以及淡然的性子，就扔在一邊不再提起了。

後來在宮裡見到沈如意的時候，不知怎的，他就想起表弟曾經說過的——眉如遠黛，目若橫波，面似桃花。不過晃神也就那麼一會兒的事情，畢竟他是皇子，從小在宮裡長大，什麼樣的美人沒見過？

遠的不說，就說現在宮裡有個穎妃，那也是美得天地無光、日月黯淡。可穎妃美是美，和沈如意比起來，卻少了幾分韻味。兩個人站一塊兒，一個就好像是工匠精雕細琢做出來且沒有一絲瑕疵的玉雕，一個則是天生地養自然形成的玉石。

吸引他的，不是那分美貌，而是沈如意的氣質。被李長安她們刁難，沒有害怕恐慌；說自己不會詩詞歌賦，不見尷尬難堪；和明珠、樂安相交如朋友知交，不知不覺中，他的注意力就多放在沈如意身上。

可若只是這樣，他也不過是遠觀一番，卻沒想到這位沈姑娘竟也是一個愛書之人，淺談幾句，她的看法，竟是有八成和自己一樣，他這才動了心思。正巧自己到了要成親的年紀，沈姑娘的年齡也相當，若是能娶了沈姑娘，每日裡夫妻相對，只談論書中內容，日子也不用擔心過得無趣了。

「不過和這本比起來，我更喜歡那本《笑說古今》，更詼諧一些。」沈如意笑著說道，抬頭看六皇子一眼。

六皇子愣了一下，忙點頭。「對對，那本書也好看，不過可惜的是只出了三本，連大漢朝都還沒寫到，實在是太慢了些。」

「好書麼，就算多等幾年都沒關係。」沈如意慢悠悠地搖頭晃腦。

六皇子笑咪咪地跟著點頭，將挑中的書放在一邊，然後換另一本。「這個話本，寫的是因果報應一類的，要看嗎？」

沈如意搖頭。「不看，比起虛無的因果報應，我更喜歡看有鐵面無私的青天老爺、破案如神的那種。」

說著，她就從一堆書裡面拽出來一本，示意給六皇子看。「就像是這個，說的是前朝張青天破案的事情，我就很喜歡看。」

兩個人嘀嘀咕咕，你挑兩本、我揀兩本，沒一會兒一人手邊就堆了五、六本，互相交換過來看看，對方挑的也都合自己的口味，索性就買了兩套。

「這會兒時候不早了，咱們回去？」六皇子示意侍衛抱了書，側頭看沈如意。

沈如意點頭。「好。話說六公主今晚上不用回宮嗎？晚上宮門不是會鎖上？」

「嗯，宮門有落鎖的時間，六妹今兒去四哥那兒住。」六皇子一邊說一邊和沈如意往外走。

只是兩人剛踏出店門，就察覺到臉上有涼絲絲的感覺，一抬頭，就見眼前飄過幾粒雪白。

六皇子忙轉頭看沈如意。「下雪了。這會兒，估計一會兒花燈就該全收了。」

沈如意也有些詫異。「竟然下雪了？那咱們快些吧，也不知道這雪會不會下大。」

「應該不會，聽欽天監的人說，正月沒有太大的雪，不過下雪也挺好的，燒一壺清茶，拿今兒剛買的書翻兩頁，看看外面的雪景，日子也挺美的。」

「你說得是挺美的。」沈如意忍不住笑，這樣的好日子，目前來說，也就能想一下。不對，其實也是能過一會兒的，和初回京的時候相比，她和娘親的日子，已經好過很多了。

想起剛回來的事情，前面有老夫人，後面有二房三房。現在呢，老夫人去靜養了，二房和三房因為之前紅柳小產的時候被拿了把柄，也不敢太囂張，她每天要做的事情，已經是大大減少了。

說不定，等她及笄時，整個侯府都已經平靜下來了，但願娘親肚子裡是個弟弟，那樣就算自己嫁出府了，也不用擔心娘親掌控不住侯府了。哪怕只是個剛出生的嬰孩，只要是男孩子，都能讓娘親坐穩侯府當家主母的位置。

子嗣不管什麼時候，都是女人立足的根本。尤其對於沈夫人這樣沒有娘家的人來說，更是如此。有了男孩，她才有底氣，侯府的那些家生子都會主動向她靠攏。

不過，她也得提前做好準備，萬一是女孩兒……要麼是和王姨娘交好，要麼是重新找個能生孩子的。

「過日子麼，難過是一天，好過也是一天，幹麼自己為難自己？」

六皇子伸手接了一粒雪花，看著沈如意笑，笑得一臉溫和，卻換來沈如意一個不解疑惑的眼神——下雪而已，用得著笑得這麼含情脈脈嗎？

「嗯，六殿下說得有道理。」人家客氣，自己也得客氣點兒，這可是皇子呢，搞不好就直接得罪了最大的那個人了。

六皇子雙手背在身後，走得還挺悠閒。

「今天耽誤沈姑娘妳看煙火了，還讓妳幫我挑了半天書，真是不好意思，改天我請姑娘吃點心吧！御膳房新來了個做點心的人，沈姑娘喜歡吃什麼口味的？」

沈如意搖搖頭。「哪裡，是因為走散了才沒能去看煙火，再說，我也不是很喜歡看煙火，我還沒謝謝六殿下願意帶我過來呢，要不然，我可找不到這樣好看的書。」

沈侯爺那是不用說了，絕對不可能為了給沈如意買幾本書，就紆尊降貴特意來這裡轉一圈。家裡的小廝倒是能來，但小廝們挑選的書，哪能與自己挑選的相比？

「哈哈，咱們這也算是因禍得福了。」六皇子笑道。「不過，點心是一定要的，要不然，我下次都不好意思去侯府借書看了，我倒是挺喜歡那廚子做的松仁糕，妳若是喜歡，我下次給妳帶這個？」

沈如意推辭了幾次，六皇子卻堅持要給她帶點心，最後沒辦法，她只好點頭了。「多謝六皇子了，不拘什麼口味，只要不是太甜就行了。」

「妳不喜歡吃甜的？正好我也不喜歡。」六皇子心裡大喜，口味也一樣，看來不用擔心成親後口味不合的問題了。

沈如意完全不明白六皇子在高興什麼，只敷衍地點頭，眼瞧著祥和酒樓就在前面了，立刻加快腳步，雖說有丫鬟侍衛，他們也沒做什麼出格的事情，但孤男寡女的，還是早些分開比較好。

第十八章

上了二樓，就見沈侯爺的身旁，除了之前來的那位劉大人，另外多了好幾個官員。四皇子正側頭和另外一個人說話，瞧見六皇子和沈如意上樓，眼睛瞇了一下，就又轉回頭了。

沈侯爺招手示意沈如意過去。「妳二妹她們呢？」

「走散了，六妹她們急著去看煙火，就走得有些快，不過侯爺不用擔心，我六妹和明珠表妹身邊，都帶著侍衛，再加上嬤嬤、丫鬟一大堆，估計一會兒就能回來了。」六皇子忙替沈如意回道。「走散之後，我派了侍衛過去給六妹她們傳話，後來見人實在是太多了，擠不過去，所以就和沈姑娘一起去了書鋪。」

說著，六皇子很是興奮地湊到四皇子身邊，顯擺自己買回來的書。「四哥，看，我買的書多吧！那兒的書鋪和書院挨著，倒是挺有意思的，裡面的書也很多，那書院的學生們可真是有本事，有幾本寫得相當不錯呢，我還找了幾本寫策論的，四哥你要不要看看？你要是不看，我給父皇帶回去，也讓父皇瞧瞧，說不定真有幾個飽學之士。」

四皇子伸手拿了那本書，翻看了一下，又還給他。「我瞧著也有幾分意思，你回去帶給父皇吧，我若是想看，過段時間再過去買就是了。」

六皇子點點頭，拿著書站在一邊。

沈如意給沈侯爺行了禮，沈侯爺指了指雅間，示意沈如意進去。

此時，沈夫人正端著碗在雅間吃宵夜，見了沈如意，忙拉她過去。「這家的元宵做得還挺不錯的，聽小二說他們的大廚特意學了北地的做法，和南地的不一樣，妳要不要嚐嚐？」

沈如意直接拿了沈夫人的勺子挖了一顆，塞到嘴裡慢吞吞地嚼了，才點點頭應道：「還不錯，也不知道二妹她們什麼時候能回來，我也吃一些吧。」

小丫鬟聞言，忙出去替她傳話準備元宵這道佳餚。

沈如意伸手摸了摸沈夫人的肚子。「剛才是不是來了很多人？」

「嗯，還有宋國公夫人呢，不過宋國公夫人上了年紀，只在這兒坐了一會兒就走了。」沈夫人不大在意地說道，捏了捏沈如意的臉頰。「怎麼這麼冷？」

「外面下雪了。」沈如意笑咪咪地讓人挑開窗戶。

沈夫人看了一眼，很有些吃驚。「竟然下雪了，我一點兒都不知道呢，那咱們可得趕緊回去了，不知道等會兒會不會下大，若是下得猛了，路就不大好走了。」

剛落下的雪，是積不起來的，落地就化成水了，雖說京城的主幹道上都鋪了青石板，但濕濕滑滑的，連石板路都不大好走。

「嗯，二妹說不定一會兒就回來了。」沈如意有一句沒一句地和沈夫人說著話，見宵夜端上來了，她就端了碗坐在窗邊，一邊往下看一邊吃元宵。

沈夫人絮絮叨叨地說：「妳別坐在那兒吃啊，萬一誰一抬頭瞧見妳這吃相，那就不好看了。」

宋嬤嬤也在一邊幫腔。「姑娘，快別坐在那兒了，窗口有風，小心著涼了。」

等她一碗元宵吃完，六公主才領著劉明珠、沈雲柔，還有劉寶瑞一起回來。

劉明珠臉頰通紅，眼睛明亮。「那煙花還是近看好，如意姊姊妳不知道，那砰的一聲之後，煙花炸開，別提多絢爛了。人特別多，到處都是人，我們差點兒就擠不過去了，還好陳大人家早早在那邊搭了帳幕，我們派了嬤嬤過去問話，然後陳夫人就讓人帶我們去帳幕裡看煙花了。」

和劉明珠比起來，六公主就有些含蓄了。「周邊還有賣各種小吃、點心，我買了一些酒釀圓子，雖說做得有些粗糙，不過味道還是不錯。如意，妳沒跟過去，我們就給妳帶了禮物回來。」

沈雲柔忙將手裡的東西遞過去，沈如意忍不住笑，果然和她想的一樣，就是一個麵人兒，不過捏得挺像的，和她今兒穿的衣服一模一樣。

「謝謝樂安，謝謝明珠，我很喜歡。」沈如意摸了摸麵人兒的腦袋，笑著道謝。「我也給妳們帶了禮物，妳們可別嫌棄。」

說著，她就讓夏冰拿了過來，一人一枝筆，不過和普通的毛筆不同，上面既是雕刻又是描彩，把玩還行，寫字就有些硌手了。這種東西，也就平日裡玩耍能用。

送完了小禮物，劉府的丫鬟便走進來請劉寶瑞了。

劉寶瑞有些依依不捨。「我該回去了，今兒玩得很高興，若是下次有機會，我還能找妳們玩嗎？或者我給妳們下帖子吧？」

眾人自是笑盈盈地應下了，接著是四皇子派人來叫六公主和劉明珠，等她們兩個離開，沈侯爺也回來了。

「時候不早了，咱們趕緊回去吧。」

沈夫人沒有反對，挺著肚子起身，正要伸手扶宋嬤嬤的胳膊，冷不防，沈侯爺先伸手拽住了她胳膊，沈夫人差點兒沒嚇一跳。

沈侯爺根本沒看沈夫人，一手扶著她，一手背在身後，目不斜視地往前走。

沈如意看著就想笑，不過，為了保護沈侯爺那高傲的自尊，她硬是憋住了。

回到侯府，原以為還要應付老夫人一番，誰知道，老夫人已經歇下了，邱嬤嬤戰戰兢兢地出來回話。「老夫人說，請侯爺和夫人早些回去休息吧，時候不早了，她身子不大舒服，就不等著你們過來請安了。」

沈侯爺笑著點了點頭，一句話沒多說，轉身領了沈夫人和沈如意回去。

第二天一大早，沈侯爺繼續上朝。

沈如意吃了兩塊點心後，才過來向沈夫人請安，而沈雲柔比她到得早，一看見沈如意就喜孜孜地迎了過來。

「大姊，妳累不累？我昨天玩得太高興了，回來之後，前半夜幾乎沒怎麼睡，不過這會兒一點兒都不睏，精神還很好。」

「那是因為妳太高興了。」沈如意笑說，轉頭伸手揉了揉沈明修的腦袋。「姨娘呢？」

「姨娘在裡面伺候夫人穿衣服呢。」沈雲柔的笑容頓了頓，往內室看了一眼，表情才恢復自然。「咱們昨兒買的東西，要不要送給三妹一些？」

「送一些吧，好歹是姊妹，她年紀小不能出門，咱們當姊姊的，也應該照看一些。」沈如意說完後，低頭看沈明修。「明修今兒是不是該上學了？」

過了年初五，沈明修就開始上學了，昨兒還是因為元宵節，所以才放假了一天。

大約是開始讀書，又長了一歲，沈明修倒是比剛見的時候懂事了些，聽沈如意問話，就繃著小臉嚴肅地點頭。

「給大姊請安，今兒是要開始上學了，先生一早就派人過來說，我一會兒給母親請安之後就去，等下午下了學堂再去給祖母請安。」不過，到底是小孩子心性，沒幾句話就露了原形。「大姊妳們昨天出去玩怎麼不叫上我，我也很想出去玩的。」

沈如意笑咪咪地捏了捏他的臉頰。「你太小了，所以不能去，姨娘給你說過吧，街上很多壞人，專門抓你這樣的小孩子，白白嫩嫩的，萬一你要是被抓走了，以後可就見不到姊姊，也見不到姨娘了，沒有香甜的點心吃，也沒有美味的飯菜吃，更沒有好看的衣服穿，所以你平日裡可不許偷偷出門，就算要出門，也得帶足小廝才行。」

這可不是嚇唬人，京城雖然是天子腳下，但也不是沒有拐子的。五歲到八歲的小孩子，尤其是男孩子最是不好看顧，一移開眼，指不定他們就跑哪兒去了。

王姨娘就這麼一個心肝寶貝，自然是不會輕易讓他出門的。元宵節那樣的盛況，街上都是人，萬一出了事兒，她哭都沒地方哭，索性就不讓沈明修出門了。

反正沈明修是男孩子，出門的機會多得是，也不在乎這一、兩次的。

這話大約王姨娘昨晚也說過，所以沈明修聽了沈如意的話，也就嘟著嘴有幾分不高興。

沈如意笑著逗他。「不過呢，我們給你帶了禮物，你高興不高興？你若是不高興的話，那我就只能將禮物送給四堂弟他們了。」

「高興！」沈明修忙拽了沈如意的衣服，仰著臉露出大大的笑容，一臉燦爛。

沈雲柔在旁邊看得都有些鬧心——實在是太丟人了點兒，不過幾個玩具，你看你笑的，就差沒在臉上刻上高與兩個字了吧？

因為有王姨娘護著沈夫人，沈如意就空出很多時間。過了年之後，終於騰出手來為自己和沈夫人培養心腹了。這拉攏下人的手段，無非是那麼幾種，攻心為上，收買為下。

府裡下人的賣身契，原本應該在侯府主母手裡的，只是沈夫人嫁過來的時候，老夫人以沈夫人新媳婦不認識府裡的下人為藉口，並沒有將管家權力交給沈夫人，這賣身契自然也沒有給。

即使現在，沈夫人開始管家了，這賣身契依然是在老夫人那裡。

沈如意要做的頭一件事情，就是將這賣身契拿回來。只是老夫人防範得嚴，沈如意試探過兩、三次，老夫人都將話題給岔過去了。

眼看著沈夫人的肚子越來越大了，沈如意也不願意再繼續拖下去了，於是回頭就找了趙嬤嬤商量。

「廚房的採買是最容易糊弄人的地方，這段時間，我讓妳做的事，妳可都辦好了？」

趙嬤嬤點了點頭。「奴婢已經瞧好了，採買上的王嬤嬤拿得最多，廚房的劉嬤嬤，每次都要將廚房的東西偷偷帶走一些，上回還帶了一些人參。姑娘，咱們要怎麼做？」

「這些人隱藏得夠深，只從帳本上看，這些證據是不大夠的。」沈如意笑著說道。「所以，咱們得來個出其不意，還得請我父親出手幫忙才能行。」

上次廚房換人的時候，沈如意已經有了經驗。那會兒老夫人還沒靜養呢，她都能一舉拿下廚房——當然，沈侯爺出力甚多。

這會兒老夫人還在靜養，沈夫人又有了身孕，局面已經比之前好太多了，所以沈如意這次出手，更是快狠準，在老夫人沒反應過來的時候，她已經借了沈侯爺的手，派了侯府的小廝、婆子圍了廚房二把手白嬤嬤的家，還有主管採買的三個管家。

老夫人正坐在軟榻上摟著沈佳美說話的時候，就見小劉嬤嬤一臉驚慌地在外面喊了起來。「老夫人救命啊，老夫人救命啊，求求您救命啊！」

驚愕之後，老夫人忙讓人將小劉嬤嬤給叫了進來。

「妳慢慢說，可是發生了什麼事情？」

「大姑娘讓人圍了奴婢家，這會兒已經讓婆子進去抄查了。」小劉嬤嬤伸手在臉上抹了一把淚。「老夫人求您救命啊，老奴一輩子為侯府盡心盡力，卻沒想到，臨老了，還要受這樣的罪！

「大姑娘竟然帶著人抄查了奴婢的家啊，這可要奴婢怎麼活啊！」小劉嬤嬤哭得一把鼻涕一把淚的。「老奴雖未有功勞，卻也是有過苦勞的，當年老侯爺過世，正值夏天，哪兒都沒有賣冰，要不是老奴，老侯爺能……

「老奴恨不得將心都掏出來讓大姑娘瞧瞧，老奴一輩子為侯府做事，原想著能安穩地過完晚年，大姑娘卻帶著人抄查了老奴的家，老奴自是問心無愧，並不害怕大姑娘查出來什麼，可大姑娘今兒弄這一齣，回頭老奴還怎麼在府裡當差？」

說著，小劉嬤嬤忽然直起身子。「既然這樣，老奴也不用活著了！」話音一落，她側身就朝門口的廊柱撞了過去。

「快攔住！」老夫人大驚，忙喊了一聲。

只是這屋子裡的人，沒一個離小劉嬤嬤很近，就算動作迅速，也沒能攔住小劉嬤嬤，就那麼眼睜睜地瞧著她一頭撞在柱子上，然後，順著額頭流下一灘血，小劉嬤嬤身子抽了兩下，沒動靜了。

「死人了！」

不知道誰在後面喊了一聲，老夫人那臉色就像是開了染坊，又驚又怒。「大姑娘呢！去將她這個孽障給我叫過來！她都敢逼死老僕，改天是不是連我這個祖母也得逼死？」

邱嬤嬤也是臉色慘白，哆哆嗦嗦地靠近老大人。「真是死了？咱們要不要先請個大夫看看？」

老夫人立刻反應過來。「對、對，請大夫，就算是死了，也得給小劉嬤嬤一個交代才是，快，去請大夫！」

她身邊的大丫鬟榮芳被邱嬤嬤掐了一把，一個激靈，這才反應過來，聽了老夫人的吩咐，急忙點點頭，拎著裙子就跑出去了。

榮蘭等人這會兒也都回神了，忙著給老夫人揉胸口、端茶水，誰也不敢往地上的小劉嬤嬤身上瞧一眼。

不過一炷香的時間，榮芳就回來了。「老夫人，奴婢出不去，二門那邊，是侯爺院子裡的喬嬤嬤守著，說今兒誰也不能出門。」

老夫人臉色鐵青，手裡的茶杯一下子就砸在地上。「逆子！」

榮芳跪在地上不敢出聲，老夫人也坐不住了，這屋子裡還躺著一個不知道死活的人，她心裡也有些害怕，於是她扶著邱嬤嬤的手就站起來。

「走，咱們去看看，那喬嬤嬤還真是吃了熊心豹子膽，將我也給攔住不成？實在不行，我就親自去請大夫，小劉嬤嬤不管是犯了多大的事，好歹也是咱們侯府的老人了。」說著，老夫人拿帕子在眼角揉了揉，眼圈通紅。

「即使沒有功勞也有苦勞，咱們這樣的人家，寬仁寬厚才是正理，小劉嬤嬤不管做錯了什麼，一個官家千金不僅抄了下人的家，還非得將人都逼死了！咱們侯府，不能有這樣的事情！」老夫人一邊揚聲說著，一邊由邱嬤嬤扶著出了房門，大步往外面走去。

只是還沒出這長春園的院子，迎面就遇上了沈夫人，沈夫人一臉詫異。「老夫人這是去哪兒？前面出了些事情，侯爺和如意正忙著呢，侯爺還怕嚇著了老夫人，忙讓人去叫我過來，讓我在這裡陪著老夫人。」

說著，沈夫人就嘆氣。「說起來真是難以開口，那小劉嬤嬤，深受咱們侯府的看重，竟然做出那樣的事情，剛剛侯爺要讓人將她拿下，卻沒想到，她竟是掙脫了那些婆子，自己闖進內院了，她沒來這邊吧？」

「等妳過來我早就嚇死了！」老夫人暴怒。

沈夫人忙行禮，打斷她的話。「是兒媳的錯，竟然來晚了，那小劉嬤嬤是在裡面了？兒媳這就讓人將她帶下去。」

朝身後的人擺擺手，沈夫人轉頭吩咐道：「還不趕緊去？一會兒那瘋婆子再衝出來，嚇壞了老夫人，妳們賠得起嗎？」

老夫人氣得頭髮都要豎起來了。「誰讓妳將人帶走的？趕緊去請大夫！還有，叫沈如意過來！」

信不過沈夫人，老夫人又吩咐邱嬤嬤。「去叫侯爺過來，就說我有話問他。」

「侯爺正忙……」沈夫人忙說道。

話沒說完，老夫人就怒吼道：「忙？怎麼，現在他有本事了，就不將我這個老婆子放在眼裡了？忙什麼忙，什麼事情能比他親娘更重要，他再不來，我就要被氣死了！」

這話傳出去，那沈侯爺就要背個不孝的名聲了。

沈夫人忙安撫她。「我這就讓人去請侯爺，老夫人您別急，您身體不舒服嗎？我這就讓人去請太醫。」

老夫人擺擺手。「我不用妳假好心，妳只要將屋子裡的小劉嬤嬤給治好就行了，咱們這樣的人家，什麼時候出過這樣的事情？竟是當主子的將家裡的老僕給逼死了！她一個沒出閣的女孩子……」

料到老夫人後面不是什麼好話，沈夫人猛地「啊」了一聲打斷老夫人的話。「那小劉嬤嬤怎麼樣了？真沒想到她竟是這樣的人，這不是陷主子於不義嗎？」

宋嬤嬤在一旁幫著沈夫人說話。「這樣的奴才送到官府打死都是輕的，說不定她就是心虛，自己撞死了，咱們就不好處置她的家人了，這人倒是挺狡猾的！」

沈夫人忙點頭。「這樣的奴才，可真是可惡。」

這院子裡裡外外，有多少奴才在呢。說起家生的奴才，要打要賣都是主子一句話的事情，但那句名言誰都知道，水能載舟，亦能覆舟，別小看一個奴才的本事，要真從心底恨上這個侯府，回頭只要找侯府的死敵出賣幾個消息，或者栽贓什麼的，侯府就是不亡，也要掉一塊肉！

「快去請了大夫。」沈夫人揚聲說道。「她雖然做出了那樣的事情，咱們侯府卻不能不仁義，該怎麼處置，官府自會決斷，咱們可不能眼睜睜看著人在跟前出了事情才是。」

說著，沈夫人又示意老夫人。「老夫人，咱們去花廳等著吧，我已經讓人去請了侯爺，侯爺一會兒就過來了，那小劉嬤嬤有別人照看，您不用太擔心，一會兒大夫就來了。」

她以眼神瞧向宋嬤嬤，宋嬤嬤動作非常迅速地繞過老夫人直接去了廳堂，沒一會兒就出來了，也跟著安慰老夫人。「老夫人別著急，小劉嬤嬤只是昏過去了，並沒有出人命，您不用太擔心了。」

「咱們侯府是寬厚的人家，這樣背主貪財的奴才，我回頭送衙門就行了，咱們自己不用私刑。就和前兩次一樣，衙門自會處置。」反正，沈夫人的目的就是攔著老夫人，不管老夫人說什麼，她就是擋在前面不動。

主僕兩個妳說一句，我說一句，將老夫人的院子堵得嚴嚴實實的，就算沈二夫人和沈三夫人過來，好半天都沒能進門。

人沒死，事情就好辦多了。沈夫人雖然來得有些晚，卻沒有扯沈如意和沈侯爺的後腿。上次沈如意因為急需在侯府站穩腳跟，破壞了沈侯爺好幾年的行動；前世沈侯爺布局好幾年就是要將老夫人在侯府的心腹、勢力連根拔起，而她翻找上輩子的記憶，剽竊了沈侯爺的做法，僅將小邱嬤嬤一家給處置掉，由於收效甚微，心裡著實有些不安。

所以這半年管家的時候，她沒少暗地裡研究那些帳本，然後讓陳嬤嬤等人私下裡打聽。有目標、有帳本，加上前世的記憶，這種事情對她來說，還是比較簡單。

小劉嬤嬤也算是比較小心了，貪下來的錢財並沒有藏到自己家中，而是另外置辦了院子和土地。只是，有院子土地，就得有地契房契，這些東西小劉嬤嬤也不敢放在身邊，就存在了大通錢莊。

借了沈侯爺的人，沈如意可不光是要搜小劉嬤嬤的家，而是要將那大通錢莊的印信給找出來。

這邊沈夫人絆著老夫人，那邊沈侯爺就和沈如意將需要的證據全都搜羅了出來。小劉嬤嬤是管採買事宜，和上次小邱嬤嬤比起來，小劉嬤嬤地位更有利，所以，她貪污的數目比小邱嬤嬤更多。那簡直是個驚人的消息，這還是沒算房產。

沈侯爺往日裡多淡定的一個人，這回都被氣得變了臉色。

「沒想到，咱們自己一向標榜寬厚仁善，卻是被這樣的奴才給蒙在鼓裡！這些個碩鼠，吃了主家肥了自己，可真是……」

沈侯爺臉色鐵青，老夫人原是想說話，可看著沈侯爺讓人擺在屋子中間的東西，她嘴唇動了動，卻沒有發出聲音來。她就算不管事，也瞧得出來，那地上放著的幾個箱子裡，有不少東西應該是鎖在庫房裡：有老侯爺生前喜歡的瓶子，有侯府一代代老夫人珍藏的嫁妝古玩，甚至還有皇上的賞賜。因著年代久遠，老夫人上了年紀，記得不是很清楚，就從沒說過要看這些東西。

再者，侯府東西多，每一代的老夫人都有自己的嫁妝，這侯府的擺設，也都是按照自己的喜好來，那換下來的物件，就放在庫房裡了，日子久了，誰也想不起來去看看，這就給了小劉嬤嬤鑽空子的機會。十年、八年沒被人提起的東西，她就偷偷摸摸地換出來，甚至，直接拿走的都有。

「這樣的事情，我是不能容忍的。」沈侯爺一臉冷霜，往日裡常常掛在臉上的笑容也被冰封了。「娘，妳年紀大了，這樣的事情怕是沒辦法處置，這事情就讓如意幫我。」

沈侯爺側頭看老夫人，那眼神，讓老夫人根本提不起勇氣說一個不字。

「娘將府裡所有人的賣身契都給如意吧。」沈侯爺說出最終目的。

老夫人下意識地搖頭。「不行！」

「那娘有空將帳本都看一遍，再看看我們侯府還有沒有這樣的奴才？」沈侯爺隨手點了點癱在一邊的小劉嬤嬤，語氣帶著幾分譏諷。

老夫人這把年紀，別說是對帳了，看著帳本上那一個個的字，她都腦袋生疼。

「婉心十來年沒在府裡，這府裡的下人，就都散漫得不成樣子，趁著這次機會，我要梳理一下咱們侯府的下人。」沈侯爺眼睛黑沈沈的，盯著老夫人說道：「娘不給如意賣身契，是打算自己來梳理這侯府嗎？」

「那都是伺候了咱們幾輩子的家生子……」老夫人皺眉。

沈侯爺嗤笑了一聲。「小劉嬤嬤也是家生子吧！要是我沒記錯，她家的太爺，還曾經救過我曾祖父的命？」

老夫人點頭。「你還記得就好，咱們也不能讓人說忘恩負義是不是？」

「就因為小劉嬤嬤的太爺救過我曾祖父的命，所以我要一直將小劉嬤嬤當成主子看待？就是那開國功臣，也沒有這樣的待遇吧？咱們侯府是因為功勞，所以能傳到我這一代，等婉心肚子裡的孩子生出來，再承爵的時候就要降爵了，到我曾孫那一輩子，連個爵位都不會有了，娘明白我的意思吧？」

第一代的沈侯爺之所以能被封侯，可不光是因為救過開國皇帝的命，還出生入死、打仗立功來著，然後一代代地傳下去，再往下數幾代，先輩帶來的庇佑和榮寵，也要用完了。

沈家的後人若是還想再風風光光，那就得自己去努力奮鬥了。

連沈侯爺這樣的人家，都不能將開國的功勞一代代永遠傳下去，小劉嬤嬤的太爺，那救命之恩都用了三代人，也該到頭了。這救命之恩，可從沒聽說過，要用以後的子子孫孫無窮盡地去還。

老夫人啞口無言，若是和沈侯爺辯駁，倒像是在說朝廷寡恩，傳出去，那就是侯府對朝廷不滿了。她不能反駁，也不敢反駁。

「那也用不著賣身契，等如意查清楚了事情，回頭要發賣還是送官，都可以來我這裡要賣身契，這府裡有些人也是伺候了我一輩子。如意年紀還小，萬一將我得用的人都趕走了，回頭誰來伺候我？我也不是要給誰求情，只是這法理不外乎人情，有些人也是能從輕處置的。」

「賣身契在如意那裡方便些。」沈侯爺不容拒絕。

老夫人嘆口氣。「我這也是為了如意好，她小小年紀，還沒訂親，回來連一年都不到，竟然就弄出兩次這樣的事情……」

「這又不是如意的錯。」沈侯爺頗有些詫異。「之前是因為侯府沒有主母，所以侯府的下人就懶散貪財，婉心和如意回來之後，立刻就查出問題了，就算外面有什麼閒話，不也應該是稱讚婉心和如意治家有方嗎？」

「話是這麼說，可誰家會要一個心狠手辣的兒媳婦？」老夫人苦口婆心地說：「如意還沒嫁人，若是太厲害了些，傳出去誰家敢上門提親？雖然女孩子在沒出嫁之前，都是要先學管家的事情，可也沒哪家的女孩子是一上來就打打殺殺的，傳出去知情者說是如意有本事、會管家，不知道的人，還以為咱們家如意是修羅呢。」

「那好，賣身契就不讓如意拿著了。」沈侯爺頓了頓點頭，沒等老夫人高興，他繼續說了下一句。「那就交給婉心吧，婉心已經過了三個月，身子也穩了，有王姨娘和如意照看著，也能管家理事了。這賣身契就給婉心，反正婉心也是侯府的主母，發賣下人也是名正言順。」

瞧著老夫人臉色有些不大好，沈侯爺又安慰道：「娘是擔心那些伺候了妳一輩子的人？妳放心吧，婉心是個孝順的，能為我爹在大名府守孝十年，對您也定然是會盡心盡力的，她若處置的是妳身邊下人，定然會和妳商量一下。」

反正說來說去，這賣身契都是要拿出來的。

老夫人一翻眼就打算暈過去，只是沒等身子往後靠呢，就聽沈侯爺繼續說道：「榮蘭，去拿了那裝著賣身契的盒子過來。」

榮蘭不敢動，偷偷地去看老夫人，沈侯爺皺眉，有些惱怒。「怎麼，我現在連個丫鬟都指揮不動是不是？既然這樣，那妳就別動。宋嬤嬤，妳去屋子裡找找，將那賣身契都找出來。」

完全不打算搭理老夫人，不管老夫人是否願意，沈侯爺都打算將賣身契帶走。若是不願意，那就暴力手段解決。

老夫人也算是看出來，與沈侯爺硬碰硬是半點兒好處都沒有。他是下定了決心，自己不管怎麼拖，都拖不過去了。

與其等沈侯爺自己將賣身契都搜出來，還不如她自己大方一點兒讓人將賣身契拿出來。這撕破臉和沒撕破臉的區別還是挺大的，就算她恨不得大兒子立刻從她眼前消失，也不能徹底和他鬧翻。

深吸一口氣，老夫人喝住沈侯爺。「說什麼呢，榮蘭是伺候我的，自是要先問問我的意思了，你著急什麼？」說完，她轉頭看榮蘭。「去，將我床頭那個雕著喜鵲登梅的盒子拿過來。」

很快，榮蘭就拿了那盒子過來。

沈侯爺打開翻看了一下，確定無誤，就打算回去，只是剛抬頭，就聽見老夫人問道：「盧氏和如意呢？這麼半天怎沒見到她們人？怎麼，想要賣身契，自己不過來拿，還要讓你這個侯爺替她們出面賣命？」

沈侯爺微微皺眉。「忙了一天，婉心肚子裡還有孩子，所以我就讓她趕緊回去休息了。至於如意，要看帳本又要照顧婉心，我也沒讓她過來。再說，娘您不是正在靜養嗎？往日裡，晚上不用請安，這會兒過來做什麼？」

老夫人都快氣得翻白眼了，沈侯爺優雅地起身。「若是沒事，娘就早些休息吧，時候不早了，明兒我還有事，就不陪著您了。」

因著賣身契的事情，再加上沈侯爺的態度，到用晚膳的時候，老夫人實在是氣不順，用了兩勺粥就吃不下了，榮蘭憂心忡忡地讓人將晚膳撤下去了。

邱嬤嬤也很是擔憂，一邊跪在軟榻邊給老夫人捏腿，一邊小聲勸道：「老夫人不用擔心，夫人是個孝順的，定是不會處置長春園裡的人。」

老夫人臉色漆黑。「她倒是想處置來著！」嘆口氣，又接著說道：「我也不怕她處置，若她真敢對妳們其中一個下手，我定是會鬧到外面去。老大他以為，讓我靜養、我不出門，府裡的事情就傳不出去了嗎？他們真敢動手，我就敢鬧個魚死網破。」

邱嬤嬤忙點頭。「對的，不孝的名聲，侯爺也是擔不起。再者，夫人那個牌坊立了還沒三年，若是這會兒鬧出什麼事情了，遭殃的是咱們整個侯府，老夫人是不放心三老爺才忍了這口氣。」

老夫人不出聲，沈默地靠在軟墊上。

邱嬤嬤壓低了聲音說：「也不知道小劉嬤嬤這事情會牽扯出來多少人，若是空出來的位置多了，怕是這侯府，以後都在夫人的手掌心裡了。」

侯府的家生子不少，子子孫孫加起來，整個侯府是裝不下的，所以，有不少人是在莊子上。沈夫人要換人，要麼從莊子上挑選，要麼是重新買回來一些。

可這重新買回來的人，一是不知道底細，二是規矩不一樣，用得不一定順手，所以莊子上的人若是夠，沈夫人就不會從外面買。

邱嬤嬤又接著說道：「一朝天子一朝臣，怕是老夫人以前……」

沈夫人當家，那自然是要重新栽培心腹，以前老夫人得用的人，怕是都要栽到坑裡去了。

「還有三夫人那邊，老奴記得，廚房和針線房、茶水房都有三夫人的人手吧？」知道老夫人最是疼愛三房，邱嬤嬤就提起了三房。「三老爺那俸祿，一年不過那麼一點兒，三老爺又最是喜歡風雅的一個人，夫人以後當家，怕是三房的日子就不好過了。

「老夫人您看，二房的一個教養嬤嬤，夫人都不願意從公中出錢，三老爺買那些古玩什麼的，可最是費錢了。」邱嬤嬤一臉悲痛地繼續說：「還有三夫人用的那些胭脂水粉，以後公中集中購買，三夫人肯定是不喜歡的，可自己花錢買，三夫人的那點兒嫁妝……」

侯府三個媳婦兒，就數三夫人的嫁妝最薄了。別看沈夫人沒爹沒娘，但盧大人當年也是風光過的，當年嫁進來的時候，可是將盧家的家底全部帶了過來。

沈三夫人雖然有娘家，可她爹清正廉潔，每年的俸祿也就那麼點兒，閨女嫁出去了還得養自己，錢財方面就有些不大寬裕，所以，沈三夫人的嫁妝，哪怕老夫人私底下補償了不少，也是有些不夠看。

「二少爺這年紀，也要搬到前院去了，三老爺和三夫人手頭上沒有銀子，若是連人手都沒有了，怕是沒人到前院照看二少爺了，還有四少爺，年紀還小……」

邱嬤嬤嘮嘮叨叨地說道，老夫人閉著眼睛不說話，不過，也沒阻止邱嬤嬤說下去。

「三房還好，到底是兩個少爺，將來長大了、有出息了，三房也就好過了。可二房還有三姑娘呢，若是伺候三姑娘的人出了什麼事情，三姑娘以後可怎麼辦？老夫人給三姑娘請了那教養嬤嬤，不就是想著三姑娘將來能為沈家帶來榮華富貴嗎？可若是大夫人從中作梗，三姑娘可是別想嫁到什麼好人家了。」

因著只有主僕兩個在，邱嬤嬤說話也就沒什麼顧忌，從三房說到二房，反正就一句話——老夫人不能認輸，不能將這賣身契都交給沈夫人，得拿回來才行。

好半天，邱嬤嬤都沒得到老夫人一個字，仔細瞧了瞧，老夫人神色平靜，再仔細聽一聽，老夫人呼吸很平穩，邱嬤嬤猶豫了一下，還是輕輕推了推她。

「老夫人，您是不是累了？累了就到床上休息吧？這天氣還冷得很，躺在這兒會著涼的，老夫人，您先醒醒？」

老夫人這才睜開眼睛，並沒有看邱嬤嬤，只愣愣地盯著雕刻著百花齊放的梁柱看了一會兒，這才打了個呵欠。「時候不早了吧？那就早早歇下。對了，也快三月了吧？」

邱嬤嬤忙點頭。「是，馬上就要三月三了，前幾天還聽大姑娘說，要和二姑娘去劉家作客呢，也不知道這劉家是哪一家，老奴也沒打聽出來。」

老夫人點點頭，沒再說話，任由邱嬤嬤扶著起身，到內室去躺下了。

邱嬤嬤抱了鋪蓋卷，往腳踏上鋪，老夫人皺了皺眉。「妳年紀也不小了，這種事情，就不用妳做了。」

「老奴我啊，就是要一輩子伺候著老夫人才行，別看老奴年紀大了，但老奴腿腳還很伶俐呢。」只有她和老夫人在內室，邱嬤嬤也就放鬆了些，說話的時候就不再那麼壓著嗓子了。

「哪怕是老奴真老得走都走不動了，只要老夫人您還願意看見老奴，老奴就是給老夫人逗逗樂子、說說話，心裡也是十分高興。」邱嬤嬤笑著說道，吹熄了蠟燭，摸摸索索地躺在了腳踏上。

那腳踏連仰躺都無法，邱嬤嬤只能側著身子縮在那兒。

老夫人笑著說道：「我一輩子都不嫌棄妳，妳就安心在我身邊待著吧！放心，盧婉心那賤人不敢動妳的。」

「有老夫人一句話，老奴這顆心就安了。」邱嬤嬤聲音也帶了幾分笑，黑燈瞎火的，邱嬤嬤也不用擔心會有人瞧見她臉上的表情。現在她連照鏡子都不大願意了，因為那鏡子裡的人，怨恨太濃，她自己都不敢看自己的臉了。

只有除掉了盧婉心，她才能放下仇恨。

「老夫人，從大夫人回來到現在……」

邱嬤嬤忽然嘆了口氣，老夫人原本還想問後半句呢，聽見那悲涼的嘆氣聲，也愣了一下。再回味一遍那前半句，老夫人忽然驚了一下，從盧婉心那賤人回來，到現在，她們交手的次數不多，可每一次，都是盧婉心那賤人贏了。

頭一次，老夫人想用管家的事情逼得從未管過家的盧婉心犯錯，從而徹底不讓盧婉心沾染管家權。可沒想到，盧婉心卻藉著機會，將管家權拿到手裡，不僅打發了她的幾名心腹，還徹底將管家權握在了手裡。

想想小邱嬤嬤一家子，老夫人都覺得心頭在滴血！恨不得這會兒盧婉心在跟前，生咬她兩口肉才能洩恨。

她這邊動一次，盧婉心那邊就占一次便宜。

「也不知道大夫人是不是和老夫人您的生辰八字相剋，或者，是大姑娘命裡帶煞了？」邱嬤嬤小聲地嘀咕了兩句。

老夫人心頭更恨，定然是盧婉心和自己八字不合，命數相剋！不行，得想個辦法解決盧婉心才是。可她肚子裡的，到底是老大的嫡子，雖說老大是個白眼狼，可畢竟是從自己肚子裡爬出來的，當娘的，也不好看著他絕嗣是不是？不對，也不算絕嗣，還有沈明修在呢。或者，自己能借王姨娘的手用用？

邱嬤嬤不再說話了，老夫人自己卻有些睡不著，想想以前，再想想現在，老夫人越想越氣得慌，不過是個剋死雙親的孤女，進了侯府的門當了誥命夫人就已經是積福了，竟然還……

再一想到沈侯爺今兒的態度，老夫人是悲從中來，早知道老大是個白眼狼，卻沒想到他竟是不孝到了這地步，不過是個女人，連自己的娘親都不要了！

早知道，當初一生下來就應該溺死他！

想想這個又想想那個，老夫人想了一晚上都沒睡踏實，心裡惱恨鬱結，又沒休息好，第二天早上就起不來了，頭疼發熱，嗓子疼得張不開口。

邱嬤嬤慌得一個勁兒掉淚。「這可真是……老奴去求夫人和侯爺，若是夫人不願意，老奴就是跪死在正院門口也要為老夫人請了太醫過來！」

老夫人皺了皺眉，這會兒是聽見老大和他媳婦的名字她就厭煩。只是，她也惜命得很，並不阻止邱嬤嬤出門。

等了將近一個時辰才等來了太醫，老夫人心裡又給盧婉心記了一筆——這是要硬生生把她給拖死啊，這毒婦！

第十九章

轉眼就到了三月中旬，京城閒人不少，一到三月，出門踏青的人都能用堆來計算了。

劉明珠提前給沈如意下了帖子，一大早，沈如意就開始梳妝打扮，並且讓人叫了沈雲柔。

可巧得很，沈雲柔今年十三，湊巧今兒來了初潮，王姨娘又是讓人熬紅糖薑湯，又是讓人翻出暖手爐子，很是不願意讓沈雲柔今兒出門。

最後，也就沈如意帶著自己的丫鬟出門去了。

看沈雲柔一臉羨慕，王姨娘瞪她一眼。「這出門玩耍的事情，以後次數多得是，今兒沒了，明兒還有。這次是明珠郡主，下次指不定就是宋國公家的嫡長女，可妳這身子，才是要打好底子的，女人大半輩子都要有這個，頭一次沒弄好，以後有妳受的！趕緊喝了薑湯，若是閒得無聊，就看看書、做做針線活。」

沈雲柔只好答應了下來，讓人替她找了一本書，有一頁沒一頁地翻著。

與此同時，在長春園靜養的老夫人喝了一碗參湯，側頭看一邊站著的邱嬤嬤，也問起沈如意的事情。

「如意出門了？」

邱嬤嬤忙點頭。「是，前幾天明珠郡主就下了帖子，一大早大姑娘就已經叫了車，這會兒大概已經出了城門。」

「嗯，盧婉心在做什麼？」老夫人瞇了瞇眼睛，靠在軟墊上問道。

邱嬤嬤笑著拿旁邊放著的杏脯遞給老夫人。「這個奴婢可就不知道了，不過，也就那麼幾樣，不是在看書就是在寫字吧！夫人近來不再動手做繡活了。」

「老二家的和老三家的呢？」老夫人又問道。

邱嬤嬤賠笑。「二夫人之前來請安的時候不是和老夫人說過了嗎？大少爺年紀不小，也該相看了，所以二夫人就約人去踏青。」

「她倒是心急。」老夫人沒好氣地說道。

邱嬤嬤沒接話，只繼續說道：「三夫人昨兒有些不舒服，著涼了，今兒一直臥床沒起呢。」

老夫人愣了一下，隨即嘆氣，臉上略有些心疼。「這孩子，定是又和老三吵嘴了。」說完，閉著眼睛又躺了一會兒。瞅著時間差不多了，才擺擺手讓邱嬤嬤去辦事。

邱嬤嬤出了長春園，就直奔正院，給沈夫人請了安，才笑著說道：「老夫人想著，您也不能出門踏青，她是養了這麼長時間的身體，也不好走動，老是在屋子裡待著，人都要悶傻了，也幸好咱們府裡的園子還是不錯，所以就想讓夫人陪著她在園子裡走走。」

「二弟妹和三弟妹呢？」沈夫人有些詫異，老夫人一向是很瞧不上她的，怎麼忽然就拋棄她最疼愛的三夫人、二夫人，讓人來請她呢？

「二夫人不得空，已經和人約好了，一早就出門去了。三夫人生病了，老夫人上了年紀，這病氣萬一傳過去……」邱嬤嬤笑著解釋。

沈夫人恍然大悟，敢情是因為那兩個沒空，這才想起她了。

沈如意出門了，沈雲柔身子不舒服，沈佳美被二夫人帶走了，這府裡沒個女孩子，孫子輩的則是都還沒成親，老夫人總不能一個人去逛園子吧！

「我……」

沈夫人正要張口，邱嬤嬤就笑道：「夫人先別急著拒絕，您瞧瞧今兒這天氣，多好啊，外面的景色定然也是十分好。咱們不過是在自己府裡的園子裡走走，並不遠走，奴婢知道夫人身子沈，可這不是才六個多月嗎？這會兒正應該多走走呢。老奴也知道您不喜歡老夫人……」

沈夫人忙打斷邱嬤嬤的話。「嬤嬤哪裡的話，我可沒有不喜歡老夫人。」

「是是是，是老奴說錯了。」邱嬤嬤忙輕輕在自己臉頰上拍了一下，又說道：「夫人一向孝順，就是宮裡的太后娘娘，都很是誇讚夫人呢。老夫人在屋子裡養病時間太長了，總想要出去走走，若是夫人得空了，就陪著老夫人在園子裡走走；若是夫人不得空，老夫人還得讓人去請了隔房的大夫人過來呢。」

這話半是安慰半是威脅，若是沈夫人願意去，那不過是在園子裡走走的事情，在自家的地盤，沈如意之前又清理過侯府的下人，沈夫人能有什麼不放心的？

若是沈夫人不願意，老夫人可就要請了外人上門了，到時候將這事情一說出去，那沈夫人的名聲可就要保不住了。

一半軟，一半硬，老夫人這次的態度，可真是出乎意料。

「夫人身子不舒服嗎？」邱嬤嬤見沈夫人還是沒想答應，就挑了挑眉。「要不要請個太醫過來瞧瞧？哎呀，老奴忽然想起來，老奴這會兒是不能出府的。老奴真是僭越了，這院子裡的人，老奴怕是一個都使喚不動了。」

沈夫人若是還不答應，就有點兒太難看了。

為了這府裡下人們的賣身契，之前鬧騰的那一番，差點兒就讓沈侯爺和老夫人撕破臉，這會兒老夫人只是讓人叫沈夫人過去陪她逛逛園子，若是連這個都不答應，沈夫人就是欺人太甚了。

再說，以後老夫人能靜養一輩子嗎？她那身體好著呢，至少能活十年，沈夫人總不能一次都不和老夫人共同出面做什麼吧？

「好吧，正好我也沒多少事，就過去陪陪老夫人。」

邱嬤嬤說得口乾舌燥，沈夫人最終還是應下來了，今兒誰都不在家，沈侯爺是下朝之後就沒回來，要麼是衙門事情繁忙，要麼是和同僚喝酒去了。沈二老爺和沈三老爺自然也是不在家，這春暖花開的季節，不出門踏青就對不起老天爺賞賜的良辰美景。

沈二夫人不在家，沈三夫人生病了，老夫人若是用這個事情鬧騰起來，沈夫人自己是阻攔不了。

對上沈侯爺，老夫人頗有顧忌，不敢做得太過，可對上沈夫人，老夫人是巴不得沈夫人更不聽話一點兒呢。最好是有個大罪過，能一舉休掉她就好了。

跟著邱嬤嬤去了長春園，就見老夫人已經穿戴妥當，一看到沈夫人進門，嘴唇動了動，卻沒說出話。

沈夫人忙上前行禮。「老夫人氣色看著好多了，難怪今兒想出去走走呢，說起來，這樣的天氣，也適合出門走走，不冷不熱的，又有綠葉鮮花，若非是兒媳身子沈，必定是要和二弟妹一樣，多出去走走呢。」

老夫人哼了一聲。「是啊，最好是你們一個個都自己出門走走，將我老婆子一個人留在府裡！」

「兒媳不是這個意思，老夫人您誤會了。」沈夫人略有些尷尬。

老夫人不說話，站起身伸出手，邱嬤嬤趕忙上前要扶著老夫人的手，可老夫人瞪了她一眼，邱嬤嬤忙退下站在一邊不敢動彈。

沈夫人瞧瞧邱嬤嬤，再看看老夫人，頗有些不解。

好一會兒，老夫人實在是受不住了，瞪著沈夫人就斥道：「妳眼睛是瞎的嗎？」

沈夫人這才恍然大悟。「老夫人是要我扶著您嗎？我看還是讓邱嬤嬤來吧，兒媳現在身子沈了，自己走路都有些氣喘呢。」

說著，沈夫人特意停頓了一下，雙手捧著肚子往上托了托，很不好意思地搖頭。「兒媳倒是想扶著老夫人呢，可別到了最後，成了老夫人扶著兒媳我了，我可不敢當。」

老夫人憋氣，可再瞧見她那肚子，又沒法說了。沈夫人那肚子太大，低頭連腳尖都看不見了，自己走路都還要人攙扶呢，要一起走，還真是說不準誰扶著誰了。

侯府雖然不算特別大，那園子裡也算是景色齊全，假山流水、小橋竹林樣樣都有。婆媳兩個出了長春園，先順著廊簷慢慢走，走了一炷香時間，才算是真正進了園子。

老夫人大約是真在屋子裡憋的時間太長了，所以這一出來，眼睛就有些不夠用了。這兒看看，那兒站站，一會兒工夫，沈夫人就累得有些出汗了。

老夫人皺眉看了沈夫人一眼，頗有些嫌棄。「妳怎麼這麼不中用！我們這走得連一半都沒有，妳就累成這樣了，剩下的還能走得過來嗎？」

沈夫人忙賠罪。「兒媳也想陪著老夫人走完，只是，兒媳實在是走不動了，這會兒腿都有些打顫了呢。求老夫人饒了兒媳這回，兒媳下次再陪您逛園子？」

老夫人冷笑。「還饒了妳這一回？妳真以為我是要妳的命不成？」

「兒媳說錯話了，老夫人快別生氣了。您瞧瞧這園子，奼紫嫣紅的，多好看啊，如此美景，您就不要生兒媳的氣了。」沈夫人忙討饒。

老夫人嘴角抽了抽。「美景和我生不生妳的氣有什麼關係？」

「這不是您忙著看美景呢？生氣多費時間啊，還浪費精力，有這精力，您能看多少美景啊。」沈夫人笑著說道。

老夫人皺了皺眉，雖然沒接她這話，卻也沒再提之前的話題了，又往前走了兩步，才冷冷淡淡地說道：「前面有個亭子，妳若是實在走不動了，就到前面亭子裡坐坐，正好，我也有些累了。邱嬤嬤，妳去讓人過來煮茶，再順便送些點心過來。」

邱嬤嬤忙應了一聲，老夫人拄著枴杖上了臺階，進亭子裡坐下，沈夫人坐在老夫人下首。

「妳不是很擅長畫畫嗎？眼前的美景，妳畫下來。」老夫人掃了沈夫人一眼，帶著幾分強硬，吩咐道：「若是畫得好了，回頭裝裱一下，我拿出去送人，若是畫得不好，回頭妳就自己留著。」

沈夫人有些摸不準老夫人的意思，但被沈如意潛移默化這麼長時間，她只堅信一點——老夫人是絕不會做對她好的事情。所以，若是覺得老夫人將她的畫拿出去送人替她宣揚名聲，那是絕不可能的。

那老夫人是有什麼打算？

「老夫人，我那點兒本事，還是別說了，說起來，我也就繡活能拿得出手。這畫畫，實在是……說出去都不好意思，我也就花樣子能畫得好看一些，這個什麼景色、人物啊，我可真沒學過。」

弄不明白老夫人的意思，沈夫人也不敢貿然答應。

老夫人皺眉，語氣帶了幾分不耐煩。「我說讓妳畫妳就畫，哪來那麼多廢話！怎麼，現在我的話妳也不聽了？不過是一幅畫，用得著這麼推辭嗎？」

這可不是只有一、兩個下人在，園子裡的人多著呢，看護花草的嬤嬤，掃地的嬤嬤，還有老夫人和沈夫人身後各自帶著的人，加起來也有幾十個了，老夫人就這麼不管不顧地嚷嚷起來，她自己是不要形象了，可沈夫人不能不要。

不光是形象問題，有些事情，是不能擺在明面上的。沈夫人那孝婦的匾額還掛在大門上，這會兒連一件簡單的事情都不能滿足老夫人，這傳出去……

再一次，沈夫人覺得那名聲不光是能帶來便利了。有時候，這東西還是一種枷鎖。不過，沈夫人也不後悔，如意以前說過，她這樣的性子，名聲能帶來更多的保護，不便之處雖然有，但和好處比起來，還是很值得。

只是，沈夫人還是有些不大情願。「這畫畫得站著半天……」

老夫人皺眉。「妳剛才不說妳最拿手的是畫花樣子嗎？那個可是坐著就能畫的。我又不要求妳畫出來的東西能堪比大家，不管站著坐著，妳隨便畫兩筆就行了。」

話都說到這個分兒上了，沈夫人只好應了下來。

丫鬟很快就將筆墨紙硯送了過來。沈夫人在桌子上攤開紙張，坐在那兒開始畫起來了，只是，到底是有些不方便，那丫鬟拿來的是大毛筆，坐著都覺得拿不住的那種。

畫了一會兒，沈夫人就覺得有些彆扭了，只好起身，可想趴著又趴不下去，只好挺著肚子側著身子在那兒畫。老夫人是一個眼神都沒給沈夫人，一會兒吃點心，一會兒喝茶水，一句話都沒和沈夫人說。

沈夫人原本也不是真心想畫畫，見老夫人沒看著，就隨意塗抹起來，原想一盞茶時間就畫完，後來覺得太應付了，老夫人怕是會更不高興，索性就畫了一炷香的時間。

「行了，老夫人您看，我就說我不擅長畫畫，這個真是……」沈夫人不好意思地放下畫筆，臉色微紅，自己都不想低頭看那幅畫。

老夫人隨意掃了一眼，也沒說好不好，只胡亂點點頭，就扭頭繼續看外面了。

沈夫人簡直要鬱悶了，這到底是個什麼意思？之前說讓自己畫畫，還說畫得好就裝裱起來送人，現在畫好了，連看一眼都懶得看，這到底是要做什麼啊？

「妳將那邊的花兒畫下來，做個花樣子，改天有空了，給我做一件衣服。」老夫人抬手指了指另一邊。

沈夫人應了一聲，看了看手裡的筆，笑道：「這枝筆不行，我回頭換一枝筆畫吧，一定替老夫人畫得漂漂亮亮。」

老夫人掃了一眼她手裡的筆，微微點頭。沈夫人總算是鬆了一口氣，捧著肚子就想坐下，可沒等她彎下腰呢，就聽老夫人又說道：「妳先去給我折了那枝花過來。」

沈夫人抿抿唇，老夫人皺眉看她，神情十分堅定。沈夫人深吸一口氣，不就是折一枝花嗎？實在是太簡單了，她去去就能回。到亭子外面轉一圈，帶回來一枝花，她很是恭敬地遞給老夫人。

老夫人接過去，看一眼，放在桌子上，又不吭聲了。

沈夫人都快要放棄去猜測老夫人的意思了，宋嬤嬤忙送上果汁，老夫人譏諷地看她。「怎麼，不放心我的人煮出來的茶水？」

「不是，老夫人多心了，只是上回太醫說，我這月分已經不小了，不能再喝茶了，可我又不能讓老夫人被我連累到連一杯茶都不能喝，所以，我就讓宋嬤嬤她們帶了果汁。」

沈夫人笑著解釋。和老夫人生氣那就是在氣自己，沒必要。

老夫人冷笑了一聲，又不出聲了，沈夫人也懶得說話，有一口沒一口地抿著果汁。

坐了一會兒，老夫人側頭問道：「怎麼樣了，還行吧？若是休息夠了，咱們就接著逛。」

沈夫人有些累，又不能拒絕老夫人，只好無精打采地跟著起身，低著頭走在老夫人身後。

老夫人下了一層臺階，沈夫人跟著抬腳要走下去，只是沒等她那隻腳落地，老夫人忽然往後一靠，使勁往她身上砸了過去。

沈夫人連忙往後退，可亭子裡地方不大，之前老夫人、沈夫人，再加上邱嬤嬤和宋嬤嬤，就已經是轉不開身了。

沈夫人的前面是老夫人，左邊是宋嬤嬤，原本這會兒應該是宋嬤嬤出手扶住沈夫人，可沈夫人的右邊，是低眉順眼等著最後出去的邱嬤嬤。在宋嬤嬤動之前，邱嬤嬤已經先一步擋住了宋嬤嬤。

沈夫人的後面，是石桌，若是沈夫人摔下去……

「夫人！」等在外面的丫鬟急得大叫。

沈夫人瞬間就明白了自己的處境，所以她很明白，自己不能往後摔，若是往前，指不定能有一線生機。

老夫人雖然長得不胖，但到底是軟的。

可那樣，又會壓到肚子……本能的，沈夫人就側了一下身子，雙手拽著老夫人的衣服要穩住身子，可老夫人哪能讓沈夫人得逞？她順著沈夫人的力氣，就要往沈夫人身上砸。

要是砸實了，那她的目的就達到了，反正，有盧婉心在後面墊底，她也不怕摔了自己。

想著能將盧婉心給收拾了，老夫人那心情，總算是好轉了一下，憋了將近一陣子的怒氣，也轉換成喜悅了，忍不住心裡的興奮，嘴角就上挑露出了個笑容。

只是，沒等她這笑容展示完全，就發現自己的身子忽然往前倒去。緊接著，就有個十分重的身體，砸在了她身上，瞬間，老夫人覺得自己的臟腑都被壓碎了。

一聲慘叫之後，老夫人甚至都沒能回頭看看砸在她身上的是誰，就閉著眼睛昏過去了。

「妳們都是死人嗎？還不趕緊來扶著夫人？」亭子旁邊傳出一聲暴喝，亭子外面的人才全部回神。

沈夫人身邊的兩個丫鬟，青綢和青棉大呼小叫地衝了過來。「夫人您沒事吧？夫人您怎麼樣？」

沈夫人有氣無力地擺擺手。「我沒事，多虧了成嬤嬤，要不然……」

要不然今兒她和孩子就小命不保，說著，沈夫人側頭，對拽著她胳膊的成嬤嬤點點頭。「成嬤嬤，多謝妳了，要不是妳，今天我和孩子就保不住了。」

成嬤嬤是沈侯爺身邊的嬤嬤，會一點兒拳腳功夫。之前一直是站在亭子外面，正好是守在亭子出口的廊柱旁邊。沈夫人往後倒的時候，成嬤嬤一個跨步就上了臺階，一手拽住了沈夫人，另一手則是拽出了邱嬤嬤，用力摔出去，好騰出地方讓沈夫人站穩。

倒楣的老夫人正好站在沈夫人身前，邱嬤嬤本來就不瘦，又被成嬤嬤大力摔出去，那砸在老夫人身上，可就是十成十的重了。

「讓夫人受驚了。」成嬤嬤板著臉說道，又低頭看老夫人。

沈夫人忙吩咐道：「快，快將老夫人扶起來，請太醫，快去請太醫！」

連聲的吩咐之後，沈夫人也抱著肚子叫起來了。「我肚子疼。」

宋嬤嬤和成嬤嬤一人一邊扶著沈夫人，成嬤嬤替沈夫人下命令。「先將老夫人送回去，一會兒請太醫過來。快，派人去和侯爺說，還有通知大姑娘。」

沈夫人是真的肚子疼，雖說剛才她並沒有摔跤，可那一瞬間的驚嚇卻是實實在在的，成嬤嬤也知道沈夫人的肚子事關重大，她這個年紀了，能懷上就很不錯，若是這一胎出了問題，怕是以後就再也生不了孩子。

之前沈侯爺讓她跟著沈夫人的時候，可是千交代萬交代，一定不能讓沈夫人出事情。一半是因為沈侯爺看重沈夫人，另一半則是因為沈侯爺看重這個孩子。

沈夫人肚子疼，若是解決得不及時，怕是到最後會出事的。

只想著，成嬤嬤就是一腦門的汗，也沒閒工夫管躺在地上的老夫人了，她氣都來不及呢。她只想著老夫人會對沈夫人不懷好心，卻沒想到，老夫人竟是連沈夫人肚裡的孩子都容不下！

成嬤嬤是家生子，她忠誠的主子只有一個——那就是沈侯爺。她更看重的是侯府的延續，沈侯爺的嫡子。老夫人這樣做，無異於是將沈侯爺的子嗣給斷了。所以，成嬤嬤只吩咐了一句，這邊就忙著將沈夫人給送回去了，既是請有經驗的穩婆，又是請太醫的，忙得團團轉。

至於老夫人那裡，那不是還有丫鬟照顧著嗎？只等太醫過來把脈，開了方子，人不死就行了。有句老話：「禍害遺千年。」她覺得，老夫人怕是不會輕易喪命的。

「我肚子疼得厲害，我的孩子不會出事吧？」沈夫人臉色慘白，拽著宋嬤嬤問道，這句話她已經問了四、五次了。

宋嬤嬤和之前一樣，斬釘截鐵說：「當然不會出事，夫人您想想，就是出事，大不了就是現在生，老話說七活八不活的，您這會兒快七個月，穩婆又是咱們一早就請好了，只要您聽穩婆的話，那必然是能平安生下孩子的。若是沒事，那等太醫過來開了安胎藥，您吃上一碗，睡上一覺，明兒一早起來就沒事了。」

沈夫人還是有些慌張，呻吟了一會兒，又問道：「我的孩子，孩子怎麼樣了？」

「夫人，最壞的情況咱們已經想過了，大不了就是現在生孩子。」宋嬤嬤又開始重複。成嬤嬤在一邊冷聲打斷宋嬤嬤的話，只看著沈夫人說道：「夫人，不要緊張，一會兒侯爺和大姑娘就回來了，您不用害怕，平心靜氣，想想也沒什麼可怕的，要麼是今兒生，要麼是等以後生，有什麼好緊張的？」

宋嬤嬤嘴角抽了抽，這和自己說的不是一樣嗎？也就前面多了兩句而已。可成嬤嬤說出來，那效果就真不一樣了，沈夫人雖然還是有些害怕緊張，卻比之前好多了，還有空讓人給她端參茶過來，要真是今兒生，她得攢足了力氣才行。

只是她平靜下來了，成嬤嬤和宋嬤嬤可還是不敢放鬆，說得好聽，要麼今兒生，要麼以後生，那完全是往最好的情況想了。六、七個月的孩子，這會兒是沈夫人受了驚嚇，誰能保證孩子生下來的時候就一定是活的？

再說，別看只有三個月的差距，那六個多月的孩子，稍微有一點點兒的差池就養不活。足月和不足月的孩子，那差別大了，就算是精心養，那先天不足也不一定能補得過來。

當著沈夫人的面，兩個人有條不紊，說話做事那是淡定得很，但出了屋子，兩個人都恨不得飛起來了。

「太醫還沒來嗎？誰去請的？快，再去請一次！」

「就算太醫沒來，也先請別的大夫過來看看！」

「侯爺呢？派人通知侯爺了沒有？侯爺什麼時候回來？」

「大姑娘呢？大姑娘回來了沒有？」

「我聽說夫人出事了？」正當成嬤嬤急得團團轉的時候，王姨娘過來了。

成嬤嬤也沒空和她說話，只點點頭，就繼續轉圈圈了。王姨娘也有些尷尬，若是她不來，沈夫人出事情了，她也得不了好，指不定還要被沈侯爺和大姑娘誤會她在裡面做什麼，可她真來了，還是那句話，沈夫人出事了，她更得不到好。

思來想去，王姨娘都恨不得自己也暈過去才行。可沒辦法，身體養得太好了，想暈也暈不過去。衡量再三，還是決定過來了，她若是不過來，真出了事情那才叫百口莫辯呢。若是過來了，真有事情，說不定還能幫忙。

成嬤嬤那是老人精了，不用猜就知道王姨娘的心思，這是個聰明人，眼下是肯定不會弄出什麼事情來。再說，二房和三房那邊都派人過來了，若是這會兒長房沒個出頭的，怕是三夫人就得過來主持局面。所以，就算王姨娘算不上主子，這會兒也能上去擋一擋了。

成嬤嬤不說話，王姨娘也不覺得尷尬，直接進去看了看沈夫人，沈夫人臉色還是很白，但在成嬤嬤和宋嬤嬤的安撫下已經好多了，見了王姨娘還能露出個笑容。

王姨娘在床邊坐下，掃了一眼沈夫人的肚子，轉頭就安慰沈夫人。「夫人別著急，小少爺是個有福氣的人，定是會平平安安，夫人只想著，等再過三個月，就會生出一個白白胖胖的小少爺，他會對妳笑，會對妳哭，會鬧著要抱抱，可比這會兒讓小少爺出生好多了。」

沈夫人自然也知道早產和足月產的區別，心裡越是害怕，肚子越是墜得厲害。這會兒聽了王姨娘的話，在腦子裡想了想，一個瘦巴巴的孩子和一個白白胖胖的孩子，要哪個還用選嗎？

於是她越發在心裡安慰自己——要挺住，不過是嚇著了，哪有那麼嬌弱？這會兒自己只要不害怕，肚子裡的孩子就不會怕，他不怕，就不會急著出來了。

「我去讓人給夫人準備一些湯，夫人多少喝一些。」王姨娘見她臉色放鬆，自己心裡也跟著鬆了一口氣，又說了幾句，就趕忙出去。

正好，此時太醫被請回來了，且是沈侯爺將人給帶回來的。

說起來巧了，沈夫人懷孕之後，一直是劉太醫把脈的。今兒正好是劉太醫進宮值班的日子，侯府的下人再厲害，也不敢闖到宮裡要人是不是？

可換別的太醫吧，又不知道該請哪一位，只好回來請示。

那邊沈侯爺則是得了通知，知道沈夫人在家裡出事了，他是知道劉太醫今兒在宮裡值班，當即就進宮，順利請了劉太醫出來。

成嬤嬤和宋嬤嬤一瞧見沈侯爺和劉太醫時，眼睛就發亮了。王姨娘鬆了一口氣後就悄悄撤退了，這種時候，可不是引起沈侯爺注意的時機。

見了沈侯爺，有了主心骨，沈夫人就更不害怕了。

劉太醫上來把脈，良久，才笑著摸摸鬍子說道：「夫人今兒只是受了一些驚嚇，並無大礙，老臣開個安胎的方子，夫人喝五天就行了。這藥不能多喝的，夫人若是覺得自己沒事了，少喝一、兩次也是可以的。」

說著，劉太醫就起身去開方子，一邊寫一邊又說道：「夫人原本身體底子好，所以並無大礙，只是，這孕婦受驚也是大事，萬萬不可再有第二次。平日裡夫人也注意一些，不能過於大喜大悲，也不能時時刻刻心裡害怕擔憂，得放寬了心思，夫人自己心情好了，生出來的孩子也會是個開朗的，若夫人自己整日裡心緒不寧、擔驚受怕，孩子也不能安穩的。」

這話是說到沈夫人心裡去了，她最看重的就是自己的女兒，接著就是肚裡的孩子了。一想到自己擔驚受怕，肚裡的孩子也得跟著擔驚受怕，心裡就有了幾分愧疚，原本不大的膽子，也跟著長了幾分，為母總得保護好自己的孩子才行吧？

當娘的，這輩子不就求這一件事嗎？怎麼能因為自己膽子小，就害得肚子裡的孩子也跟著害怕呢？

一想著，沈夫人就覺得自己肚子也不疼了。既然劉太醫說沒事了，那就是真沒事了，自己可得好好注意著，再養三個月，才能生一個白白胖胖的孩子。

若是男孩子，那以後如意一輩子就有依靠了；若是女孩子，那也沒什麼大不了，總能和如意姊妹相親，互幫互助的。

沈侯爺送了劉太醫回去後，回頭就見沈夫人正摸著肚子傻笑，他心裡的那些怒火惱恨，不知怎的，就忽然滅了一半。

這女人，怎麼就那麼傻呢？若是換了別人，這會兒不應該是哭哭啼啼讓自己替她作主嗎？

她倒好，太醫一說沒事，她立刻就沒事了。

「怎麼樣了？」沈侯爺坐到床頭，伸手摸了摸沈夫人的肚子。

沈夫人臉色微紅，有些不好意思。「之前劉太醫不是說了，沒什麼事了嗎？我剛才就是太害怕了，所以有些肚子疼，這會兒已經沒事了。侯爺怎麼回來了？外面的事情，有沒有耽誤，要不要緊？」

沈侯爺笑著搖搖頭。「原本就是幾個同僚聚在一起說說話，並沒有什麼大事，不要緊的，妳這會兒就不用操心外面的事情了。好端端的，怎麼就嚇到了？我也沒仔細聽那小廝說的話，是出了什麼事情？」

「也沒什麼，就是我膽子太小了，都沒事竟然自己還嚇著了。」沈夫人剛開始還很是害怕擔心，生怕肚子裡的孩子出事，這會兒緩過來了，就有些不好意思，又沒有真摔著，自己這個當娘的，竟然害怕到嚇著肚子裡的孩子！

沈侯爺見她岔開了話題，也沒緊抓著不放，就叮囑了幾句。「成嬤嬤有些功夫底子，以後我就讓她跟著妳，妳不管去哪兒，都要帶上成嬤嬤，以後孩子生出來了，我會另外給孩子找嬤嬤的。」

「真的？那可是太好了，最好也找幾個會功夫的。對了，你手裡有沒有會功夫的丫鬟？如意身邊也要幾個。」沈夫人趕忙問道。「如意那性子，在咱們家倒是不礙事，你也不會對她發脾氣，可她沒兩年就該出嫁了，身邊要是有幾個會功夫的，那可就省心了。」

沈侯爺忍不住笑。「怎麼，妳還打算讓她和夫家的人打架不成？」

「那肯定不會，如意的性子我也知道，她不會無緣無故就打人，她也不愛打人，我這不是以防萬一嗎？侯爺你位高權重，如意以後嫁的門戶也肯定不低，但凡大戶人家，就是再乾淨，也會有幾個角落陰暗。」沈夫人嘆口氣。「咱們總不能讓如意吃悶虧對不對？」

沈侯爺點點頭。「妳放心吧，回頭我給如意找幾個會功夫的。如意年紀不小了，自己又有主意，妳啊，有空也別總是想著如意，多替自己想想，好好將孩子生下來。」

沈夫人笑咪咪地點頭，兩個人說了一會兒話，宋嬤嬤就端了藥過來，那藥有安神的成分，沈夫人喝了之後就有些犯睏。

沈侯爺扶著她躺下，給她蓋好被子後，這才出門去找成嬤嬤。

成嬤嬤一五一十將事情說了一遍，沈侯爺臉上一絲笑容都沒有了。「妳說，老夫人是故意的？」

成嬤嬤沒出聲，沈侯爺起身，往外走了一步，成嬤嬤有些擔心，沈侯爺又轉身說道：

「這次的事情，妳做得不錯，以後妳就跟在夫人身邊，好好照顧她，不能讓她出一點兒的事情。妳也記住了，妳只管夫人的安全，其他事情，不要插手。」

「是，奴婢知道。」成嬤嬤忙應了。

沈侯爺再次轉身，出門直奔長春園。

第二十章

長春園這邊，太醫早已經趕過來了，老夫人以往看的太醫今兒正好不值班，來得比劉太醫快。

沈侯爺進門時，那太醫還沒走，見了侯爺，就擦了一把額頭上的汗，有些膽戰心驚地說：「侯爺，不是微臣不盡心，只是老夫人實在傷得太重了，微臣也只能是盡力而為。」

沈侯爺面無表情地點點頭道：「老夫人傷勢如何？」

「老夫人被砸斷了肋骨和椎骨，以後怕是站不起來了。」太醫猶豫了一下，還是說了實情。「微臣已經開過藥了，這會兒該給老夫人纏骨了，可老夫人不願意讓醫女接近，微臣也沒辦法……」

所以，才拖到了這會兒。

沈侯爺點點頭，掀開簾子進了內室。老夫人原本是被砸暈了過去，不過這會兒已經醒過來了，大約是聽過了太醫的話，一臉猙獰絕望，見沈侯爺進來，作勢就要往沈侯爺身上撲，只是受了傷，剛動彈一下，就疼得她滿頭大汗，又抓了旁邊的枕頭朝沈侯爺砸去。

「你是不是就盼著我死了？我死了你就高興了是不是？」

沈侯爺皺了皺眉，老夫人又哭又喊。「你也不想想，你是從誰的肚子裡爬出來的，你剛出生這麼點兒，我一把屎一把尿地將你拉拔大，你就是這麼對我的？你的良心都被狗吃了嗎？你活該天打雷劈啊！」

「娘，我做什麼了活該天打雷劈？」沈侯爺擺擺手，示意屋子裡的丫鬟們都先出去，自己站在老夫人床頭，居高臨下看她。「妳弄到今天這個地步，是妳自作自受吧？若不是妳想害死婉心和她肚裡的孩子，何至於自己摔倒，然後落了個半身不遂？」

老夫人一張臉又猙獰起來了。「她該死！」

沈侯爺微微挑眉。「她該死？就算她死了，您那心上人的女兒也不能再嫁一次了！」

老夫人目瞪口呆，沈侯爺微微笑。「妳當真以為我什麼都不知？從妳開始仇恨我的那天起，我就什麼都知道了。因為舅舅家被抄斬，我爹沒伸手幫忙，所以妳恨我爹，因為我不小心說錯了話，讓爹知道妳有個情人，害得爹冷落妳了，妳就恨我，妳以為我不知道這些？

「我不過是因為不願意和妳計較，妳再怎麼樣，都是生了我的人。」沈侯爺一字一句地說道：「我願意奉養妳，也是因為妳生了我，可妳不該碰我的底線！」

老夫人想張嘴說話，可也不知道是不是太恐懼，竟然張不開嘴。

她從沒想過，沈正信竟然知道這些事情！她原先還以為，那時候沈正信年紀小，不懂這些事情。不對，若是他知道這些，那她的事情就不是不小心說漏嘴讓老侯爺知道了，而是他故意說給老侯爺聽的？

想著，老夫人就伸出手要去抓沈侯爺。「你早知道？你故意的？我就知道，你從小就是個白眼狼！你恨不得我早早死了！你就一心只想著你那個做了鬼的爹！」

沈侯爺避開老夫人的手，有些不屑地拍了拍衣袖。「怎麼，妳敢做還怕別人說？我爹對妳有哪兒不好，妳竟然趁著他出門辦差……」

想起那事情，沈侯爺都覺得骯髒，說都不想說。「妳做出那樣的事情來，我原本是不想再認妳，只是我爹不願意，說好歹妳也是生了我，我不能不孝，所以，我才沒……」

這些年老夫人做各種事情，沈侯爺不是半點兒不放在心上。可老夫人能活多久？最多不過是一、二十年，她給了他生命，他就再忍受二十年又何妨？

生育之恩沒辦法估量，那老夫人願意幹什麼，他就讓她幹什麼。若是能用錢財來衡量，他不介意將侯府整個給了老三，然後再也不和老夫人扯上關係。

以前他事事不在意，老夫人只要不毒害他，那就萬事好商量。可現在，他有在意的人，他想要延續自己血脈的孩子，他在意自己冰雪聰明的女兒，也在乎那個傻乎乎的女人。可老夫人卻是半點兒活路都不給他留，這次做的事情，實在是超出了他的忍耐範圍。

「妳是我娘，所以，我會好好養活妳。」沈侯爺實在是不想看見老夫人那猙獰得像是魔鬼的臉，於是他側頭盯著牆壁，慢吞吞地說道：「錦衣玉食，我不會缺了妳的，伺候的人也會安排妥當，只是，娘妳年紀大了，連逛個園子都能摔斷腿，我實在是不放心妳出門。」

老夫人又驚又怒。「你要將我關起來？」

沈侯爺挑眉。「妳就沒想過，為什麼這二十年來，妳那心上人就沒升過官嗎？」

「是你搞的鬼？」老夫人不是蠢人，一旦明白，簡直恨不得將眼前的沈正信給活剝了，咬牙切齒地瞪他。「你做的？」

「若是娘妳不好好養病，以後三弟他們想探病怕也是進不來了，為了娘您身子著想，最好還是靜養著。這靜養，可不就最怕人來人往吵鬧嗎？」沈侯爺笑著說道。老夫人年輕那會兒，心裡最惦記的是她那心上人，現在老了，心裡最惦記的，也就只有老三夫妻了。

不等老夫人說話，沈侯爺逕自轉身走人，他可不願意留下來再面對老夫人那張臉。

以前沈侯爺都避免自己去想那件事情，可今兒提起來了，他就滿心煩悶，就算聽說如意回府了，也沒去搭理，將自己關在書房，愣愣地看著老侯爺的畫像發呆。

他是老侯爺一手帶大的，因為老夫人並不是真心願意嫁給老侯爺，所以他出生之後，老夫人並不是很喜歡他。老侯爺對他這個長子卻是捧在手心裡，事事親自打理。

和母親比起來，他更親近也更放在心裡的是老侯爺。所以，當他發現老夫人竟然背著自己的爹爹和人幽會的時候，他半點兒沒猶豫，全部告訴了爹爹。

老夫人不知道，還以為是他說漏嘴了，只是原本的不喜歡，就變成了討厭。再後來，外家被抄家，爹爹都自身難保，自是沒辦法伸出援手。老夫人卻以為爹爹是故意的，遷怒之下，對他這個和老侯爺更貼心的兒子，就有些仇怨了。

沈侯爺自律慣了，一壺酒喝完，微微有些醉意，丟了酒壺就去睡覺。早上被小廝叫醒的時候，也沒有什麼不適，和往常一樣去上下朝，再回府。

進了門就瞧見沈如意正趴在沈夫人身邊說話，也不知道說了什麼，兩個人都是一臉笑容。

見沈侯爺進來，沈夫人就想坐起身子，沈侯爺忙將人按下去。「妳這兩天別亂動，就乖乖躺在床上。剛才如意說什麼了？」

「如意正說昨兒宴會上的事情，都是小姑娘家家的事情，就不說給你聽了，今兒怎麼回來這麼早？」沈夫人順勢躺下，一邊讓沈如意去倒茶，一邊隨口問道。

沈侯爺拿了一顆蘋果，看了兩眼就忍不住皺眉了。「這會兒有蘋果？怎麼這個顏色？」

「是青蘋果，還沒長好，特別酸，是我這段時間特別喜歡吃酸的，所以才讓莊子送來的，你別吃這個，莊子上還送了枇杷，咱們這邊天氣不適合種這個東西，也不知道莊子上是怎麼弄的，就種成了一棵，結的果子很少。」

沈夫人從另一邊拿了一個枇杷遞給沈侯爺，小小的黃果子其實不是那麼好吃，沈侯爺捏在手心把玩了兩下就又放下了，他看著沈夫人，略有些猶豫。

沈夫人眨眨眼。「怎麼了，是有事情要和我說？」

「嗯，昨兒的事情，老夫人……」沈侯爺真有些開不了口，不管怎樣，老夫人都是他親娘，可老夫人要害死的是沈夫人，她肚裡還有他的親兒，這事情就有些沒法兒說了。

「我差點兒就忘記問了，」沈夫人忙問道：「老夫人現在怎麼樣了？太醫是怎麼說的，要不要緊？」

「不要緊，沒有生命危險，只是，怕是以後沒辦法站起來了。」沈侯爺抿抿唇，還是說了出來。「昨兒老夫人做的事情，我替她給妳說聲對不起，妳別生氣。」

沈夫人搖搖頭。「我不生氣，我當時是有些不高興，不過這會兒已經不在意了。你說老夫人以後站不起來是怎麼一回事？」

「昨兒邱嬤嬤砸斷了老夫人的骨頭，老夫人這個年紀，也沒辦法正骨了。」沈侯爺輕描淡寫將老夫人的病情描述了一遍。「我想著，以後就讓老夫人靜養著，侯府的事情，能不和老夫人說就不和她說，免得她著急上火，再為什麼事情動怒。太醫之前也說了，讓老夫人不要過於大悲大怒。」

沈如意端了茶水進來，聽到這兒就忍不住插嘴了。「父親，我和娘倒是能按照您說的去辦，不管如何，都不會擾了老夫人的清靜，可二房和三房那邊，可就不是我和娘說了算。」

「那邊妳們不用擔心，我會去和二弟三弟說的，他們兩個雖然有時候會跟著娘胡鬧，但大事情上還是分得很清楚，只有老夫人護著，他們才能得到更多。」

若是他們氣著了老夫人，讓老夫人早早死了，到時候沈侯爺會不會將他們當成親兄弟，那是誰都說不準的。

「妳二嬸娘和三嬸娘那邊，回頭妳和她們說說，若是她們很閒，就過去伺候著老夫人，該說什麼不該說什麼……」沈侯爺有些遲疑了，他能暗示自己的兩個弟弟，總不能再去暗示兩個弟妹一番吧？

沈如意年紀還小，也不好讓她去開口。

正猶豫著，就聽沈夫人笑道：「侯爺不用擔心了，我估計著，一會兒二弟妹和三弟妹就該過來了，到時候我來和她們說，二弟妹和三弟妹都是聰明人，就是不為自己想想，也得為他們幾個孩子想想是不是？二房的佳美以後總是要出嫁的，侯府姑娘的名頭可是比侍郎女兒的名頭好聽多了。還有三房，以後兩個兒子總是要娶妻的，侯府的公子這婚事可是要好好挑選一番的。」

沈侯爺愣了愣，隨即就有些失笑，自己不是早就見過她的成長，這會兒還驚訝什麼？

「以後外面的事情，也不用煩勞老夫人了，若是實在推脫不得，直接和我說就是了。太醫那邊，我還得去打點一番。」沈侯爺笑著伸手揉了揉沈夫人的頭髮，然後起身走人。

沈夫人臉色爆紅，好半天才轉頭看沈如意，有些結結巴巴。「妳父親是將我當成妳了？」

沈如意只笑不說話，又削了蘋果給沈夫人吃。「我先去長春園那邊看看，祖母出了事情，我這當孫女兒的，怎麼也得在祖母身邊伺候一段時間才行，讓雲柔和我一起去吧。」

沈夫人點點頭。「日後雲柔總是要記在我名下的，她名聲越好，對妳我也越有利。妳只管帶她去，不過，別惹惱了妳祖母，萬一妳祖母說了什麼不好聽的，妳也只當是耳邊風，什麼都沒聽見。」

沈如意笑說：「娘，我知道，妳若是累了，就躺下來歇一會兒。」

一踏進長春園，沈如意就聞到一股藥味，和正院一樣，不過，正院的是安胎藥，這邊的是救命藥。

沈如意掀開門簾進去，不過一天，邱嬤嬤就變得十分憔悴，花白的頭髮亂糟糟的，好像一下子又老了十歲，目光都呆滯了。她見了沈如意，眼中露出恨意，不過很快就低下了頭。大約是知道以後再也沒出路了，邱嬤嬤也沒向沈如意請安，就那麼木愣地站著。

沈如意也不在意，直接進了內室。老夫人剛喝過藥，睡得並不是太安穩，眉頭皺著，臉上還帶著痛苦。斷了骨頭，可不是一晚上就能休息過來的。

傷筋斷骨一百天，而老夫人上了年紀，別人養一個月，她至少得養三個月。所以，若是想養好，至少得大半年。

沈如意上前，站在床頭居高臨下地看老夫人。從上輩子到這輩子，她從沒見過這麼落魄的老夫人，只想想這個折磨了她兩輩子的人，以後就再也站不起來，再也不能對她指手畫腳、輕易出言辱罵了，她心裡難掩高興。

她有些不敢相信，上輩子的老夫人是多麼威風，整個侯府，除了沈侯爺她不敢多說之外，其餘的人，不管是誰，老夫人看得上的人，就是侯府至高至上的主子。她看不上的人，哪怕是朝廷冊封的誥命，她都能讓侯府的奴僕過來踩兩腳。

這樣的風光，持續了多少年啊！由於沈侯爺不管後院的事情，整個侯府，老夫人就是一言堂，是至高無上的主子。

可現在，這個說一沒人敢說二的主子，就這麼躺在這裡了。有了沈侯爺的話，別說是出門了，怕是以後，老夫人想要知道外面的消息都困難了。

接下來呢，應該是處置老夫人身邊的人了吧？

哪怕是這老虎垂垂老矣，該拔掉的牙齒，該剪掉的指甲，還是要儘快解決。

沈如意站在那裡，心裡想著事情，盯著老夫人的時間就有些長。

老夫人本來就睡得不安穩，一睜眼就瞧見自己痛恨的人，眼神瞬間就淬上了一層毒。

「妳還敢來？」

沈如意微微側頭，頗有些驚訝。「祖母您這話是什麼意思？我怎麼就不敢來了，又不是我將祖母砸成這個樣子，不過說起來，祖母也算是替我娘擋災了，我有空，得去法華寺給祖母燒幾炷香呢。」

老夫人臉色更猙獰。

沈如意視而不見，低頭看著老夫人。「父親也和祖母說過了吧？以後祖母就在家安心靜養，先將身子養好了，才有精力做別的事情，您說是不是？

「我娘因為受了驚嚇，所以這段時間怕是沒空來伺候祖母了，不過，好在祖母您兒子不少，二嬸娘和三嬸娘正閒著呢，就讓二嬸娘和三嬸娘來照顧您，我和我娘也就放心了。您往日裡最是喜歡二嬸娘和三嬸娘，見了她們兩個，心情也好，這心情一好，病就好得更快了，您說是不是這個道理？

「不過，祖母您自己也得當心著些，若是有二嬸娘和三嬸娘照顧您，您還讓自己病得更重了，那肯定是二嬸娘和三嬸娘照顧不好，指不定我父親一生氣，就覺得二嬸娘和三嬸娘太沒用了，既然不能照顧好祖母您，那就沒必要留在侯府了，祖母您說是不是？」

沈如意微微挑眉，老夫人的一張臉都扭曲了。沈如意也不在意，笑著給老夫人掖了掖被子。老夫人抬手就要抓沈如意，沈如意忙側身讓開。老夫人疼得更厲害了，身子都不敢動，自是沒辦法再換個姿勢的。

「祖母，您好好養著身子，以後啊，不管是侯府的事情，還是外面的事情，您都少操心，只安心養病就行了。」沈如意按著自己的袖子，盯著老夫人的眼睛，慢吞吞地說道：「這侯府裡裡外外的事情，自有我娘打理著，您啊，該歇著了。」

離開長春園後，沈如意也不知道沈夫人是怎麼和沈二夫人和沈三夫人說的，但效果是明顯的，之後，這兩個人果真輪流著去伺候老夫人。一開始沈如意還擔心老夫人會繼續鬧下去，可沒想到，一連半個月了，老夫人連一聲氣都沒吭。

不光是沈如意放心了，就連沈侯爺、沈夫人都鬆了一口氣。

眼看著沈夫人只剩下兩個多月就要生了，沈如意更忙了。侯府所有下人的賣身契都已經握在手裡，老夫人也倒下去了，不趁這個機會徹底換血，那還要等到什麼時候？

再者，沈如意心裡一直有一個執念，在她出嫁之前，要給沈夫人留下一個乾淨、容易打理的侯府，所以，這會兒趁著沈夫人養胎，她就先開始處理侯府的事情。

等沈夫人出了月子，她就慢慢將侯府的事情交到沈夫人手上。有得用的奴才，有管家的權力，有能幹的幫手，沈夫人只要不是再和上輩子一樣犯傻，這輩子絕對能過得風風光光。

至於王姨娘，沈如意一直覺得那是個聰明人，而聰明人最是會審時度勢。在王姨娘沒有做出傷害沈夫人的事情之前，沈如意並不打算和王姨娘翻臉。

這個世道，獨木難支，若沈夫人肚子裡的真是兒子，那他也是需要兄弟幫襯的。二房、三房已經是差不多翻臉了，王姨娘的兒子才是最佳的選擇。

不過，眼下說這些太早了些。沈侯爺不是那種輕易會被女色給糊了眼的，若王姨娘當真要除掉嫡子，為庶子騰地方，哪怕是將爵位還給朝廷，沈侯爺都不會讓王姨娘如願的。

除了侯府的事情要忙，沈如意還要應付時不時就要上門借書的六皇子。

她原本就是冰雪聰明，六皇子來了幾次，她就看出六皇子的心思了。她是想遠離六皇子，皇家奪嫡真不是鬧著玩，上輩子六皇子確實是沒參與，可誰知道這輩子會不會有變化？上輩子沈侯爺一個皇子都沒支持，四皇子為了拉攏沈侯爺，連沈侯爺家的庶女都要，她可是實打實的嫡女，若真嫁給六皇子，誰知道對局面會不會有什麼影響？

只是，怎麼疏遠，還得找個理由逐步漸進。畢竟六皇子是皇子，若真是惹惱了他，回頭他請旨指婚，那她可是連躲都躲不了。就算她背後有沈侯爺，也不能抗旨的。

以前六皇子過來，三次裡面有兩次會來找沈如意，討論最近流行的話本什麼的，然後再閒聊兩個人對某本書的看法。現在六皇子過來，再讓人去請沈如意，沈如意五次裡面就要推拖三次。

要麼是過去之後就立刻有嬤嬤過來找，要麼就是沈夫人親自派人來找，還得做得不著痕跡，幸好沈侯爺也不大看好六皇子，每次都急匆匆地趕回來救場。

兩個多月的時間轉眼即逝，到了六月，沈夫人就開始焦慮起來了。天天捧著肚子覺得自己快要生了，幾乎天天叫穩婆。沈侯爺和沈如意上當了幾次之後，沈夫人再說肚子疼，他們兩個都能很淡定地讓人去叫穩婆了。

每次穩婆都是一句話——夫人，還沒到時候呢，您別著急。什麼，肚子疼？不要緊，都會有的，疼著疼著就習慣了。

所以，六月中旬的某日晚上，沈夫人又說肚子疼的時候，沈如意還抽空吩咐人將晚膳桌子給收拾好，還打算將棋盤給找出來，等會兒和沈夫人下下棋安撫她一下。

結果，她這邊正擺著棋子，那邊穩婆就喊了一聲。「快，這次是真的要生了，快將夫人扶到產房去，熱水、剪刀、布條，都趕緊準備起來。」

沈侯爺正悠閒地坐在一邊把玩他今兒剛得的一個白玉鎖，一聽穩婆的話，手裡的鎖就沒拿住，一下子落了下來，幸好他是坐在軟榻上，要不然，可就白賠了幾千兩銀子了。

父女兩個都傻住了，那呆愣的樣子還一絲不差，都是張著嘴巴傻看著穩婆。

穩婆著急啊，一開始瞧著這父女兩個還是能穩得住的，怎麼現在看著，也不是那麼可靠呢，只是再不可靠，這會兒她也得趕緊讓人回神。

「侯爺、大姑娘！快，夫人要生了！」

沈如意這才跳起來。「啊，要生了！快，之前是怎麼安排的？宋嬤嬤，妳去產房陪著娘親，有什麼話記得往外傳。陸嬤嬤，妳去廚房盯著。陳嬤嬤，妳在門口守著，那端著熱水進去的，妳可得看好了。趙嬤嬤，妳就守著那藥爐子，不管今兒用不用得上，都得盯緊。」

之前這安排，宋嬤嬤已經說過幾遍了，沈如意回神之後就立刻熟練地安排起來了。「父親，快，讓人去請大夫過來，不對，請劉太醫，劉太醫這會兒應該在家吧？」

沈侯爺也猛地驚醒了。「對對對，請太醫。快，回春，拿我的帖子，劉太醫若是在府裡，你立刻將人請回來，若是不在，你就去宮門口讓人往裡面傳話。」

太醫院是在外宮，所以侍衛還是能往裡面傳話的。

「還有呢？」沈侯爺是真傻了，吩咐完就趕緊問沈如意。

沈夫人第一次生孩子的時候，沈侯爺根本瞧不上眼，不過是走個過場來瞧了一眼，那會兒沈夫人雖然不管家，但有老侯爺在，誰也沒敢怠慢沈夫人，所以這穩婆、大夫都是早早請好了。

而王姨娘生孩子的時候，沈侯爺連個過場都沒走。王姨娘也很看得清自己的身分，頭一次沒見到沈侯爺，第二次索性就沒說了，沈侯爺下朝回來才知道自己多了個兒子。

沈夫人這次，是沈侯爺第一次見女人生孩子。

沈如意見沈侯爺這傻乎乎的樣子和平日裡的精明樣子簡直差了十萬八千里，差點兒沒笑出來，虧她記得這會兒不是笑的時候，忙推了沈侯爺出去。「男人不能進產房，父親先去書房等著，若是孩子生了，我讓人去叫你。」

沈侯爺抬腳往門口走了幾步，只是沒到門口又折回來了。「我還是在這裡等著吧，妳一個小姑娘家，還沒出嫁，也不好在這兒待著，妳回去歇著，讓王姨娘過來幫忙行不行？」

「父親，王姨娘還得照看雲柔和明修呢，這大晚上的，別煩勞王姨娘了，雖然我還沒出嫁，但你還不知道你女兒的膽子嗎？這種事情嚇不著我的。」

沈如意忙說道，沒說完，裡面就傳出一聲慘叫，之前為著方便，那產房就安置在正院的西廂，距離很近，那慘叫聲就像是在耳邊響起來的。

父女兩個立刻白了臉色，沈如意就算上輩子嫁過人，那也沒生過孩子，知道生孩子疼，卻不知道生孩子能疼成什麼樣子。

沈侯爺一瞧閨女臉都白了，忙叫了夏冰、夏蟬。「妳們趕緊扶著妳們姑娘回去，不能讓她再過來這邊了。」說著又看沈如意。「我知道妳擔心妳娘，我也擔心，可是妳娘若是知道妳在這兒等著，怕是也不會安心，妳趕緊回去，這兒的事情不都已經安排好了嗎？再說，有宋嬤嬤和陸嬤嬤在，妳還擔心什麼？快回去！」

沈如意抿唇。「不行，爹，您就讓我留在這兒吧，我剛才不過是沒提防，忽然被嚇了一跳，我真沒事。」

「不行，我之前聽人說，生孩子很慢的，這都什麼時候了，妳趕緊回去休息。」沈侯爺十分鐵面。

沈如意揉揉眼睛，再抬頭就是一副淚汪汪的可憐相了。「爹啊，就讓我在這兒等著吧，我娘在這兒生孩子，我回去了也睡不安穩啊，再說，我以後還是得嫁人。」

討好賣乖再加不要臉，沈侯爺有些抵擋不住。

若是沈夫人在，必定會擔心沈如意聽了這慘叫心裡有陰影，將來生孩子的時候害怕，說不定會出現難產的情況。所以，沈夫人會堅決不同意讓沈如意留在這兒。可沈侯爺是個大男人，聽沈如意說的最後一句話，就有些意動了，反正閨女將來也要結婚生子，現在先聽聽動靜，將來要生了，也好自己先提前吩咐好事情，免得被人中間插手了。

沒等沈侯爺作出決定，那邊沈夫人就派了宋嬤嬤出來。「夫人說讓姑娘您趕緊回去，別在這兒等著，要不然她等會兒就親自出來看。姑娘，您還是趕緊回去吧，這裡有老奴照看著，您不用擔心。」

沈如意搖頭。「嬤嬤，妳進去就說我已經回去了，妳在裡面，陸嬤嬤在廚房，趙嬤嬤守著藥爐子，陳嬤嬤得看著這院子裡的人，我怎麼樣也得在這兒才能安心。」

時間緊迫，宋嬤嬤真沒空在這裡勸解沈如意，沈侯爺深深覺得沈如意說得有道理，沈夫人是根本瞧不見，所以到最後，沈如意還是如願留在這兒了。

沈夫人雖然生過一個沈如意，但這次生產也不是那麼容易。

沈如意和沈侯爺在院子裡等了四個時辰，幸好沈夫人之前身子養得很好，又有宋嬤嬤和陸嬤嬤在一邊指點，懷孕的時候該吃就吃，該走動也走動，雖然生產時難了點兒，卻沒有出現難產的情況。

等嬤嬤喊了一聲「生了」之後，原本有些萎靡的沈侯爺和沈如意一同站起身。

「我娘如何了？」

「我夫人如何了？」

宋嬤嬤喜孜孜地開了門出來。「夫人很好，只是有些累，這會兒還清醒著，看過了小少爺才睡過去。夫人生了個小少爺，白白胖胖的小少爺！」

沈侯爺愣了一下，隨即哈哈大笑。「好，很好！賞！如意，回頭記得打賞！」

沈如意連連點頭，忙揚聲吩咐。「正院的人賞賜三個月的月例，別的院子賞賜一個月的月例。」

至於穩婆和太醫的紅包都是早已經準備好了，並不用特意說明。

這邊沈如意吩咐完，轉頭一看，沈侯爺已經到產房門口去了，穩婆正抱著一個大紅色的襁褓讓沈侯爺看，沈侯爺那臉上的表情，有一些疑惑，有一些為難。

沈如意剛走過去，就聽見他問道：「怎麼這麼醜？」

然後，沈侯爺頗為擔心地嘆氣。「這樣醜，以後可怎麼出仕啊，說不定連娶妻都難了。」

沈如意嘴角抽了抽，那穩婆忙笑道：「小孩子剛出生都是這樣，大姑娘剛出生的時候也是這樣，現在不也很漂亮嗎？侯爺不用擔心，小公子長大了，必定和侯爺您一樣，風度翩翩，定然是個迷人的美男子。」

沈侯爺有些不確定，轉頭瞧沈如意，只是沈如意出生那會兒他哪見過啊，只知道小孩子從小都是白白胖胖的，再瞧著這個紅皮猴子，心裡就更是不確定。

沈如意忙探頭瞧她那剛出生的小弟弟，一邊看一邊笑。「哎呀呀，我弟弟果然長得好看，瞧瞧這眉眼，和我娘一模一樣！這嘴巴和鼻子倒是和爹爹您一樣，真可愛。」

沈侯爺眉頭皺得更緊了，就差沒將那紅皮猴子看出一朵花來，怎麼看都不覺得那眼睛眉毛和自己的娘子相似，更是不覺得那嘴巴、鼻子和自己的一樣。

穩婆倒是很捧場，拚命誇讚小猴子長得好看。不過，凌晨的天氣還是挺冷的，穩婆也沒敢讓孩子在外面久待，等沈侯爺點頭了，就連忙抱著孩子進去。

沈如意也跟著進去看沈夫人，見沈夫人臉色雖然白，但面色還算是平靜，呼吸也很是平穩，顯然是睡熟了，那提著一晚上的心也總算是放下來。

之前她總是擔心沈夫人年紀長了些，怕生孩子會不順利，卻沒想到，還算是比較順利。至少，沒出現什麼難產之類的問題。

宋嬤嬤已經帶著人給沈夫人擦汗，重新梳了頭髮，被褥也都換過了，這會兒她就悄悄地安慰沈如意。「夫人身體底子好，休息一段時間就好了，姑娘別擔心，這坐月子的時候，多補充補充，吃些好的，指不定將來夫人還能給姑娘添個弟弟呢。」

沈如意忍不住笑。「有一個就行了，娘親到底是不年輕了，生孩子又這麼危險，只要這一個就行了。」

宋嬤嬤只笑不接話，這事情可不是沈如意說了算。若沈夫人真懷上，怕是第一個說要生的，也是沈夫人。

瞧著這邊沒事了，沈侯爺和沈如意才各自回去休息。

沒有老夫人在後面興風作浪，二房和三房也翻騰不出多大的浪花。畢竟，現在老夫人說話已經不管用了，沈侯爺一句話，二房和三房就是不分出去，日子也不會太好過了。

一時間，沈如意都不知道接下來應該做什麼了。

「妳有空，就多過來照看妳弟弟，你們兩個年紀相差太大了，我就怕妳出嫁之後，他會和妳慢慢疏遠，所以呢，妳現在就得多抱抱他。」

沈夫人喝完了雞湯，就開始喋喋不休。「還有雲柔的事情，也該早些進行了，還得開祠堂，雲柔身邊的丫鬟婆子也得再安排一遍，得將丫鬟給她補全了。

「還有兩個月妳就及笄了，妳的婚事也該考慮了，別人家都是早早就安排好，及笄之後就開始下定，我之前實在是……竟是沒有將這些給妳安排妥當。

「也不知道妳父親心裡是個什麼意思，他那裡有沒有人選，我想著，咱們也不能盲婚啞嫁，好歹得先讓妳看看，妳若是看中了，咱們再來說婚事。之前我就將京城裡適齡的名單給弄了一份，官媒那邊也打過招呼了，最近沒讓官媒上門，也不知道有沒有什麼好的人選。」

「娘，現在最要緊的事情可不是挑什麼人選，妳也說了，我還有兩個月就及笄了，及笄的正賓什麼的，妳都有打算了？」沈如意有些無奈地打斷沈夫人的話。

沈夫人笑著瞪她一眼。「現在還不耐煩聽我說了。及笄的事情，妳不用擔心，我已經請了何夫人，不知道明珠郡主願不願意給妳當贊者，妳回頭問問明珠郡主？」

「好的，我會問的。」沈如意忙點頭。

沈夫人想了想又說道：「那妳弟弟的滿月禮就不大辦了，咱們家幾個人樂一樂就算了，妳的及笄禮是一輩子一次的事情，安排這個最重要，回頭我和妳父親商量一下。」

正說著，就聽門口傳來沈侯爺的聲音。「商量什麼？」

「說如意及笄禮的事情，連兩個月都不到，我想著，她弟弟的滿月禮不辦了，只給如意辦及笄禮。」沈夫人有些忐忑地問道。

她心裡是最疼沈如意，但她也知道，沈侯爺一開始並不是很喜歡如意，男人一般都是更看重子嗣，若是沈侯爺不願意委屈兒子，那說不定，今兒她得和沈侯爺吵一架了。

沈夫人正在心裡編織各種理由，想著等會兒要如何勸說沈侯爺，甚至打算來一場苦情戲，唱一齣苦肉計，哭訴一番自己之前十來年的辛苦和如意十來年的孤苦。

她正打算著開始醞釀感情呢，卻沒想到，沈侯爺回答得這麼乾脆俐落。「哦，行啊。」

沈夫人有些懵。「啊？」

「我說可以啊。」沈侯爺先笑著到床邊看了看睡得極香的小兒子，又抬頭看沈如意。「如意的及笄禮最重要，回頭我擬定一個名單，及笄禮的事情，妳多多上心，儘量辦得盛大繁華一些。」

沈夫人出月子之後，索性直接將小兒子扔給沈如意，她將侯府的事情從沈如意手裡接過來，開始一心一意準備沈如意的及笄禮。只剩下不多的時間了，她一定得給閨女準備個最盛大的及笄禮才行。

沈如意原先還擔心沈夫人乍然接過管家權，要適應一段時間才行，卻沒想到，之前沈夫人懷孕的時候，雖然不大管事，但也不是半點兒長進都沒有。沈如意做了什麼、怎麼做的，她再和宋嬤嬤之前教的結合起來，這領悟得非常快。

所以，沈夫人能很快上手，再者，她也知道，沈如意遲早是要出嫁的，到時候她要一邊保護兒子，一邊給如意做後盾，那時候她可不能依靠如意了，只有自己將侯府給管好，不給如意扯後腿，才能成為如意的後盾。

沈如意瞧了幾天，見沈夫人態度很堅決，也就放手了。趁著她還在，就算沈夫人做錯了也沒什麼，總比以後她嫁人了，沈夫人手忙腳亂出錯強。

第二十一章

沈如意的及笄禮，很快就到了。

劉明珠和劉寶瑞一早就過來，沈雲柔也早早準備好。劉寶瑞是負責端放釵環的托盤，而沈雲柔則是負責幫沈如意托曲裾。沈如意來來回回地換衣服，也是要沈雲柔幫忙。

及笄禮儀式分為三加儀式，初加髮笄和羅帕、素色的襦裙；再加髮簪、曲裾深衣；三加釵冠。禮成後，沈如意轉身給眾人行禮，隨後和沈雲柔一起回房。

「大姊的及笄禮總算沒出什麼差錯，以後大姊可就是大人了。」沈雲柔笑咪咪地說道，看著沈如意的釵環略有幾分羨慕，不過也沒有不妥當的表現。

沈如意一邊將釵環摘下來，一邊笑著說道：「別著急，等妳及笄的時候，娘和父親肯定會給妳挑選更好的，還是說，妳現在就急著及笄了？」

及笄就代表著能說親，沈雲柔臉色立刻紅了，有些嬌羞地轉臉看向一邊。「我不和大姊說話了，大姊太壞了，還取笑自己的妹妹！」

正說著，劉明珠就笑嘻嘻地闖進來了。「剛才差點兒就忘記了，六表姊讓我給妳帶了及笄的禮物呢，六表姊還神神秘秘的，我想看，她都沒讓我看，如意姊姊妳快打開看，讓我瞧瞧是什麼東西。」

沈如意伸手接了劉明珠手裡抱著的盒子，剛才一直沒見她拿著，大約是交給身邊的丫鬟吧。

沈雲柔和劉寶瑞也都湊了過來，一起好奇地看那盒子。

沈如意也沒躲著，大大方方地打開盒子，露出裡面的一套首飾。「是一套首飾，內造的。」

內造就是內務府出產的，這樣的首飾都是僅此一套，絕無第二套，再加上內務府的印章，哪怕是再有錢都買不到。

劉明珠瞧了一眼，嘟嘟嘴。「我說六表姊怎麼不讓我看呢，這套首飾我六表姊可稀罕了，還是她去年生日的時候皇上特意畫的樣子讓內務府造的，六表姊平日都不戴，連摸一下都不給人摸，竟然送給妳了。」

沈如意很是驚訝。「這麼珍貴嗎？那我……」

劉明珠擺擺手。「別擔心，既然六表姊讓我送給妳，那就是妳的了，妳若是不要，她心裡才會不高興呢。妳收著吧，下次進宮的時候戴進去讓她瞧瞧。」

沈如意點點頭，將首飾又放進去，仔細囑咐了夏冰，讓她妥善放好。

「馬上要重陽節了，咱們重陽節出門登山吧？」劉寶瑞笑著提議。

劉明珠忙點頭。「我之前也想著和妳們一起去登山呢，只是我娘不許，我娘說要一家人去登山。」

「大長公主說得有道理，重陽節本來就應該和家人一起過。」沈雲柔在一邊點頭。

她有些不大喜歡劉寶瑞，劉寶瑞湊巧也不喜歡她，兩個人若不是看在沈如意的面子上，指不定一句話就能吵翻了。

「不過，我們可以兩家約定去哪兒登山啊，到時候咱們還能一處玩耍。」沈雲柔不看劉寶瑞，只轉頭和劉明珠說話。

劉明珠撇撇嘴，沒接話。

劉寶瑞笑了一聲，搖頭說道：「怕是妳們約不到一起，這每年登山的事情，都是有定例的，像是我們家吧，就只能去京西的矛頭山，大長公主家去的是京東的龍騰山，妳們沈家去的也是京東，但是去哪一座山我就不知道了。」

只聽名字就知道兩座山的差別有多大了，沈雲柔抿抿唇，轉頭看沈如意。

沈如意放下手裡的茶杯，一邊說道：「我聽父親說過，咱們家要去的是京東的飛雲山，和龍騰山是有些距離。」

「那就聚不到一起了。」劉明珠嘆氣。

沈如意捏了捏她的臉頰。「咱們平日裡有空就聚在一起，還差那麼一天的時間嗎？妳若是喜歡，等九月初十，咱們再一起去爬山，我還沒去過龍騰山呢，到時候妳帶我們去？」

劉明珠想了想，搖頭。「初十怕是不行，重陽節之後我爹娘還要辦家宴，要不然十二那天，妳們到時候有空沒有？再加上我大哥、二哥，還有六表哥他們，爬山麼，就是人多了才好玩，兩、三個人有什麼意思？山腳下有莊子，咱們不如早一天過去，早起還能去看日出。」

劉明珠越說越興奮，劉寶瑞也來了興致。「那邊景致如何？我爹是前年才被調回京城的，京城的景色，我都還沒看過呢。」

沈如意也搖頭。「我比妳回來得還晚呢，別說是日出了，也就在自家府裡看過日落。」

沈雲柔更不知道了，她年紀小，早些年就算有人帶她出門，也沒人帶她去爬山看日出。

「特別好看，那剛剛昇起來的太陽，就跟鴨蛋一樣，紅得流油。」劉明珠立刻說道，還伸手比劃。「龍騰山那邊就是樹比較多，成片成片的楓葉樹，到秋天了就特別好看，咱們若是去爬山的時候還能欣賞美景呢。說起來，到了秋天，能吃的東西也多了啊，咱們不如來野餐？對了，還有賞菊宴，咱們要不隔段時間辦一次吧。如意姊姊，我記得妳們府上有個廚子做的點心特別好吃啊。」

沈如意嘴角抽了抽，點頭。「那好，咱們過幾天就辦一次宴會，九月十二那天去爬山……」

沒等她說完，劉寶瑞就插嘴說道：「九月十一咱們就去明珠家的莊子上住著，十二那天直接去爬山。」

劉明珠使勁點頭，沈如意只好又重複了一遍。「九月十八，在我家辦賞菊宴，請妳們過來玩耍。對了，妳們覺得何大人家的那個何姑娘如何，到時候我也請她過來吧？今兒她還隨著何老夫人來參加我的及笄禮了呢。」

說完，沈如意忽然大驚。「哎呀，我竟是忘記了，我剛才進來是換了衣服的，外面還有那麼多的客人呢，真是的，都是妳們要拉著我說話。幸好才兩炷香的時間。雲柔，妳在這裡陪著明珠和寶瑞，我先去前面了。」

也來不及和劉明珠、劉寶瑞說什麼，沈如意拎著裙子就急匆匆地出去了。

劉寶瑞張大嘴巴看著她的身影，好半天才說道：「這也能忘記啊。」

沈雲柔撇嘴。「妳不也忘記了嗎？要不然剛才怎麼不提醒我大姊，說得太高興了。」

劉明珠搖頭。「應該沒什麼大事，要不然沈夫人早就應該派人過來了。這種場合，一定是那些夫人、太太們先湊在一起，妳誇我家的孩子，我誇妳家的孩子，這半個時辰過去得很快呢，接下來是用午膳，用完了午膳繼續聽戲，聽完戲就可以散了。」

沈雲柔忍不住笑。「明珠郡主說得還真是……」

劉寶瑞伸出大拇指朝劉明珠比劃了一下。「精闢！」

然後，她又說道：「咱們也出去幫忙如意吧，坐著也挺沒意思的，我瞧著剛才王家的姑娘也來了，明珠妳認識王家的姑娘嗎？她們姊妹可有意思了，是雙胞胎呢，我介紹給妳認識。」

沈雲柔忙起身說道：「我陪妳們過去吧，我大姊剛才可是交代了，讓我照顧好妳們，我也順便認識一下新朋友。」

沈雲柔也是主子，沒有沈如意在一邊忙著而她坐著看的道理，今兒是沈如意的主場，她也得幫忙招呼一下客人。剛才沈如意將她留下來，就是很看重劉明珠和劉寶瑞，所以單獨讓沈雲柔照看的意思。現在劉明珠和劉寶瑞要出去，沈雲柔也要跟著才是。

三個人一起出了門，就先往花園裡去。

不管這會兒那些小姑娘們在哪兒，一會兒都肯定得被沈如意帶到花園裡來。

下午散了宴會，各家女眷們回府之後，沈侯爺將手裡的盒子遞給了沈如意。「六皇子託我帶給妳的及笄禮，打開瞧瞧。」

沈如意打開，毫無意外的，那裡面放的是幾本書的孤本，她很早之前提過想看的。伸手摸了摸，實在是有些捨不得，這禮物送得太得她心意了，只是再捨不得，這禮物她也不敢收。

她看看沈侯爺，就有些猶豫了。「父親，您有沒有同等價值的東西給我當回禮？」

沈侯爺還是沒出聲，沈如意湊過去給他捏肩膀，一臉討好諂媚。「我就是和爹爹您感情太好了，所以才敢沒大沒小的嘛，爹爹別生氣。」

沈如意上次就暴露了，討好沈侯爺的時候就乖乖叫爹爹，不想討好的時候就端端正正地喊父親。沈侯爺簡直拿她沒辦法，這個閨女太不聽話了，幸好，她早晚得嫁出門。

「我給妳準備了一份回禮，這個妳就不用擔心了。過來。」沈侯爺招招手，示意沈如意在自己身邊坐下。

沈如意這會兒還指望著沈侯爺的回禮呢，自然是乖乖聽話，溫溫順順地坐在他身邊。

「我問妳，妳對妳的婚事，到底是怎麼想的？六皇子那人，若是妳喜歡，也不是不可以。」沈侯爺想了一下，這才慢吞吞地問道。

然後旁邊的沈夫人就是一聲驚呼。「六皇子？侯爺您要將如意許給六皇子？」

「不是我要將如意許給六皇子，而是六皇子喜歡如意，想要求娶，我在問如意的意思，若是如意願意，那這門親事我覺得還行；若是如意不願意，回頭我得趕緊給如意定下來。」

沈侯爺耐心地說道，沈如意忙搶過話頭。「父親，您手裡有人選？」

「上個月我讓人打聽了，京城裡年紀相當且沒說定婚事的人不多。」

大部分的人，都是十四、五歲就訂下婚事了。既要門當戶對，又要知根知底，還得先下手為強。

如意現在也徒有個名頭說著好聽，是沈侯爺很看重的嫡女，且有教養嬤嬤。但誰不知道，沈如意是在鄉下養了十多年的人，誰知她會不會學了鄉下人的習慣？畢竟小門小戶的媳婦和高門大戶的媳婦，要求不一樣。

前者妳因為羞澀大門不出、二門不邁完全沒問題，後者妳光會害羞、不會說話那就是不合格；前者是女子精明市儈、能攢錢是優點，後者女子吝嗇小氣，立刻就全京城出名了。

沈如意回京之後並不怎麼出門，所以就算是聽說過沈如意名聲的人家，也不敢貿然有什麼打算。而不計較沈如意名聲的人，沈侯爺自然是看不上。

就算沈侯爺嘴上不承認，但實際上，自他將沈夫人和沈如意當成了自己人，心裡就微微有些愧疚，早就在心裡發誓，一定要給沈如意找個完美的歸宿，出身家世好，性子人品要好，長相也好。

剛好六皇子幾乎每一樣都能達到沈侯爺的要求，唯一的缺點是皇家人比較麻煩，可若是沈如意願意，這個也完全不是問題。

「六皇子很不錯，妳先說說，妳不看中他的原因。」沈侯爺頓了頓說道。

沈如意抿抿唇。「他是皇子，將來有爵位了，至少得是個郡王，郡王除了正妃，還能有兩個側妃，親王就要有三個側妃。」

「六皇子身子弱，這個不是不能緩緩。」沈侯爺沈吟了一下說道：「除了這個呢？側妃並不是什麼重要的事情，男人三妻四妾很正常，就算不是六皇子，別的男人也一定會有通房侍妾什麼的，妳現在就害怕側妃通房，那以後的日子還怎麼過？」

沈侯爺皺眉。「妳是我的女兒，妳想的應該是怎麼將那些側妃侍妾打壓得沒辦法出頭，難道妳連這點兒信心都沒有？有侯府給妳撐腰，就算有側妃又如何？」

「嫁給皇子沒辦法和離，若是別人家寵妾滅妻了我還能回來。」沈如意嘟嘴。

沈侯爺冷笑一聲。「若是六皇子敢寵妾滅妻，我照樣能將妳接回來。」

沈如意一臉呆愣，嘴巴張大看沈侯爺。「真的？」

「那是自然，這天底下還沒有我做不了的事情！」沈侯爺邪魅狷傲。

沈如意嘴角抽了抽，趕緊低下頭。

沈侯爺收了自己的威武霸氣，繼續問道：「況且，六皇子那樣子，也不像是個能寵妾滅妻的人，妳若說怕以後會變，那就更不用擔心了，人都是會變的，不光是六皇子會變。」

「那奪嫡……」

沈如意也知道，論聰明，自己是連沈侯爺的一半都比不過，現在之所以能在沈侯爺面前有那麼一丁點表現，還是因為有著上輩子的經驗。所以，沈侯爺要追問真正的因由，沈如意還真隱瞞不了。

「妳是擔心六皇子會奪嫡還是擔心他會被捲入？」沈侯爺耐心地問道，好歹這事關如意一輩子的事情。

「兩個都有。」說出口之後，沈如意就沒有那麼為難了，索性就將自己之前所有的擔憂都說出來。「他萬一起了心思，那就是死路一條，我不願意跟著他走這條路。父親您是皇上看重之人，京城的京畿衛，是在您手中，您自己也知道，只這一年，來拉攏你的皇子有多少個。

「六皇子若是有這樣的岳父，他自己能不動心，可誰能保證和他親近的那些皇子不動心？」沈如意捏捏手指，這些事情不是想避開就能避開的。

即使他不願意，但別人能想辦法讓他願意。

「難不成妳爹我是個傻子，誰想利用我女婿我能看不出來？」沈侯爺皺眉，不解地看沈如意。「還是妳覺得，妳爹我就能活個三、五年，連這場奪嫡都捱不過去？」

沈如意張張嘴，一臉不解。

沈侯爺看著沈如意就像是在看傻子。「既然那些人都知道我是皇上看重之人，怎麼可能會有辦法逼迫我去站隊？六皇子若是聰明，那咱們侯府就是他的保護傘，而不是他的累贅。」

「我沒有說父親你是累贅啊。」沈如意忙辯解。

沈侯爺冷笑了一聲。「快別說了吧，有妳這樣的笨女兒，我都覺得自己倒了八輩子的大楣！官場上的事情，朝堂上的事情，妳完全不用考慮，只說從長相、品行、興趣這些方面來看，妳對六皇子這個人怎麼想？」

若是能排除掉這些，六皇子當然是很好的選擇，為人溫和端方，愛好和她一樣，長相雖然不是俊美無雙，卻也清秀儒雅。最重要的是，若是嫁給六皇子，就不用跟一大家子的公婆妯娌在一起生活了。

大家族之所以能被稱之為大，那是因為人太多。父母在，不分家，於是一代一代又一代，最少也是三代同堂，最多的還有五代同堂的，老夫少妻的情況太常見了。

以沈如意的家世，是絕對不可能嫁給一個孤兒，所以嫁給一個人，那就相當於嫁給一個家族。可六皇子不一樣，六皇子的生母過世了，皇上那邊是不用兒媳去請安的，皇太后那邊一個月去一次就足夠了，至於剩下的宮宴，必須參加的一年也就那麼幾次。

不用面對婆婆，不用面對妯娌，小日子過得太舒心了。

沈夫人將沈如意看得比眼珠子還重要，只看沈如意的臉色變化就明白了，忙悄悄捅了捅沈侯爺。「那個……奪嫡什麼的，真不用管？我瞧著六皇子還是很不錯的。」

沈夫人對外面那形勢是完全不知情。沈侯爺伸手捏了捏她的耳朵，沈夫人臉一紅，慌慌張張地去看沈如意。

沈如意趕忙做出沒看見的樣子，一拍手站起身了。「哎呀，也不知道弟弟醒了沒有，我去瞧瞧，若是醒了，就抱過來玩會兒。」然後就急匆匆地跑走了。

沈侯爺皺眉。「就算醒了，不還有奶娘嗎？這孩子，正和她商量她的婚姻大事呢，半點兒不上心！」

沈夫人忍不住笑。「如意她這樣，就是對六皇子還算滿意，若是你覺得沒問題，那就可以訂下來了。」

沈侯爺挑眉。喲，傻閨女居然還有害羞的一面？

「侯爺，你還沒和我說呢，那個六皇子，到底是個什麼樣的人？他可是真心想求娶如意，不會是為了侯爺你的勢力來的吧？」沈夫人推了沈侯爺一把，很是擔憂地問道。

沈侯爺搖頭。「不是，這點看人的眼光，我還是有的。六皇子也是個聰明人，如意若是真看中了，這門親事確實不錯。」

之後，劉明珠果然是下了帖子，邀請沈如意去她家的莊子上玩耍。同行的人不少，有劉明濤、六皇子和六公主，另外，邀請了劉寶瑞，還有何家姑娘。

沈如意想了想，還是讓人叫了沈雲柔。之前重陽節的時候，沈侯爺就開了祠堂，讓人將沈雲柔的名字記到沈夫人名下，並請人辦了一場小宴會，也算是為沈雲柔正名。

既然沈雲柔都成了嫡女，沈如意出門玩耍也不好不帶著她。不過，不知道明珠郡主的意思，沈如意也不好自作主張。想了想，就叫夏冰過來叮囑了幾句。

於是夏冰回頭就請了沈侯爺身邊的小廝回春陪著，去了一趟大長公主府。

夏冰回府後就笑嘻嘻地彙報。「明珠郡主說可以，隨姑娘喜歡，奴婢仔細瞧了，明珠郡主並沒有生氣，還讓奴婢給姑娘您帶點心呢。」

沈如意笑著捏了一塊夏冰帶回來的點心，細品了一會兒，才笑著說道：「挺好吃的，不過，太甜了些，倒是明珠自己喜歡吃的口味。」

放下點心，沈如意笑道：「妳去和二姑娘說一聲，就說我們明兒出門，要在那邊莊子上住兩天，讓她多帶幾身衣服，至於用的就不要多帶了，我這邊會準備的。」

夏冰應了一聲，忙出去傳話。

沈夫人另外讓廚房給她們姊妹兩個準備了點心，等到了九月十一，一大早就準備了車子，大、小丫鬟各帶兩個，婆子帶了一個。

當她們到大長公主府門前的時候，劉寶瑞已經過來了，正坐在馬車裡等著，一見著她們，就伸長脖子往外探看，一隻手搖得都快讓人看不清楚了。

「妳們姊妹今兒穿得好漂亮啊，不過咱們是要去莊子上，說不定要爬樹撈魚什麼的，妳們穿成這樣方便嗎？」等到了跟前，劉寶瑞忙問道。

沈雲柔立刻瞪大了眼睛。「妳說咱們還要爬樹、下水撈魚？難道不是看別人爬樹，咱們自己釣魚嗎？」

劉寶瑞頓了頓。「那咱們就算不爬樹下水，不也得跑跑跳跳的嗎？」

沈如意瞧了一眼劉寶瑞身上的衣服，還真是乾脆俐落，半長的裙子，就到膝蓋下面，還是大裙襬的，跑起來絕對能夠邁開腿，完全就是騎裝。

「我們可以看妳跑啊。」沈雲柔歪著頭看劉寶瑞，笑盈盈的。「妳跑起來的時候裙襬肯定能飛起來，到時候，就跟一朵盛開的花兒一樣，肯定特別好看！」

劉寶瑞嘴角抽了抽，使勁瞪了沈雲柔一眼，轉頭只和沈如意說話。「那妳們帶的也都是長裙了？咱們不還得爬山嗎？山上兩邊都是樹枝什麼的，萬一拖住了裙子怎麼辦？」

「說得很有道理啊。」沈如意點頭。

劉寶瑞立刻喜笑顏開。「看，我聰明吧，我就沒帶長裙，帶了騎裝過來，看妳們到時候怎麼辦，這會兒回去換也來不及了。」

她伸手往門口指了指，就見一輛馬車出來，劉明珠從車窗裡探出腦袋喊道：「哎呀，妳們來得好早啊，咱們快點兒出發，昨兒我娘就讓人去莊子上收拾了，莊子上還給咱們準備了午膳呢。」

六公主從另一邊微微探出頭，笑得很是優雅。「不要急，莊子不遠，午膳之前肯定能到的，咱們走吧。」

幾個人忙點頭，各自回了車廂，幾輛馬車並成一列，不緊不慢地往城外走。

「如意？」

沈如意正靠在車廂上發呆，就聽外面傳來一聲，是六皇子的聲音。

她抿抿唇，猶豫了一下，還是掀開了車簾。「六殿下有事？」

「嗯，妳前段時間不是說想要看《上官青傳》這本書嗎？我特意給妳找的，妳看看是不是這本？」六皇子笑得溫和，伸手遞過來一本書，沈如意接過來，隨手翻了一遍，就看見裡面多了幾頁紙。

再瞧瞧旁邊騎著馬的六皇子，沈如意不動聲色地將書闔上。「正是這本書，多謝六殿下了。」

「不用，妳那裡若是有什麼好書，改日也借給我看看就行了。」六皇子笑著說道，看沈如意放下了車簾，也不在意，只悠悠地騎著馬往前走。

沈雲柔倚著沈如意的胳膊看了兩頁，見果然是什麼《上官青傳》，不大感興趣，就轉開了視線，繼續打自己的絡子。

沈如意慢吞吞地將書頁翻過來，找出那裡面放著的兩頁紙，只看了兩行，臉色就紅起來了。

沈雲柔無意中瞧見，立刻大驚。「大姊妳怎麼了？身體不舒服？」

沈如意闔上書。「沒什麼，馬車裡太悶了些，我有些頭暈，先睡一會兒。」說著就將書塞到抱枕下面，自己枕著抱枕蜷曲著躺下。

沈雲柔倒是乖巧，忙拿了小毯子給她蓋上。

沈如意從不知道，六皇子竟然這麼膽大，眾目睽睽之下，竟是遞給自己一封……情書！現在該怎麼辦？這信就夾在書裡，萬一等會兒不小心掉了怎麼辦？雲柔這幾天可是要和自己形影不離，萬一被雲柔撿到了怎麼辦？

別看她們姊妹兩個現在表面上好得不得了，可若真是發現了對方的小把柄，那必須是抓在手裡的，所以也不能貼身放。既不能放在書裡，又不能放在身邊，要不然，直接扔掉？

可是，自己還沒看啊，剛才瞄了兩眼，就只看見那麼兩句話。聽聞六皇子文采出眾，這情書寫得也肯定很有意思吧？

臉上越是發燙了，沈如意側頭，將腦袋埋在抱枕上。毀掉是最明智之舉，可還沒看，心裡的好奇就像是吹起來的泡泡越來越大，她活了兩輩子，都還沒見過情書是什麼樣子。

以前當四王妃的時候，總聽韋側妃說，今兒四王爺給她畫了畫像，昨兒四王爺給她寫了一首詩，前兒四王爺替她作了一篇賦。沈如意表面上自是一點兒都不在意，可私底下未嘗沒有一些黯然和羨慕。

好不容易收了一封情書，或許，自己應該先看看，看完之後要不要毀掉，到時候再考慮？

對了，之前侯爺可是問她對六皇子的感覺。她也算是默認了，那麼過段時間，她和六皇子的事情是不是就能訂下來了？那到時候，他們不就成了未婚夫妻嗎？

那這封情書，也能過了明路？

「到了！」

沈如意心裡正翻滾著各種思緒，就聽外面劉明珠笑著喊道：「咱們總算是到了，坐馬車可真累人，幸好走的是官道，我最討厭走小路了，顛得……」

沒說完，劉明濤輕咳了一聲。「先別出來，等進了莊子再出來。明珠妳今兒可是主人，要學會照顧客人才行，讓客人高興滿意，妳這個主人才算是可以。」

劉明珠忙應道：「二哥，你就放心吧，我肯定能做得很好，我特意讓莊子上的人準備了好多好吃的，還有各式各樣的點心。我知道六表姊喜歡吃綿軟的點心，如意姊姊喜歡吃鹹香的點心，寶瑞和我一樣最喜歡吃甜的點心了，雲柔喜歡吃酥脆的點心，而二哥你和六表哥不喜歡吃點心……」

她扳著手指將所有人的口味都數了一遍，從點心說到飯菜，從飯菜說到水果。「莊子上種的水果不多，我特意讓人從家裡帶了一些，有很多很多啊，還有果脯，都特別好吃。」

六公主忍不住笑，沈如意也笑，趁著沈雲柔正注意聽外面的話音，沈如意偷偷地將書裡夾著的信拽出來，揉成一團塞到自己的荷包裡。
進了莊子，眾人就下了馬車，只一眼，就能瞧出大長公主家的這個莊子是精心打理著，院子裡種著各色的花卉和果樹，只是這會兒已經是秋天了，所有的花卉，也就菊花還開著。
「咱們住在那邊，二哥他們住在另外一邊。」劉明珠很是興奮，一手拽著一個，領著眾人往裡面走。「我們住的地方呢，是仿照著江南園林修建的，院子裡有假山池塘、小橋流水。二哥他們那邊的院子是仿著西北那邊的園子，特別大氣，不過也沒什麼好看的，空曠得很。」
六公主大約是以前來過，進了門直奔正堂。「這邊是正堂，東、西廂都有房間，我和明珠住在這邊，如意和雲柔住在東廂，寶瑞住在西廂，妳們覺得怎麼樣？」
眾人當然是覺得很好了。沈如意和沈雲柔先過去看自己的房間，裡面的鋪蓋都是新換過的，被子上還有一股暖融融的陽光味道，布置得很清雅。
「大姊，妳住哪個房間？」沈雲柔將東廂的屋子都看了一遍，東廂總共是五個房間，正中間是花廳，左右兩邊分別是臥室。
沈如意隨意指了指左邊的那個。「就這個吧，夏冰和夏蟬，還有陸嬤嬤都住旁邊那一間。」
選好房間，劉明珠又站在院子裡喊大家去吃飯，也到了用午膳的時候。飯菜果然和劉明珠說的一樣，豐盛得很。

歇了午覺，眾人就一起去後山採野菜，劉寶瑞很顯擺地拉著自己的裙子得意說：「瞧瞧，我就說穿這樣的裙子方便吧，雲柔和如意還非得笑話我。看看，現在就我的裙子沒有被掛住過。」

劉明濤、六皇子他們不願意和小姑娘們一樣挎著籃子去採野菜，幾個人騎馬打獵去了，所以這會兒劉寶瑞也不用避諱，拽著自己的裙子還轉了一圈。

沈如意很敷衍地點頭。「是是是，妳的裙子最方便了，妳最聰明了，一早竟然想到這個裙子的事情了。」

劉寶瑞得意地笑，劉明珠瞧她那樣子，拿了野菜就往她裙子上揉。「看看，現在妳的裙子也髒了！」

劉寶瑞急得哇哇叫，撲向劉明珠，兩個人打鬧成一團。

「哇，我剛剛看見這裡有一條蛇啊。」劉寶瑞喊了一聲。

沈雲柔當即就變了臉色，連撲帶爬地湊到沈如意身邊，抱著沈如意的胳膊往後拽。「大姊，快，有蛇！」

劉寶瑞哈哈大笑。「是不是嚇著妳們了？哈哈哈，我騙妳們的，哪兒有蛇啊，之前莊子裡的人不是已經來清理過了嗎？」

沈雲柔氣得臉色通紅，朝著劉寶瑞就撲過去，再加上之前的劉明珠，不過眨眼間，三個人的衣服就綴成一團了。

此時，六公主過來和沈如意說悄悄話。「妳覺得我六哥如何？」

沈如意大驚，六皇子該不會將這事情宣揚得人盡皆知吧？

「妳要是能嫁給我六哥就好了。大嫂、二嫂和三嫂我都不喜歡，說起來，四哥馬上就要回來了，到時候父皇肯定要給四哥重新指婚，也不知道四哥喜歡什麼樣的人，我覺得之前那個也不怎麼好，驕縱得不像話，比我架子還大。」

沈如意心中一凜。四皇子要回來了？

「我聽父皇說過兩句，說是四哥受傷了，也不知道是傷到什麼地方了，嚴不嚴重。」六公主嘆口氣，又換了話題。「前段時間王美人懷孕了，父皇稀罕得不得了，還打算給王美人提升位分，也不知道這次是個男孩子還是女孩子。」

沈如意嘴角抽了一下，皇上可真是老當益壯。

「明年又該選秀了，不光是四哥要成親，六哥也要成親，還有七哥也到了年紀，宗室裡也有不少人到成親年紀了。如意妳今年十五，明年正好選秀啊。」

六公主剛說完，劉寶瑞就湊過來了。「選秀？我還沒見過選秀呢！哎，我都已經訂親了，以後都沒機會見識了。雲柔今年十三，明年十四，也不夠年紀。」

「我父親並不贊同我們姊妹去選秀。」沈如意忙說道，心裡更有危機感了。

四皇子要回來，明年要選秀，她得趕緊找個人嫁了才行啊！

沈如意心生悲涼，難不成自己這個得佛祖照看的人，竟是連個「沙場點婿」的機會都沒有？

說是來採野菜的，實際上，大家也不過是挎著籃子裝裝樣子，看見哪兒有朵花立刻就跑過去，或是瞧見樹上的葉子很好看也趕緊去拽兩把，慢慢地幾個人就散開了，劉寶瑞、劉明珠再加一個沈雲柔，三個人跑得不見人影。不過，沈如意也不擔心，這山腳下的一片地都是圈起來的，邊上都有人守著，她們又不是不懂事的小孩子，肯定也不會自己往山上去。

其實就算去山上也沒事，大長公主一家時常會來這個莊子住兩天，偶爾也去打獵、爬山，這山上怎可能會有比較大型點兒的動物？

「表妹，快看，我抓到了一隻兔子。」劉明濤在另一邊喊了一聲，六公主拎著籃子跑了過去。

陽光正好，沈如意索性將籃子放在一邊，席地而坐，靠著大樹發呆去了。

肩膀被人拍了一下，沈如意都有些沒反應過來。直到臉上有什麼東西撓了兩下，有癢癢的感覺，她這才回神，一轉頭就瞧見六皇子正抱著一隻兔子站在旁邊。

再往遠處看看，六公主正對她擠眉弄眼，隨後又一臉嚴肅地轉頭去和劉明濤說話了。

沈如意嘴角抽了抽，仰頭看六皇子。

六皇子將手裡的兔子往前遞了遞。「送給妳，喜不喜歡？」

沈如意都不知道應該做什麼表情了，按常理來說，女孩子確實是喜歡這種毛茸茸、雪白且軟乎乎的小東西，她也真喜歡，可問題是得看這東西是誰送的。

若是沈侯爺送的，她保准立刻歡天喜地接過來。可六皇子……

「擔心什麼？侯爺不是已經答應我們的事情了嗎？我也和父皇說過了，父皇也應下來了。」六皇子笑咪咪地說道。

沈如意瞪大了眼睛，一臉呆相，之前不還說在考慮，然後過段時間再決定嗎？

「前幾天，侯爺點頭了，我就立刻回宮和父皇說了。」六皇子有些不好意思，輕咳了一聲，在沈如意身邊坐下，將小兔子放到她腿上。「父皇也已經應下來了，只是這會兒賜婚也有些太早了，沈侯爺說捨不得，想再等兩年，所以，賜婚要等明年選秀之後了。」

沈如意嘴角抽了抽，前一刻還在煩惱自己該不該答應和六皇子的婚事，能不能趕緊換個比六皇子條件更好的人，下一刻就忽然宣布，她和六皇子的婚事已經在皇上那裡記錄在案了，這時候她的心情很複雜。

「我前兩日，剛得了一套書，是江南那邊送過來的，有個大儒名叫程培，妳聽說過沒有？」六皇子側頭，笑咪咪地看沈如意。「他前段時間剛寫了幾本書，是評論一些孤本典籍的，很是少見，我特意拜託人從江南那邊買回來，妳要不要看？」

沈如意腦袋還沒轉過彎，就已經往下點了點。「總共幾本？」

「一套六本，我買了三套，送妳一套。」六皇子笑著說道，頓了頓，又說道：「我只問了沈侯爺，卻沒有問妳，正好這會兒遇上了，我就問問，妳自己是真的願意嫁給我嗎？」

沈如意低下頭，伸手揉了兩下小白兔的腦袋，想著這小白兔也不知道是哪個下人想用來討好主子而準備的，她在鄉下住了那麼多年，那野外的兔子可沒有這麼白。

「妳若是不願意……」六皇子頓住，若沈如意真不願意，大不了就是他去求求父皇，當這事情不存在，除了沈侯爺，也就皇上知道這件事情，解決起來還是挺簡單的。

只是，他難得遇上自己有些喜歡且志趣相投的人，若是不能成親，以後定是不會再遇上合乎心意的人了。

於是，六皇子又有些緊張地補充道：「妳先別急著回答，妳可以等過段時間，和我多相處一段時日，然後再決定。」

沈如意忍不住笑，手指抓著兔子身上的毛繞了兩圈，仰臉看六皇子。「我沒說我不願意啊。」

既然皇上那兒已經知道了，沈侯爺也同意了，那這事情就是板上釘釘，若是不出意外，這輩子他們兩個就是要拴在一起了。

和上輩子對比一下，能嫁給六皇子，簡直就是走了狗屎運。她之前一心奮鬥，若要嫁人也得嫁個良婿，這個好包括很多方面，比如說：人品好、性子好、家世好。只有人品好，她才能不和上輩子一樣，淒冷地死在正院裡；只有性子好，她才能保證兩個人和和美美地過一輩子，然後最重要的是，只有家世好，她才能護得住沈夫人。

若是沈侯爺沒有轉變，還是和上輩子一樣對什麼人都看不上眼，將她這個親生女兒當不存在，那她若是能得到六皇子的喜歡，還不得高興地暈過去？現在不過是因為沈侯爺轉變了對她們母女的態度，讓沈如意多了很多底氣，連六皇子的求婚都要考慮考慮，果然是走得順遂了，心也就大了。

她怎麼只考慮到六皇子是皇子，以後可能會有麻煩呢？即使六皇子親自參與了奪嫡，失敗之後也不過是被圈禁起來。可她若是嫁給別人，指不定就是神仙打架、小鬼遭殃了——上面奪嫡，夫家亂摻和，然後被一網打盡。

凡事有利就有弊，六皇子什麼都好，但也不能十全十美。

既然這事情已經成了定局，若是她再不將六皇子當成是事兒，不將六皇子放在心上，那對以後的婚姻肯定是有影響的。

沈如意很識時務，也很看得清局勢。六皇子是個好人選。

六皇子聽著她的話，眼睛就亮了。「真的願意？」

「我若是不願意，我父親怎麼會應允了你？」沈如意笑著說道，捏著小兔子的耳朵防止牠跑走，頓了頓又說道：「你喜歡看書，我也喜歡看書，若是日後……」

沈如意臉色微紅，六皇子自己將話補充完整。「我們就可以一起看書了。前幾日父皇問我要不要辦差，我向父皇要了翰林院編修的差事，翰林院的書很多，不光是古籍，還有典例之類的書，妳若是喜歡，我可以給妳謄抄一些。」

「好啊。」沈如意點頭。

翰林院編修，那就相當於是個編書的，派不上大用場，應該是不會捲入到奪嫡的事情裡。

唔，以後得勸著六皇子，最好是修一輩子的書才好，修出名頭，修出才氣。

「不過不著急，我最近沒有看書，我在和離大家學修補書畫的方法呢。」沈如意抿抿唇，微微有些不好意思。「不過我有些太笨了，離大家都教了我半個月了，我還只是學了些皮毛。」

六皇子忙問道：「離大家？」

沈如意點頭：「之前我父親有一幅畫破了些，我父親特意請了離大家過來修補，我看著有趣，就想學，離大家不吝教導，就指點了我幾日。」

「妳若是有興趣，不如正式拜了離大家當師傅。」六皇子想了想說道。「我那裡正好有一堆書本，之前因為宮裡的奴才不懂得收藏，有些都破損了，回頭我送過去，妳拿來練手。」

「嗯，好啊。」沈如意點頭，又笑著說道：「離大家說，我寫的字還行，就是畫畫方面欠缺了些，另外，有時候還得自己製紙，紙張的紋理材料，都要學，很是麻煩呢。」

「要不然這樣吧，妳只學字畫，這個製紙什麼的，回頭我找人學學。」六皇子眼睛一轉，立刻就想到了解決辦法。「妳已經及笄，以後要忙的事情就多了，若是什麼都學，怕是沒有多少精力，妳學一半我學一半，以後我們也能一起修補字畫。」

沈如意抿唇笑，六皇子越想越覺得這是個好主意，摩拳擦掌地就開始想辦法要請離大家了。沈如意既是跟著離大家學習，他最好也是學離大家的手法，這樣兩人將來才能一起修補字畫，要不然，習慣及處理方式不同，肯定不能在同一件東西上施展。

「回頭我就買些製紙的東西，離大家現在是住在侯府對吧？要不然，我先給沈侯爺下個帖子？」六皇子側頭問道。

沈如意搖搖頭。「不用下帖子，回頭我和父親說一聲，讓父親問問離大家願不願意教。」

「好，妳先問問，妳問好了再和我說。」六皇子也笑，笑得一臉溫和期待。

沈如意瞧著，臉色就有些紅。自己及笄了，忙的事情多，能忙什麼？不就是嫁衣嫁妝一類的事情嗎？

「你們兩個在說什麼？」劉寶瑞遠遠地跑過來，一眼瞧見沈如意腿上的小兔子，立刻喊了一聲。「哎呀，還有兔子，哪兒來的？我也想要啊，如意，讓我摸摸好不好？」

沈如意點頭，抱著小兔子讓劉寶瑞摸了兩把，劉寶瑞心裡喜歡得很，但瞧了瞧六皇子和臉色微紅的沈如意，她嘿嘿笑了兩聲，起身去找一邊的侍衛。「我讓他們也去給我抓一隻兔子過來，要比如意的兔子還大！」

六公主也抱著兔子站在不遠處喊。「寶瑞，咱們去找蘿蔔吧，他們說兔子是要吃蘿蔔的，那邊有一塊菜地，有種蘿蔔，妳去不去？」

劉寶瑞忙點頭。「去，妳等等我，我得先讓他們給我抓一隻兔子回來才去。」

第二十二章

第二天，眾人早早就起床爬山看日出。山高路陡，幾個人上去之後就累癱了，劉明珠倒是好精神，拉著沈如意打算繞著山頭轉一圈，六皇子忙過來帶路。「這周邊的路有些陡，妳們要小心些。」

「六表哥不用擔心，路雖然有些陡，但修有圍牆啊。」劉明珠笑嘻嘻地伸手拍了拍那只到腰部的圍牆，略有些得意地說道：「這牆可結實了，每年都有人修補，六表哥就放心吧。」

六皇子只笑不說話，依舊是跟在她們身後。

劉明珠也不介意，嘰嘰喳喳地和沈如意說話。「這四面的景色都是不同的，東邊是楓樹多，妳瞧，這下面的楓樹林都是通紅通紅的。西邊是松柏樹，春夏秋冬都是綠油油的，南邊是種了一些果樹，這會兒樹上正掛著果子呢！咱們等會兒還能去摘些果子來吃，北邊種的是一些雜七雜八的樹……」

六皇子在後面適時地開口。「那叫雪望松，原本不是這邊的樹，是從西邊傳來的，好不容易才種活了兩棵，這種樹長得也挺好看，就是不耐活，這兩棵還得花費大精力去照顧才行。」

沈如意還真沒聽說過這樣的樹，趴在牆頭看了好半天沒找出到底是哪兩棵，還是六皇子指給她看，她才知道。

「長得確實是不錯，這種樹有什麼用途？」沈如意轉頭問道。

六皇子搖頭。「我也不知道，不開花不結果，葉子有一股怪味道，因為太珍貴了，也沒人砍下來試一試，所以到現在也不過是瞧個稀罕。」

「我們來畫畫吧？」劉明珠在一邊提議。

沈如意笑咪咪地點頭。「這個主意好，咱們好歹來龍騰山轉了一圈，也好留作紀念。」

「只自己畫有什麼意思，咱們不如來比一比。」上面亭子裡的六公主忽然開口說道。

「還得有彩頭才行，金銀珠寶不能用，太俗氣了些，咱們不如定個規矩，比如說，今兒贏的人可以不用自己動手烤肉之類的，輸的人要到那邊去給大家採楓葉，你們覺得如何？」

劉明濤立刻點頭。「我覺得這主意好，咱們不能太落於俗套了。彩頭麼，咱們大家也不缺那幾個錢，就是樂一樂，不過自己不動手烤肉，有點兒太簡單了，萬一那輸的人手藝不好，豈不是還得讓贏家餓肚子？」

六公主點頭。「也是，那你說，贏了應當如何？」

「贏的人可以提一個條件，輸的人要遵從！」劉明珠立刻喊道。

劉寶瑞使勁點頭。「對，就這樣！贏的人可以提一個條件，輸的人要照辦！」

說定之後，眾人就各自找地方準備畫畫。

六皇子特意擠在沈如意身邊。「妳要畫風景還是畫人？」

沈如意微微挑眉。「你呢？」

「畫人。」六皇子猶豫了一下說道。

沈如意笑咪咪地點頭。「那我也畫人吧。」

劉明珠在另一邊用毛筆點他們。「不許商量，各自畫各自的。」

沈如意和六皇子都忍不住笑，笑過之後就不再出聲，專心地畫畫。人在山上，只看著下面的風景，都覺得心情舒朗了很多。

沈如意深吸一口氣，慢悠悠地落下畫筆。以後，她們不一定有機會再來爬山了，現下畫下來的，可就真成了回憶。

最後評比結果，六皇子的畫果然是最好的，而沈如意的最差。

嘴角抽了抽，沈如意轉頭看六皇子，拚命眨眼，希望六皇子今兒能放她一馬。

六皇子倒是眉開眼笑，想都沒想就提出要求。「咱們倆的畫換一換，然後，今天中午的午膳，妳替我準備。」

「不是只有一個要求的嗎？」沈如意笑道。

六皇子就有些猶豫了，沈如意的畫他想要，沈如意親手烤的肉他也想要，這可怎麼取捨？

猶豫了好半天，他才忍痛點頭。「好吧，那就只換這幅畫。」反正，午膳總是能想辦法蹭到的。

劉明珠想說什麼，被劉明濤捏了一把，不出聲了。六公主倒是笑咪咪的，劉寶瑞是訂了親的人，這會兒也能瞧出六皇子的意思，一臉的恍然大悟，曖昧地朝沈如意眨眼。

沈雲柔看看這個、看看那個，很是吃驚，不過也沒出聲。若是沈如意真和六皇子訂親了，對她來說，只有好處沒有壞處，她何必去搞破壞？再說，這個大姊是自己有主見的人，她還是別出聲了。

眾人都不出聲，沈如意也不好反對，規則早早就定下了，可沒有反悔的機會，只好將自己的畫捲起來遞給了六皇子。

六皇子喜孜孜地接過來，將自己的畫遞給沈如意，態度大方，完全不會讓人覺得有什麼私相授受的嫌疑。

在莊子上玩了兩天後，沈如意就帶著沈雲柔回府了。

姊妹兩個一起去給沈夫人請安，沈夫人笑問一番在莊子上的事情後，就讓她們趕緊去給老夫人請安。

老夫人因受傷要靜養，可不代表沈如意和沈雲柔就不用過去請安。

榮蘭站在門外，見她們兩個過來，趕忙迎了過來。「大姑娘和二姑娘過來，可是要給老夫人請安？正巧著呢，老夫人這會兒醒著，兩位姑娘隨奴婢進來吧。」

沈如意微微點頭，跟著進門。

老夫人正繃著一張臉坐在床上，眼裡的戾氣恨不得化成兩把刀，直接將進門的姊妹兩個給戳死。

沈如意也不在意，笑咪咪地在床邊坐下。「祖母今兒感覺如何？我這兩天沒來給祖母請安，祖母有沒有想我？我還給祖母帶了禮物喔，是明珠郡主家的莊子上的一些特產，雖然東西不稀罕，咱們家的莊子也有，但也是一點兒心意，祖母可別嫌棄。」

沈雲柔也跟著笑。「給祖母請安，祖母這兩天還好吧？我想著也應該是挺好的，二嬸娘和三嬸娘都是孝順的人，又有丫鬟婆子，想來是沒人敢怠慢祖母的，祖母上了年紀，也只管著自己吃喝就行了，別的事情就不用多操心了。」

老夫人不出聲，沈如意也不在意，想起什麼就說什麼。「莊子上的風景很不錯，到處都是楓葉，火紅火紅的，可惜祖母您身子不好，要不然，咱們就可以到咱們家的莊子住兩天了。

「還有果樹，隨便走到哪兒，累了就停下來摘兩個果子吃，大概是長在山上，那果子還挺好吃，我還帶了一些回來，祖母等會兒記得嚐嚐。」

越說老夫人的臉色越黑，她已經聽大夫說了，這輩子，她都沒站起來的機會了。若不是沈如意母女，她還是這侯府最尊貴的老夫人！都是因為她們，她才失去侯府至高無上的地位，落到了今天這個地步，讓長子和她撕破臉！

老夫人瞧著沈如意的眼神越來越狠毒，見沈如意還是喋喋不休，心裡怒氣高漲，隨手就將茶碗往沈如意的頭上砸去。

沈如意忙側頭，那茶碗摔在地上，啪的一聲就碎成幾片了。

榮蘭忙進來收拾，一路也沒敢出聲，沒去看老夫人，也沒去看沈如意。

沈如意還是之前替老夫人更換身邊伺候的人時才知道，這個榮蘭竟是沈侯爺的親信。當初的四大丫鬟，除了榮蘭，其餘的都換人了，為避免老夫人用著不舒服，這名字還是留了下來。

老夫人看著榮蘭的臉色也有幾分不善，不過，榮蘭也不在乎，收拾好了碎瓷片，才笑著給沈如意和沈雲柔行禮。「老夫人身子不好，不能久坐，這會兒也應該休息了，大姑娘和二姑娘若是孝順老夫人，不如下次再來給老夫人請安？」

沈如意笑著點頭，起身往外走，榮蘭忙跟上。送了沈如意和沈雲柔出門，這才折返回去。

沈如意看看沈雲柔。「妹妹要不要去看看王姨娘？咱們出去玩了兩天，想來王姨娘也是很擔心妳，妹妹不是還給王姨娘帶禮物嗎？」

沈雲柔笑咪咪地點頭。「我正要和大姊說呢，那我就先去看看姨娘，晚膳……」

「不用擔心，晚膳妳和王姨娘一起用就是了。娘那邊，我會說的。」沈如意笑著點頭。

沈雲柔忙開開心心地行禮，轉身帶著自己的丫鬟去王姨娘的院子了。

沈如意回到正院，就見沈夫人正拿著搖鈴逗弟弟玩耍。

沈如意走過去湊熱鬧。「弟弟看著比之前大了點兒。」

「小孩子都是見風就長的，不過，兩天也沒長多少，出去玩得開心不？」沈夫人笑著問道。

沈如意忙點頭。「開心。娘，我和六皇子的事情……」

「娘是個內宅婦人，前些年也不開竅，所以耽誤了妳這麼些年，那個六皇子妳若是喜歡，娘定是不會反對的，再者，妳父親不也說了，這是一門好親事嗎？」沈夫人笑著說道。

雖然沈夫人極力遮掩了，但沈如意是誰啊？這一世和沈夫人相依為命十多年，沈夫人一句話，一個眼神，一個表情，她都能瞧出來是什麼意思。

沈夫人一向最看重她這個女兒，那麼她的終身大事，沈夫人必定是要當成一等一重要的事情來辦。可現在，沈夫人雖然是在和她說話，心思卻明顯有些飄。

沈如意微微挑眉。「娘，這兩天府裡發生什麼事情了？」

不應該啊，若是發生什麼大事情，那宋嬤嬤和陸嬤嬤不是應該派人去莊子上叫她嗎？就算沒有去叫她回來，那也應該在剛才告知她。可她回來半天了，院子裡的丫鬟，連宋嬤嬤、陳嬤嬤和趙嬤嬤等人，也都沒什麼異樣。

沈夫人忙搖頭。「沒有，妳想多了，妳之前將府裡的規矩都定下來了，我只要按章程辦事就行了，能發生什麼事情？姨娘們最近也安分，我讓她們沒事就在自己院子裡抄寫經書，已經有好幾天沒見到她們了。」
既然不是府裡的事情，那是府外的？
「那是父親又納妾了？」沈如意又問道。
沈夫人伸手捏她臉頰。「胡說什麼呢！哪有這麼說自己父親的？真沒事。妳先在這兒和妳弟弟玩耍，我去吩咐一下晚膳，等會兒妳父親回來了，咱們直接用膳。妳在外面玩了兩天，想來應該是累得很了，早些回去休息，明兒一早不還要練字作畫嗎？」
不等沈如意說話，沈夫人就急匆匆出去了，過了一會兒也沒回來。
這下子，沈如意更是確定沈夫人有事情瞞著她了。吩咐晚膳能用多長時間啊？幾句話的工夫，沈夫人根本不用去那麼久。
想著，沈如意就叫來了宋嬤嬤。「這兩日，府裡有什麼事情發生嗎？」
宋嬤嬤一臉的迷茫。「沒有啊，一切都正常。」
「我父親呢？」沈如意又問道。
宋嬤嬤更迷茫了。「侯爺這兩天，和往日一樣，早上去上朝，中午回來用膳，下午在正院逗逗小少爺，然後去書房，晚膳回來用膳，在正院留宿，也很正常啊。」
都很正常，那娘親是怎麼了？
摸摸下巴，沈如意也有些不明白。若說是因為想起自己將來要嫁人，所以心情不好，那之前沈侯爺說起她的婚事時，就應該表現出來啊，不可能拖到今天，而且沈夫人那樣子明顯是在隱瞞什麼，可不是在表現依依不捨、難分難捨的情緒。

「妳仔細說說，這兩天我娘都做了些什麼？」沈如意又問道。

宋嬤嬤有些緊張，是不是夫人遇上了事情，然後被姑娘發現了，而自己這貼身伺候的嬤嬤，竟然半點兒苗頭都沒有看出來，實在是太失職了！

「姑娘前天早上走了之後，夫人隨後就去見那些管事嬤嬤了，和以往一樣，先對了前一日的帳，然後定下了當天的花銷，中間並無差池，因著過幾天是老侯爺的祭日，夫人打算讓人送米糧到山上，這一筆支出有點兒大，夫人就留到中午問了侯爺，侯爺應了下來。

「當時夫人又想著，到底是老侯爺的祭日，就想問問老夫人去不去山上拜佛什麼的，到了長春園的時候，因著三夫人也在，夫人就獨自進了內室，說了幾句話就出來了，然後就和奴婢商量這送米糧的事情，要讓誰送、送到哪家寺院，商量好之後，夫人就去內室休息了……」宋嬤嬤記性好，當天晚上沈夫人少吃了半碗飯，她都記得清清楚楚。

沈如意用心聽著，仔細將所有事情給想了一遍，也沒發現有什麼不正常的地方，那娘親是怎麼了？或許，不是這兩天的事情，難道是很早之前的事情，然後到這兩天變得更嚴重或者是要爆發了？

讓宋嬤嬤出去了，沈如意一邊伸手戳了戳弟弟的嫩臉頰，一邊冥思苦想。

說起來，小孩子的皮膚還真是好，嫩嫩滑滑的，真讓人愛不釋手。沈如意伸手將弟弟抱起來，小小的孩子大約是剛才被戳得煩了，這會兒小眉頭皺成一團，嘴巴嘟著，很是可憐兮兮。五官雖然稚嫩，卻和沈侯爺有幾分相似，於是那可憐兮兮中，又帶了幾分惱怒，實在是看得人心癢癢，沈如意低頭就在弟弟的腦門上親了一口。

她正抱著弟弟傻樂，就聽外面傳來通報聲。「侯爺回來了。」

沈如意一抬頭就瞧見沈侯爺了。

沈侯爺見了她，微微挑眉。「回來了？見了六皇子？」

沈如意點點頭，抱著小孩兒走向沈侯爺。「快看，父親回來了，給父親打招呼。」

不過此時小孩兒睡得正香，自是不會搭理沈如意。

稍晚，用過晚膳，沈如意就回了自己的院子，看了一會兒書才去沐浴。

夏冰拿著乾淨的布巾替她擦頭髮。「姑娘，秋霜這段時間的表現還不錯，秋實也挺老實的，妳看是不是該提拔兩個丫鬟上來了？」

沈如意本來要有四個大丫鬟服侍，但之前她忙著老夫人那邊換人的事情，就只提拔了兩個，將二等丫鬟給湊齊了，而一等丫鬟還缺了兩個。

夏蟬一邊鋪床一邊說道：「我瞧著三等的上面有幾個很不錯的人，姑娘若是要提拔，奴婢就叫陸嬤嬤過來問問？」

「嗯，秋霜和秋實先提拔上來，至於二等的，讓陸嬤嬤自己作主就行了。妳們這幾日，多帶帶秋霜和秋實，她們兩個年紀還小，調教一番，我還能多用幾年。」

將來她出嫁的時候是要帶丫鬟的，若是年紀太大了些，到了婆家就得換丫鬟，總會有些不大適應。

夏冰應了一聲，瞧著沈如意的頭髮乾得差不多了，就放下了布巾，拿著梳子將頭髮給梳理了一下。

沈如意這會兒已經有些睏了，今兒早上爬山，下午下山，然後又回城，實在是太趕了些，光是坐馬車都累到不行，更不要說今兒上山下山的，兩條腿都快沒知覺了。

夏蟬忙過來和夏冰一起扶著沈如意去睡覺。

陸嬤嬤進來，給兩個人使了眼色，換了秋霜和秋實進來守夜。

夏冰和夏蟬這兩天跟著沈如意在莊子上，也累得很，萬一晚上睡得比沈如意還沈，那沈如意要茶什麼的，誰來伺候？

沈如意也不知道外面換了人守夜，她幾乎是一沾上枕頭就睡過去了，睡前根本沒來得及想什麼。

但是午夜夢迴之際，一幕幕的前世景象如過眼雲煙浮現——

「姑娘，快，夫人吐血了！」

「祖母，求求您給母親請個太醫吧……父親，求求您給母親請個太醫吧。」

「尊夫人是傷了身子，這十來年沒顧得上調養，內裡已經壞了，又食用了大量寒涼之物……」

「如意，我的如意……我走了，妳可怎麼辦？我實在是不放心妳啊。」

「幸好，妳已經訂親了，那四皇子，雖說毀了容，但我聽說，為人還是不錯的，妳以後只要順著他些，相夫教子，他也不會辜負妳的。」

「如意，以後娘就不能陪著妳了，妳可要多多照顧自己。善待陳嬤嬤，陳嬤嬤伺候了我一輩子……」

「我的嫁妝都交給妳，妳父親不是個壞人，他不會少了妳嫁妝的，記住，妳的嫁妝，一定要留在自己手裡，萬不能給別人，哪怕是四王爺也不行。」

「如意，我的女兒……」

「娘！」沈如意撕心裂肺地叫了一聲，隨後就是嚎啕大哭。

「姑娘，姑娘！」

沈如意正哭得傷心欲絕，就覺得身子被晃了晃，有人在耳邊叫她，好半天，她才醒過來，愣愣地睜開眼，瞧見秋霜正一臉焦急地拿著濕布巾給她擦臉，秋實則是端著蠟燭，正擔憂地看她。

「姑娘可是作了噩夢？」秋霜俐落地拿了脂膏往她臉上塗了一層，到了秋天，天氣乾爽得很，這種脂膏就是專門做來滋潤皮膚。

沈如意嘆口氣。秋實伸手摸了摸她額頭，將蠟燭交給秋霜，自己去倒了溫熱的水進來，餵沈如意喝了兩口。「姑娘身上也有些濕，奴婢給您換一身衣服？」

擦汗，換衣服，換被子，折騰了半天，沈如意才重新躺下。只是，夢裡的絕望太深刻了，她還是有些回不了神。怎麼忽然就夢見了上輩子的事情呢？

已經過去了，不要再想了，自己已經重活了一世，娘親還活得好好的，並沒有出事，娘親不光是活得好好的，還活得比上輩子好太多了，不僅掌握了侯府的管家權，還生下了侯府的繼承人，現在好，以後會更好，已經和上輩子不一樣了！

只是沈如意再怎麼在心裡勸說自己，之前那種絕望、那種悲痛，依然切實地存在，就像是一根針，一下又一下地扎在心上，讓人恨不能將心給掏出來。

好不容易等情緒平穩了一些，沈如意忽然想到，上輩子，娘親過世是在自己及笄後不久。上個月她及笄了，也就是說，那個劫難日子還沒過去？

沈如意忽地一下就坐了起來。

秋霜還沒睡著，聽見動靜忙問道：「姑娘怎麼了，可是又作噩夢了？」

秋實也忙打算起身去點蠟燭，沈如意忙出聲說道：「不用點蠟燭了，我還好，只是忽然想起一件事，並沒有作噩夢，妳們繼續睡吧，不用管我。」

秋霜應了一聲，重新躺下，和秋實兩個人雖然沒動，卻也不敢真按照沈如意說的那樣，自己去睡扔著沈如意不管。既然沈如意不讓她們出聲，那她們就只能安靜躺著。

沈如意抱著被子，呆呆地坐了一會兒，重新躺下。

外面的月光照進來，能看見床帳的人影已經躺下去了，秋霜和秋實這才鬆了一口氣，兩個人也跟著閉上眼睛。

那個日子還沒過，自己又作了這樣的夢，是不是佛祖在預警著什麼？

這輩子自己的婚事已經差不多算是訂下了，父親答應了，自己也很滿意，沈雲柔並沒有覬覦，娘親也是侯府內宅的當家人，能有什麼事情，讓娘親要付出生命？

不對，現在娘親看著是安全的，有侯爺當靠山，有兒子當底氣，可也不是沒人對她懷著惡意。頭一個恨不得娘親死的就是躺在長春園的老夫人，第二個恨不得娘親死的，就是侯府的沈二夫人，還有一個沒腦子、最容易被當槍使的沈三夫人，一個不小心，說不定娘親就要栽跟頭了。

難不成要想個辦法將這些人通通都殺掉？沈如意瞬間就驚了一下，自己怎會忽然有了這樣的念頭？

深吸一口氣，將心裡快要溢出來的暴戾給按下去，她開始認真思索，怎麼才能避開娘親的死劫。上輩子娘親早早就被下了藥，身子日漸衰敗，拖不到一個月就過世了。現在算算，也快到那個時間了吧？

要不然，就演一場戲，將那些心懷不軌的牆頭草給先釣出來？

老夫人現在是一隻病老虎，趁她病，先拔掉她的爪牙，這樣一來，就算老夫人恢復了，她也沒咬人的能力了。沈二夫人和沈三夫人看著十分安分，但誰知道她們心底是怎麼想的？

在她出嫁之前，不如先想辦法，把這兩房給弄出去？眼下不能分家，那就只有外放這一條路了。可是，就算沈侯爺不喜歡沈二老爺和沈三老爺，那也是自家親弟弟。只看老夫人鬧出那樣的事情，沈侯爺也不過是警告了二老爺和三老爺，讓他們出去別亂說，連遷怒都沒有。

無緣無故的，她說想讓二房和三房外放出去，沈侯爺會答應嗎？所以，要想讓沈侯爺應下來，只能是二房和三房做了什麼事情，惹惱了沈侯爺。現在的沈侯爺，可不是以前對什麼都不在意的沈侯爺了，他疼愛自己這個長女，也看重母親、喜歡小兒子，簡直渾身是弱點。

思來想去，沈如意終於作出了決定，與其惶惶度日，憂心不知道什麼時候會到的死劫，不如暗中布局，坐等魚兒上鈎。若是沒人有壞心思，那她放的魚餌也不會有人去咬；可若是有人想要動壞心思，那魚兒釣上來可不會再被放生了。

一晚上想東想西的，晚上沒睡好，再加上累了兩天，第二天沈如意就有些起不了床，倒也不是生病了，就是頭疼得厲害。

沈如意病懨懨地讓夏冰去和沈夫人說了一聲，可沒想到，沈夫人立刻就放下其他事情，直奔她這裡來了。

「怎麼就頭疼了？是不是昨晚上著涼了？」沈夫人頗為擔憂地伸手在她額頭上摸了摸，又伸手捏了捏她的被子。「是不是沒蓋好被子？這都到了秋天，妳不會是和夏天一樣，睡到半夜踢被子吧？」

沈如意正要開口，忽然想到昨天的事情，說起來，她昨晚也是想著想著就走神了，一開始本來在想沈夫人有什麼事情瞞著她，怎麼後來就想到要斬草除根了呢？

「也沒事，就是昨晚想了點兒事情，睡得太晚了。」沈如意輕咳了一聲，略有些擔憂地看沈夫人。「娘，咱們兩個相依為命這麼些年，彼此一個眼神就知道對方在想什麼，妳覺得，妳的事情能瞞得過我嗎？」

沈夫人愣了一下，隨即皺了皺眉。「瞎說什麼呢，我不過是因為府裡的一些事情傷神，哪裡是有事情瞞著妳？妳也知道，王姨娘的兒子是妳父親的長子，哪怕不是嫡子，這個長字總是在的，我想著，為了以後的安穩，先讓妳父親將家產給分了，讓王姨娘先吃一顆定心丸。」

沈如意挑眉。「妳就是在為這個傷神？」

沈夫人點點頭。「還有雲柔的嫁妝，雖然要比妳的少，卻也不能少太多了，我正在想辦法勸解妳父親呢。」

雖然沈夫人說得很有道理，但沈如意不相信。沈夫人雖說前些年腦子不懂得轉彎，但本質上還是繼承了盧大人的一些特性，比如說，視錢財如糞土。

沈夫人疼愛沈如意，也不過是為沈如意留下了自己的嫁妝，之前沒回侯府的時候，甚至都沒有說過，要謀劃侯府的財產為沈如意添嫁妝。

連沈如意都沒能得到這種待遇，沈夫人怎會忽然想著要給小兒子留一下家產呢？沈如意有時候都會覺得，若是王姨娘能安安分分的，哪怕是將侯府一大半財產都給沈明修，沈夫人也不會反對的。

所以，沈夫人沒說實話。

對付沈夫人，沈如意向來都很有一套，當即往床上一躺，裹著被子就開始呻吟。「哎喲，我頭好疼啊，本來我就頭疼，還要想娘親妳瞞了我什麼事情，我腦袋都快爆炸了啊，我頭疼，我真的頭疼。」

沈夫人簡直是驚呆，從沒想過閨女還有這麼賴皮的一面，明知道閨女九成九是在裝，但瞧著她那微微有些發白的臉色，還有皺起來的眉頭，還是十分心疼。

「很疼嗎？要不要請大夫過來？夏冰呢？快，快去請大夫，或者，娘先讓人給妳熬些安神藥？」沈夫人忙一手摸著沈如意的腦袋，一邊急慌慌地問道：「除了頭疼，還有哪兒疼？乖，聽話一些，讓大夫瞧瞧？」

「我不看大夫，不許去請大夫！」沈如意側頭對夏冰說。

夏冰自然是聽沈如意的，但還要做出猶豫的樣子來，沈夫人不管說什麼，她只管看自家姑娘的眼色。

磨蹭了大半天，沈如意就是不願意讓人去請大夫，沈夫人被磨得沒辦法，只好嘆氣。「好了、好了，我真是怕了妳，妳要是答應我看大夫，我就和妳說行不行？」

沈如意忙鬆開被子，半坐起身。「不用看大夫，我真是昨晚上沒睡好，只要等會兒好好睡一覺就行了。娘若是不和我說，我今兒肯定也睡不著，那一定會繼續頭疼啊。」

沈夫人伸手點點她額頭。「我真是拿妳沒辦法，妳簡直就是我命裡的剋星！」

沈如意笑嘻嘻地抱著沈夫人的胳膊蹭了蹭，沈夫人伸手揉揉她腦袋。「我前天，不是去給妳祖母請安嗎？那會兒三弟妹也在，我進了院子的時候，榮蘭和我說，三夫人正在伺候老夫人休息，我就想著自己進去看看，若是老夫人睡著了，我再回去，若是沒睡著，就正好商量商量祭日的事情，所以我就沒讓丫鬟們跟著，自己進了內室。」

果然是和老夫人有關係，沈如意這會兒都恨不得將老夫人給直接扔出侯府了。不過，三夫人她在老夫人那裡做什麼？難不成這次，老夫人不想再利用二夫人，而是直接用自己最疼愛的三夫人當槍使了？

「榮蘭在外面沒有通報，我走到屏風後面，就忽然聽見老夫人說話，老夫人問三弟妹說：『妳父親最近如何了？』三夫人說：『還好，只是擔憂老夫人的身子。若非是……我父親早就要過來看望老夫人您了。』」

沈如意已經張大嘴巴不知道該說什麼了，老夫人和三夫人的娘家是親家，這樣親家之間互相關心兩句本是正常，但是，如此關心過度，裡頭肯定大有文章。

誰家的親家公在聽說親家生病之後是恨不得上門探望一番？二夫人的娘家也是老夫人的親家，可老夫人病了之後，二夫人的娘家也只是派人送了些藥材上門，然後帶了一封慰問信。

沈夫人的臉色也有些不好看。「然後就聽見老夫人嘆氣，說：『妳回去之後告訴他，我並沒有什麼大礙，只是被那逆子給關起來了，別的不擔心，就擔心那逆子壞了心腸，想要將妳和老三分出去。妳父親是個不在乎錢財的，我和他當年那事，他也並非是看中了我的身分，只是，我卻很是心疼妳和老三兩個，你們應當是享福的命，這偌大的侯府，我怎麼也得給你們謀劃一半才行。妳且放心，以後的日子，必定會好過的。』」

沈如意已經有八成把握，老夫人和三夫人的爹，定是有什麼不可言說的事情。說起來，沈三夫人的娘親在沈三夫人五、六歲的時候就早早過世，那老爺子竟然也沒續弦，只拉拔著閨女長大，然後將閨女嫁到了侯府。據說，此人很清廉，連個丫鬟、通房都沒有。

若是這人和老夫人有什麼牽扯……所以，這兩人相愛？

沈如意被自己的結論給噁心到了，若是一個未嫁一個未娶，相愛還算是比較可能，可一個都是三個孩子的娘了，一個也已經娶妻生女了。

沈夫人抿抿唇。「我生怕自己聽錯了，就沒敢出聲，誰知道老夫人可能是最近覺得自己受委屈了，就有些收不住話頭，竟是和三弟妹說起以前的事情來了，有些話我都不好說出口，我當時受了不小的驚嚇，還想著可別讓老夫人發現了我，就趕忙想退出房間，可沒想到，正好榮蘭端著托盤進來，我們兩個就撞在一起了。」

光是聽沈夫人的描述，沈如意都能想像到那場面。老夫人定然是又驚又怒，沈夫人就算當時找了個好藉口，但以老夫人那疑神疑鬼的性子，指不定就已經懷疑了沈夫人。

沈如意垂下眼簾，難不成，上輩子娘親是因為發現這樣的醜事，所以老夫人才容不得娘親？

之前她一直以為是因為自己的婚事，所以老夫人容不得沈夫人不同意，就先一步將沈夫人給弄死。

服滿孝期後，她嫁給四王爺時，四王爺的側妃已經滿數了，受寵的韋側妃自是容不得上面還有個正妃。和王姨娘比起來，這韋側妃就蠢多了。

可現在仔細想想，這樣的理由，看似有道理，卻也存在不少漏洞。沈夫人即使是疼愛沈如意，但她是個讀女誡讀傻了的人，連自家相公三妻四妾她都覺得正常，更不要說一個王爺了，就算她心疼女兒，也覺得那情況是正常的。

一個王爺啊，身分夠高，長得還不錯，有了那道疤也不影響相貌。前世沈夫人說不定還覺得，這門親事訂得很不錯。只看她臨終前的那些遺言，就知道她對這門親事並不全然反對。

沈如意上輩子本是有些懷疑王姨娘，可這輩子她見識過王姨娘的聰明，知道王姨娘從來都是識時務者為俊傑，害死沈夫人對她並無好處。

排除掉王姨娘，沈如意又懷疑到老夫人身上。雖然理由有些牽強，但誰讓老夫人從來都是個只以自己喜好做事的人呢？說不定老夫人就是看沈夫人不順眼，生怕自己嫁到王府之後，會回頭給沈夫人撐腰，所以先一步將沈夫人給弄死了？

沈如意沒事的時候，就會將這些事情一遍遍地回想，一遍遍地推敲。可現在她才發現，沈夫人是因為不小心得知了老夫人的醜事，也許這才是沈夫人上輩子的死因。

「老夫人就這樣放妳回來了？之後什麼也沒說？」沈如意側頭問道。

沈夫人也有些不解。「當時我和榮蘭撞在一起之後，托盤上的碗掉了，老夫人發現外面有人，只喝了一聲『誰』，三弟妹則是匆匆忙忙地繞過屏風來看。榮蘭是個機靈的人，忙跪下請罪，說是我和她一起進去的，我端著托盤，她想要搶我手裡的托盤，這才不小心打翻了。」

雖然沒明說，但榮蘭的意思就是她和沈夫人剛剛到了門口，老夫人就算懷疑沈夫人聽見了什麼，那會兒也不能拽著她質問，所以沈夫人就安全地回來了。

「之後呢？這兩天，祖母可有派人叫妳過去？」沈如意又問道。

沈夫人頓了頓才說道：「昨天早上我過去請安的時候，老夫人倒是試探了幾句，不過我都糊弄過去了。如意，我現在就是在發愁，這事情，妳父親知不知道呢？他若是不知道，我應不應該告訴他？不說吧，那萬一將來……可是說了吧，妳父親對老夫人的態度，妳也是親眼所見，就算老夫人的那顆心都偏到胳肢窩去了，妳父親也是什麼都沒說，若不是老夫人想害我肚子裡的孩子，妳父親怕是要繼續容忍老夫人了。」

沈夫人很是煩惱。「說了之後，妳父親定然是會傷心，這讓誰去說，也是個難事，畢竟這是醜事，妳父親指不定就會遷怒，我就想著要不要想個辦法，讓妳父親自己發現什麼蛛絲馬跡……」

沈如意嘴角抽了抽，她原以為沈夫人是覺得這些事情太匪夷所思了，難以接受，所以才有些不尋常，卻沒想到，沈夫人竟然都沒糾結一下，直接跳到應該如何告訴沈侯爺這事情上了。

猶豫了一下，沈如意伸手拍了拍沈夫人的胳膊。「娘，或許，父親早就知道了這些事情？」

沈夫人立刻瞪大了眼睛。「這不可能吧？」

「妳想想父親是誰啊，那可是皇上最看重的人，手裡有人又十分聰明，就算他平日裡對家裡的事情不關心，可也不能說明他什麼都不知道。我以前就覺得父親對祖母的態度十分奇怪，對祖母的很多要求，即使不合理，父親也會答應，可他對老夫人又不親近，兩個人坐在一起，除了正事，幾乎就沒什麼話說了，頂多是老夫人問兩句：『你吃飯了沒有』、『你睡好了沒有』。」

沈如意原本是勸說沈夫人，但越說越覺得自己說得有道理。

沈夫人也忍不住點頭。「妳說得對，確實是有些奇怪的，妳父親那人，雖然平時有些冷淡，但該做的事情還是會做的，他對老夫人，確實是有些奇怪。」

沈如意忙點頭。「對啊，所以說不定，父親早就知道這些事情，妳可千萬不要多事，自己想辦法要告訴父親。父親不說，那必定是覺得這事情太難以啟齒了，說都沒臉說，所以咱們也當不知道。」

沈夫人有些猶豫。「可眼瞧著妳就要訂親了，這事情萬一傳出去一星半點兒……」

沈夫人完全不擔心老夫人，就算她本性純善，對長輩十分尊敬孝順，但她也是有自己的底線。誰傷害她的子女，她就能和誰拚命。老夫人那樣的人，簡直不能算長輩，她完全不想孝敬那樣的人。

只是，這老不死的，不光是心腸狠毒，竟然還不知檢點、毫無羞恥心，她都多大的年紀了，竟然還做出這樣的事情來！她自己找死不要緊，別拖累全家啊。

就算時間長了，眾人不會再議論了，可老夫人做出偷人這種事情來，首先被質疑的就是沈侯爺的血統啊。沈侯爺都被人懷疑了，那弟弟以後娶妻時，會不會也被人質疑？

沈夫人只要一想到這個，都恨不得拿一把刀子將老夫人給戳個對穿。

「娘不用擔心，妳看外面一點兒消息都沒有，若不是娘親耳聽見了，妳這個侯府主母都不知道的事情，別人怎麼可能會知道？只是以後，咱們對府裡的下人，可要更拘謹一些，這府裡的事情，定然是一句都不能往外面傳。」

沈夫人忙點頭。「這個妳放心，有宋嬤嬤在，我已經能處置好這些事情了。」

說著，她還是有些眉頭不展，如意說得有道理，這些年都沒傳出什麼，很有可能是侯爺做了什麼，有侯爺在，以後也不用怕傳出什麼來。可這世上的事情，誰能保證沒有變數？不怕一萬，就怕萬一，今兒她能聽見這秘聞，說不定明兒就有誰再聽了去。若是被那心懷不軌的人聽見了，加以利用，整個侯府可都要遭殃了。

再說，老夫人那人，有什麼事情是她做不出來的？都能用自己去謀害兒媳、孫子了，說不定也能用自己來威脅侯爺？

沈夫人不看重錢財，她甚至願意將侯府分一半給沈明修，可不代表她對三房也是同樣寬和。

在她回侯府之後，王姨娘給了她許多幫助，可三房給了什麼？幫助沒有，扯後腿是一等一。王姨娘是個聰明人，不該自己要的就不要，可三房呢，就等著弄死他們長房，然後獨占侯府呢！

她是善良心軟，可不代表她沒有底線。

「娘出來這麼久，弟弟會不會哭啊？」瞧著沈夫人還是有些發愁，沈如意忙分散她的注意力。「這也快到用午膳的時候，父親也快回來了，妳是不是要回去安排午膳？」

沈夫人伸手摸摸她額頭。「妳頭不疼了？」

沈如意訕訕地笑。「我這不是擔心娘親嗎？之前妳一個人悶著，是不是很難受？現在說出來，是不是心裡就輕鬆多了？」

沈夫人想了一下，點頭。「還真是，說出來就輕鬆多了，只是這事情太骯髒了，原先我是打算不和妳說的。」說著，就嘆口氣。「妳說，侯府缺了老夫人什麼呢？富貴榮華，兒孫孝順，她有什麼不滿意的？」

「娘，這個我就不知道了，得問老夫人才行。」沈如意眨眨眼，笑著推了推沈夫人。「妳趕緊回去吧！老夫人這事情，回頭咱們還是得想個辦法才行，我仔細想想，回頭再和妳說。」

沈夫人立刻皺眉了。「妳昨晚上沒睡好，這會兒還想什麼事情？我不想和妳說，就是因為這個，凡事妳都要自己想，那妳出嫁後我怎麼辦？這次的事情，妳別插手，我自己解決，妳只在旁邊看著就行了。」

沈如意張大嘴巴，沈夫人捏捏她臉頰。「這個樣子看起來真傻。我是說真的，這次的事情，妳就別插手了，只管安心地在家帶著妳弟弟玩耍就行了。有空就做兩手針線，或者清點一下妳自己的嫁妝，盤算盤算陪嫁都要帶上誰，再或者就是寫帖子和妳的朋友們出去玩耍。」

沈夫人憐愛地揉了揉沈如意的腦袋。「現在妳的婚事只是口頭上說定了，外面誰也不知道，所以妳還能多出門幾天，等以後聖旨下來了，妳可是連門都不能出了。所以，趁著還能出門的時候，多出去幾次。」

沈如意臉色通紅。

沈夫人起身。「妳那胭脂鋪子，不是已經開到京城了嗎？有空就去找可兒和方琴說說話，府裡的事情，妳不許插手聽見沒？」

「聽見了。」沈如意忙點頭，目送沈夫人出去了，才抿唇笑了起來。

不光是她自己在改變，連娘親到了現在，也有了很多改變呢！若是用心經營，日子果然是會過得越來越好的。

打了個呵欠，沈如意又躺下，昨晚上沒睡好是真的，她真有些頭疼，趁著這會兒休息一下。

釐清事情後，躺下不到一炷香的時間，沈如意的呼吸也逐漸平穩了起來。

第二十三章

到了用午膳的時候，夏冰就找了陸嬤嬤。「已經要用午膳了，嬤嬤妳說，要不要叫醒姑娘？」

陸嬤嬤連猶豫一下都沒有。「先不叫醒姑娘，等下午的時候再叫，給姑娘準備下點心。」

夏冰正要應，就見門口出現個人影，仔細一瞧，她趕緊就蹲下身子行禮。「奴婢見過侯爺，給侯爺請安。」

沈侯爺點了點頭，慢悠悠地進了院子。「妳們姑娘呢？」

「姑娘還睡著，奴婢這就去叫醒姑娘。」夏冰忙說道。

沈侯爺擺擺手，猶豫了一下，轉頭問陸嬤嬤。「如意早膳用了什麼？」

「回侯爺的話，早上姑娘胃口不好，只喝了一碗粥。」陸嬤嬤也趕忙行禮。

沈侯爺皺了皺眉。「去吧，將姑娘叫起來，用些午膳再去睡，小小年紀的，餓壞了肚子怎麼辦？」

陸嬤嬤不敢反駁，忙讓夏冰去叫了沈如意，自己請了沈侯爺進去，親自倒茶。

沈如意剛睡安穩就被叫起來，心情很是不爽快，見了沈侯爺也沒個好臉色。

沈侯爺卻不在意，輕咳了一聲，擺擺手示意眾人都退下。

沈如意有些詫異地看他。「父親有事情要說？」

沈侯爺沒出聲，沈默了好半天，沈如意等到都快再次睡著時，他才壓低聲音問道：「上午，妳娘過來都和妳說了些什麼？」

沈如意一個激靈就清醒過來了，難怪之前娘說老夫人的事情時，她總覺得有些地方不大對勁，現在才忽然想起來，那個榮蘭可是父親的人！

「您都知道了？」沈如意也壓低聲音，略有些尷尬，心裡則是翻騰不已。

榮蘭既然是父親的人，那麼老夫人的醜事，指不定榮蘭也知道一些。榮蘭是老夫人身邊的大丫鬟中碩果僅存的那個，對她很是信賴。

既然老夫人留了三夫人在房裡說悄悄話，那必定是讓榮蘭在外面守著，要不然，老夫人也不敢那麼大膽，將事情說得那麼露骨。

榮蘭是守門的，為什麼放了沈夫人進去？她照顧老夫人那麼多年，難道不知道老夫人和三夫人趕人出去，就是要說悄悄話嗎？這大宅門裡，說悄悄話沒關係，可聽悄悄話，關係就大了。

尤其是老夫人這樣的事情，沈夫人聽了，以她的性子，指不定就要去和沈侯爺說，沈侯爺是個自尊心極高的人，說不定就要遷怒沈夫人。

再者，榮蘭明知道沈夫人是一個人進去的，若是聽見不得了的話，肯定是會偷偷退出去的，為什麼榮蘭就正好端著托盤進來呢？

沈侯爺和沈夫人若是不和了，對誰最有利？

一瞬間，沈如意腦子裡轉過不少念頭：要麼榮蘭就純粹聽命於沈侯爺，是得了沈侯爺的吩咐，特意將這事情戳破，畢竟內宅的事情，還是內宅女人管理最方便了。沈侯爺想要徹底讓老夫人和外界隔絕，沒有沈夫人的幫忙，做起來是有些難度；要麼就是榮蘭除了沈侯爺之外，另外有主子，或者是收了誰的好處，讓沈夫人不得不撞上這樣的事情，然後，讓老夫人的怒火轉移到沈夫人身上，說不定，還能順勢除掉沈夫人。

再或者，那就是榮蘭自己有了異心。

到底要不要和沈侯爺說實話？之前她說沈侯爺知道老夫人的事情，那是糊弄沈夫人的，說不定沈侯爺就不知道呢？

一個男人，不管和妻子再怎麼恩愛，親生父母做下那樣的事情，為人子的也會感到丟臉難堪。所以沈夫人寧願和沈如意商量這件事情，都不願意和沈侯爺商量，這話一說出來，又是扒沈侯爺的臉皮了。

「我不應該知道嗎？」沈侯爺微微挑眉，直視著沈如意。

時間太短，沈如意都不知道該怎麼反應，只能低著頭，儘量遮掩自己的表情，她是能偽裝自己的表情，可她的偽裝在沈侯爺面前，從來是不值一提，一看就能瞧出真假來，所以，她只能儘量讓沈侯爺看不見自己的臉。

「妳說說，妳有何打算？」沈侯爺頓了一下問道。

沈如意囁嚅了兩下，能撒謊嗎？

「我想著，請父親儘早決斷，將三房外放出去。」好半天，沈如意還是決定實話實說了，不管那個榮蘭是不是沈侯爺的心腹，她都不能在沈侯爺面前撒謊。

一來是她瞞不過沈侯爺，她今兒說一句謊話，明兒沈侯爺就能拆穿了。沈侯爺的心腹，不光是榮蘭一個，哪怕榮蘭背叛了沈侯爺，沈侯爺依然還有其他人。以沈侯爺的性子，長春園裡指不定哪個就是沈侯爺的人，連榮蘭都不知道的存在；二來，沈夫人不能說的話，到沈如意這裡卻沒有那麼多的顧慮。沈如意不怕沈侯爺遷怒，也不怕沈侯爺難堪不自在，更不怕沈侯爺讓她拿主意。

「娘擔心您，生怕說了之後您會傷心……」不過，該做的事情還是要做的。「娘很是為難，想告訴您又不敢，可不告訴您又怕這事情萬一哪天鬧大，整個侯府都要跟著沒臉了。」

沈如意偷偷瞄沈侯爺一眼。「父親，那個榮蘭……」

「榮蘭有了異心。」沈侯爺眼神有些犀利，瞬間就轉回來了，看著沈如意的時候，還帶了幾分溫和。「妳不用管那個榮蘭，不過是個背主的奴才，既然她不願意好好當個丫鬟，那我就遂了她的心願，回頭讓人送出去。」

不願意好好當個丫鬟？沈如意嘴角又抽了抽，她揣測最嚴重的情況是榮蘭另投明主了，卻沒想到榮蘭竟是打著這個主意，沈夫人被沈侯爺遷怒了，指不定她就有了機會？

這人怎麼看著聰明，實際上這麼蠢呢？她既然能成為沈侯爺的心腹，那伺候沈侯爺的時間肯定不短，竟然還不瞭解沈侯爺是什麼樣的人？而且，這人伺候老夫人時間不短了，怎麼忽然就生出這樣的心思？

再一想到榮蘭的年紀，沈如意又了然。

「您打算將人送給誰？」沈如意鼓足勇氣問道。

沈侯爺似笑非笑地斜睨了她一眼，沈如意忙擺手。「我不問了，那祖母的事情應當如何處置？父親您早些年……」

「不能讓三房外放。」沈侯爺頓了一下才說道：「誰知道三房在外面會不會胡說，想要看住一個人，只能將人放在眼皮子底下，這樣三房想打什麼主意，我第一時間就能知道，也能應對，若是離得太遠……」

「可將三房放在京城，那三夫人和祖母……」沈如意猶豫地問道。

沈侯爺嘆氣。「所以，這事情得妳和妳娘來想辦法，女眷的事情，我也不好插手。」

總不能將知情人都弄死，死一個還行，死兩個就引人注目了，死三個怕是連皇上都要過問了。三夫人和老夫人做出這樣的事情，誰知道三老爺知不知道。

沈如意皺眉，若是將人留在侯府，那萬一她們對娘親起了殺心怎麼辦？

現在估計著老夫人一夥人是早就起了殺心，只是還沒動手而已。她原先想將人遠遠送走，這樣她們就算有殺心，也沒辦法動手了，可這會兒卻不能將人送走，因為三房手裡有底牌，這個醜事一旦被宣揚出去，沈侯爺也是壓不住的。

別說侯府幾代的爵位要沒有了，以後弟弟怕是連出仕的機會都沒有了。近不得又遠不得，這可真是為難。

「三房拿了這樣的把柄，所以父親很為難，那咱們能不能抓住三房的把柄？」想了想，沈如意問道。

實際上，在沈侯爺說自己也沒辦法的時候，沈如意差點兒沒震驚得瞪大了眼睛，那可是沈侯爺啊，不管什麼時候，都一副智珠在握的樣子，不管遇上什麼事情，都淡定到不行的沈侯爺，竟然也有束手無策的時候？

沈如意正想說威脅一下三房，但馬上又想到，沈侯爺的沒辦法，是不是對沈三老爺這個弟弟還有一些感情，不願意走到你死我亡的地步？

「三房有什麼把柄讓咱們拿捏？」沈侯爺挑眉。

沈如意左思右想，若是沈侯爺對自己的弟弟還沒完全失望，那這個把柄就得掂量掂量了。

「不用三房的把柄，咱們拿住了三夫人的爹不就行了？」

忽然之間，沈如意就想到了一個關鍵人物，那可是老夫人的心頭寶——三夫人的親爹，不管老夫人和三夫人要做什麼，總得先顧忌這人的性命吧？

沈侯爺微微笑了笑，伸手揉了揉沈如意的腦袋。「能想到這個，很不錯。」

沈如意眨眨眼，看沈侯爺一臉欣慰，頓時明白了。

敢情沈侯爺早就自己處理好了，這會兒根本就是在拿她消遣？

「父親！」被耍了一把的沈如意怒氣沖沖地將沈侯爺的手扔到一邊。

沈侯爺也不在意，伸手端了茶杯，抿了一口說道：「我來不過是告訴妳榮蘭不可信，接下來妳自己要做什麼，我完全不會插手的。」

「娘聽見了這樣的事情，祖母和三夫人定是不會放過娘親的。」沈如意氣悶地道。

虧自己還在為侯府考慮呢，結果人家沈侯爺早已經將關鍵人物給控制住了，只要老夫人和三夫人乖乖的，那日子照過。若是有什麼不好的主意，那就得多考慮考慮了。

侯府的麻煩是有解決辦法了，那自己的娘親呢？沈如意可一直沒忘記，自己的娘親還有生命危險呢，老夫人和三夫人會顧忌沈侯爺，卻不會顧忌沈夫人。指不定什麼時候……

「妳打算怎麼做？」沈侯爺反問道。

沈如意正要開口，又頓住了，打算怎麼做？之前她是打算將三房給送走的，可剛剛和沈侯爺說了半天，三房是不能送走的。

沈如意心裡又有些怪異，難不成沈侯爺繞了這麼一大圈，就是為了告訴自己，送走三房是不可行的？

「不知道父親可有辦法？」沈如意眼珠子轉轉，撒嬌地晃了晃沈侯爺的手臂。

這事情完全和沈夫人沒關係嘛！自家娘親是受了無妄之災，老夫人是沈侯爺的親娘，榮蘭是沈侯爺的心腹，若不是她們兩個，沈夫人怎麼會遇上這樣的事情？

「父親，您幫我想想辦法好不好？」沈如意可憐巴巴地撒嬌。「我真沒辦法了，這樣也不行，那樣也不行，除非是知情人都死絕了，否則娘親就會一直有危險。您說，這事情我們應該如何辦？」

沈侯爺挑眉。「既然沒辦法，不如躲出去？」

沈如意立刻就跳起來了。「憑什麼咱們躲出去？又不是我娘做錯了什麼！犯了錯的人在侯府吃香喝辣地享福，沒犯錯的人卻又要被送到莊子上？」

說著，她眼眶都紅了，自己好不容易和娘親一起回了侯府，竟然還是要被送出去？那她之前的努力，算什麼？一個笑話嗎？

她為什麼回侯府呢？不就是為了除掉會威脅到她們母女性命的人！現在已經查到上輩子的凶手，沒想到不除掉威脅就算了，竟然還得重新避開？

「如意，坐下！」沈侯爺大概是沒想到自己一個玩笑就讓沈如意起了這麼大的反應，忙拽著人坐下，伸手揉她腦袋。「不過一句玩笑話，妳就當真了？妳弟弟現在可纏著妳和妳娘了，若是妳們母女倆走了，我和妳弟弟怎麼辦？」

沈如意不說話，紅著眼睛看他，沈侯爺沒辦法，只好擺手。「算了算了，這事情就不應該問妳，妳別管了，我來處理行了吧？妳得了空，就和妳那些朋友們出去玩耍，不用操心這府裡的事情，好不好？」

玩笑開過頭，戳了閨女的傷疤。唉，原以為她整日裡很開心，已經不在意以前的事情了，沒想到，竟還是記在心裡的。

如意若是記得，那夫人是不是也記得？

想著，沈侯爺就有些坐不住了，難怪夫人有什麼事情都不找自己，竟是頭一個要找如意幫忙呢，原來，是因為不相信自己嗎？

沈侯爺忍不住苦笑了一下，還以為那女人善良心軟，自己現在對她不錯，她應該早放下以前的事情呢！

送走了沈侯爺後，沈如意也沒了睡意，陸嬤嬤趕緊讓人送午膳過來，都是沈如意平時喜歡吃的菜餚，所以她吃了不少，吃完了就帶著夏冰她們去園子裡轉悠。

「大姊，妳也來園子裡轉轉？」對面的沈雲柔也帶了丫鬟前來，一瞧見沈如意，趕忙過來，伸手摟著她胳膊。「之前大姊不是說，要舉辦個賞菊宴嗎？我剛才在園子裡轉了轉，發現咱們家沒什麼拿得出手的菊花啊。」

賞菊宴肯定不能只擺著兩、三盆普通的菊花，至少得有一盆珍品才行。

「莊子上的菊花一會兒就送過來了，等會兒瞧瞧有什麼品種的菊花。」沈如意笑著說道。

沈雲柔搖了搖頭。「我看莊子上種出來的花兒雖好，但也都是一般的花兒，這珍品，就算他們能養出來，可也得有得養才能行啊。」

沈侯爺平生只喜歡字畫古玩之類的東西，而老夫人平生只喜歡金銀珠寶，兩個侯府最大的主子都不喜歡花花草草，家裡的園子也就只種了一些好看、好養活的花卉草木。

「要不然咱們現在買一盆去？」京城裡也有專門賣花草的鋪子，時常也會有珍品出售，只是都到了這個時候，想必那些菊花珍品，也都賣完了吧？

「我讓人打聽打聽，看誰家裡有，咱們就借來用用，若是沒有，就咱們家裡的這些也行，賞花麼，只要有花花草草的能賞就行了。」沈如意倒是不大在意這個，再怎麼珍貴，不還是一盆菊花嗎？

有就看，沒有就不看，何必執著？長得再好看，也不過是一盆花。

「這會兒怕是不好借，咱們相熟的人家……」沈雲柔頓了頓。

沈如意看了她一眼就明白她的意思了，和侯府有來往的人家，除了沈侯爺，就是女眷之間的來往了，沈夫人剛回京沒多久，養身安胎就花了一年時間，平日裡連出門的機會都沒有，自是不知道誰家會有珍品。

而老夫人癱瘓在床，又對長房向來不喜，也不會出面去借菊花。至於三夫人沒女兒，這賞菊宴和三房沒什麼關係，三夫人憑什麼要出面幫忙？

眼下就只剩下二夫人了，可沈雲柔因為之前二房想要誣衊王姨娘的事情，對二夫人很是不喜，平日裡也不親近。再加上之前沈夫人不在京城，侯府就一個沈雲柔和一個沈佳美，一個是侯爺的親生庶女，一個是二房的嫡出女，兩個人各占優勢，又互相看不起，什麼事情都要爭一爭，王姨娘和二夫人沒有成死敵還真是太幸運了。所以這事情，沈雲柔是不可能去求二夫人的。

沈如意微微皺眉，說實話，她對二夫人的印象實在不怎麼好，若非什麼大事，她真不想和二夫人來往。看著和和善善的一個人，不知道什麼時候就能在背地裡給你一刀，防不勝防。

正要搖頭拒絕時，沈如意忽然想到沈夫人的事情，若是老夫人想對沈夫人下手，那讓誰來當那桿槍最合適了呢？三夫人不行，因為老夫人要護著三夫人，絕不會讓三夫人牽扯到這事情裡面。萬一被查出來，那三夫人即使不被休棄，也要被送佛堂去了。

謀害當家主母，這可不是普通的罪名。既然三夫人不能出面，老夫人能選擇的就只有二夫人和王姨娘了。可王姨娘早先就表明了立場，長房說什麼，她就做什麼，長房的利益是放在最前面的。

沈夫人若是出事，王姨娘是半分好處都得不到的。先不說沈雲柔現在還是沈夫人名下的嫡女，只說沈夫人的性子脾氣，誰能保證沈侯爺續弦之後，那新來的主母會和沈夫人一樣溫柔和善？

那麼，就只剩下一個二夫人了。二夫人有地位，且之前和三夫人一起管家理事，手裡也掌握不少人脈，有錢有閒有權，最重要的是還有野心，若是老夫人用錢權來做誘餌，指不定二夫人就要一口咬上了。

這個二夫人，還真是不能不打交道。

「那行，我去問問二嬸娘，看她能不能借來兩盆菊花，正好這會兒閒著，妳要一起去嗎？」沈如意笑著問道。

沈雲柔忙搖頭。「我就不去了，一會兒明修該去上學了，我今兒早上答應他，給他做個繡著菊花的荷包，等一下就得回去做針線活了。」

「好吧，那我自己過去。」沈如意笑著點頭，就和沈雲柔分開。

沈如意帶著丫鬟去了二房的院子。

說是院子也有點小覷了，其實是那一片都分給二房了。正院是二老爺和二夫人的住所，兩邊的院子是給他們兒女們，後面的一間小院則放著二老爺的通房侍妾之類。

沈如意到了門口，那守門的婆子瞧見她，忙起身行禮。

院子雖然是分開的，但府裡的下人，除了二夫人的陪房，可都是侯府的。

「大姑娘怎麼這會兒過來了，可是有什麼重要的事情？老奴這就進去給您通報，大姑娘稍等。」那婆子笑著行了禮，就急急忙忙地進去找二夫人傳話了，沒多久就跑了回來。「二夫人請您進去呢。」

沈如意笑著點點頭，率先進了門，後面跟著的小丫鬟忙往那婆子手裡塞了個荷包，又急匆匆跟上沈如意的腳步。

有大丫鬟在廊下等著，見了沈如意，忙上前迎接，親自掀了門簾請沈如意進去。

二夫人正坐在軟榻上做針線，一瞧見人，就放下了手裡的活計，示意沈如意在自己對面坐下。

「如意今兒怎麼有空過來找我？」讓人上了茶水點心，二夫人就笑著問道。

沈如意往後面微微靠了一下。「不知道三妹有沒有和二嬸娘說過，過幾日，我會舉辦賞菊宴，想請三妹去給我搭把手。」

二夫人的臉上有些感激。「她之前就和我說了，我還想著，要多謝謝妳呢。我這會兒也沒什麼能拿得出手的，就想給妳做件衣服，這不，才做了一半。」

沈如意看了一眼，原來剛才二夫人手裡的針線活，是做給自己的。只看布料和顏色，能瞧出來是一件外衣。

「這是給我做的？真好看。」沈如意笑著讚了一句。「顏色我很喜歡，這個樣式，是京城最流行的八幅裙吧？二嬸娘做得真好看，上面的花兒就跟活的一樣。」

「妳喜歡就好。」二夫人笑盈盈地說道，伸手將針線笸端起來放在一邊，將點心盤子往沈如意跟前推了推，笑著說道：「妳對佳美好，我這個嬸娘，也是很領情的，妳們是姊妹倆，妳父親和妳二叔父又是親兄弟，妳們兩個就跟親姊妹差不多，佳美平日裡對妳這個大姊，也是喜歡得很，若是妳不嫌棄，以後就讓佳美多過去找妳說說話，妳們姊妹好親近親近。」

沈如意隨意點點頭。「佳美若是無事，儘管過去，都是沈家的女兒，我既然是長姊，就得對下面的妹妹們上心些。說起來，我今兒過來，也是有事情想找二嬸娘幫忙。」

二夫人笑著點頭。「有什麼事妳儘管說，若是我能幫，那肯定不會推辭的。」

「還是菊花宴的事情，這宴席什麼的，我已經準備好了，到時候讓三妹幫著我招呼招呼客人就行，可這最主要的東西，我卻還沒有準備好。」

「最主要的東西？」二夫人是個機靈人，一想就明白過來了。「可是咱們府裡的菊花不夠好？」

「二嬸娘也知道，咱們府裡的花卉，向來是挑好養活、花時比較長的養著，這珍品咱們府上也就僅有一株茶花能看，名貴的菊花還真沒有。所以我就想著，看二嬸娘能不能從咱們府上相識的人家那裡借來一、兩盆，先湊合湊合，等辦完了宴會，就再送回去。」

沈二夫人微微皺眉。「咱們府上相熟的人家？」

沈如意笑著點點頭。「其實，這種事情，找祖母問問是最方便了，只是祖母最近在靜養，身子不好，又不能出門走動，所以就只能拜託二嬸娘了。」

「大嫂最近也在忙嗎？」沈二夫人笑著問道。

沈如意點點頭，並未詳說。

沈二夫人抿唇笑了笑。「那好吧，既然如意都過來問了，我這個當嬸娘的，總不能讓自己的姪女為難。妳就放心吧，回頭我幫妳問問，我記得悅郡王妃是個喜歡種花養草的人，說不定他們府裡會有幾盆上好的菊花。」

沈如意笑著點頭。「那就多謝二嬸娘了。對了，佳美呢？」

「她還在學規矩呢。」沈二夫人一提到自己的女兒，臉上的笑容就真誠了幾分。「這幾日嬤嬤教導她學走路的規矩，她已經學得差不多了。學規矩這事情，太辛苦了，我都不忍心瞧，天天早起晚睡，就為了走幾步路。」

沈二夫人嘆口氣。「回頭我得讓人多做些好吃的給她補補。如意，妳若是有空，就常過來和她說說話，也鼓勵鼓勵她，她現在啊，滿心滿眼都是妳這個大姊了，說起話來，總是將妳掛在嘴邊，當我勸她說：『妳年紀還小，慢著點兒學也不要緊。』妳猜她說什麼？」

沈如意搖頭，沈二夫人繼續說道：「她啊，說大姊走路那麼好看，她也要向大姊學，以後和大姊一起出門的時候，就不會給大姊丟人了。這孩子，可真是將妳當成她最尊敬最喜歡的人了。」

「三妹年紀還小，見的人也少，所以才這樣說，等以後見的人多了，就不會覺得我是最好的了。」

沈二夫人的一番話，總結起來就一個意思——妳三妹那麼崇拜妳、喜歡妳，妳以後可得多護著她才行。

沈如意的回答也就一句話——同是沈家的姑娘，以後有出門的機會，必定是少不了沈佳美的。

「娘，我聽說大姊過來了？」沈夫人正要開口，就見門口衝進來一個身影。

沈佳美一進來就看見沈如意，眼睛立刻就亮了。「大姊，妳是不是來找我玩的？」

沈如意笑著摸摸她的腦袋並沒說話，沈佳美靠在沈如意身邊。「我剛才在學規矩，嬤嬤說我這段時間學得很不錯，不管是走路還是站著，都很有樣子了，大姊要不要看我的規矩學得怎麼樣了？」

「大姊對妳有信心，咱們沈家的姑娘都是十分聰明，不過是學個規矩，定是能學得很好。」沈如意笑著說道。

沈佳美臉色微紅，有些羞澀。「我還差一些呢，我要向大姊學習才行。」

「妳年紀還小，不著急。」

沈佳美抱著沈如意的胳膊，仰著臉看她。「大姊妳今兒過來是找我的嗎？是不是賞菊宴的事情？」

沈如意點點頭。「有些事情想讓二嬸娘幫幫忙，三妹若是沒事，就常去我那裡坐坐，這會兒時間也不早了，我就先回去了。」

沈佳美很是依依不捨，沈如意想了想就轉頭問道：「二嬸娘，能不能讓佳美休息一下午，今兒讓她去我那裡玩一會兒？」

沈二夫人忙點頭。「妳直接帶她去吧，嬤嬤那裡我會說的。」

沈佳美高興地都快蹦起來了，興沖沖地跟著沈如意回去。

到沈如意的院子裡，沈佳美簡直是看什麼都稀奇。

「大姊，這多寶閣上放著的木雕，是在哪兒買的啊？真好看。

「大姊，這個抱枕是誰做的啊？這個樣式真稀奇，不過挺好看的。

「大姊這一套首飾真漂亮，我現在年紀還小，我娘說我不能戴首飾呢，我真想快點兒及笄。」

「妳若是喜歡，我這一套就送給妳了，珍珠的首飾是不會過時的，妳先放著，等再長幾歲，就能戴了。」金銀首飾戴的時間長了就會發黑發暗，要時不時去處理。而珍珠的飾品，只要沒有損壞，一般說來，放個三、五年都沒事。

至於樣式，頭上的首飾，不是花花草草就是小鳥蟲子之類的，也沒什麼差別。

「真的？」沈佳美立刻瞪大了眼睛，但又趕緊搖搖頭。「大姊，我不能要，這首飾這麼珍貴，我現在還沒到能戴的年紀呢，拿回去了也沒用，我只是見這首飾好看，所以稱讚了兩句，大姊要真送給我，我以後可都不敢開口說話了。萬一我說，哎呀，那個園子真好看，大姊就要送個園子給我，那回頭大姊的私房錢可都要賠完了。」

之前沈佳美來說想要參加賞菊宴的時候，還很是靦覥害羞，這會兒忽然嘴巴就利索了，沈如意還真有些驚訝，不過再想想沈佳美在老夫人跟前的表現，就沒什麼好奇怪了。

「我自己有分寸，不過是一套首飾，妳若是喜歡就拿走，可假如換成一個園子，妳若是喜歡，我也只會多請妳過去參觀幾次。」沈如意笑著說，拿了那簪子在沈佳美頭上比劃了一下。

「妳膚色白，戴著這個也好看，拿著吧，下次我可就沒這麼大方了。對了，昨兒我去給祖母請安，好像惹惱了祖母，祖母平日裡最是疼愛妳，妳說，我要怎麼辦，才能讓祖母消氣呢？」沈如意笑著問道。

見沈如意是有事相求，沈佳美也就不客氣了，接過簪子，一邊把玩一邊說道：「祖母脾氣比較急，但面硬心軟，大姊妳多哄哄祖母就好了。我以前啊，都是做些自己喜歡吃的點心，或者是做個針線活，再或者就是去陪祖母說說話。」

「這樣啊，可我不大會做點心什麼的，針線活倒是可以，不過祖母那裡什麼都有，我也不知道祖母缺什麼。」沈如意想了一下說。

沈佳美噗哧一聲笑了出來。「大姊，妳可真是……哪裡是祖母缺什麼要讓我們做什麼啊，祖母那裡什麼沒有？我們自己做的，就是表個孝心，我才學了多久的針線活，那做出來的東西能和針線房的人比嗎？荷包、抹額，只要做一個就行。」

「我想岔了。」沈如意笑著說道，遞給沈佳美一塊點心吃。「多虧三妹今兒點醒我了，若是我哄好了祖母，回頭我再送妳簪子。」

見沈佳美喜孜孜地點頭，沈如意又問道：「那祖母平日裡都忙些什麼？我也好趁祖母不忙的時候過去請安。對了，過段時間就是祖母的大壽，妳知道祖母平日裡最信任哪個人嗎？祖母病重這麼長時間，父親之前還說，要給祖母辦個大壽宴，祖母信任的人，想必很清楚祖母的喜好，比如說，祖母喜歡吃什麼、喜歡穿什麼樣的衣服、最喜歡喝誰泡的茶水。」

「祖母最是信任邱嬤嬤以及榮蘭。」沈佳美不疑有他，直接開口說道。「還有幾個小丫鬟，另外還有陳阿大家、茶水房的曹嬤嬤、針線房的定嬤嬤。」

當然，沈如意也知道這些人，哪怕沈佳美年紀小，什麼該說什麼不該說，心裡也大致有譜了。只是，沈如意原本的用意也不是向沈佳美套話，所以也不在意，只聽沈佳美咋咋呼呼地說了一大堆的人名。

隨後，沈如意給了沈佳美一份點心，就派人送了沈佳美回去。

沈二夫人見沈佳美回來，忙將人摟在懷裡。「沈如意找妳過去是有事？」

「嗯，她說自己惹惱了祖母，讓我幫忙想個辦法哄好祖母，問了我很多事情，都是和祖母有關的。」沈佳美笑嘻嘻地說道，見丫鬟還拎著裝點心的食盒，就擺擺手說道：「那些點心妳們拿去分了吧。」

等屋子裡的人都退下了，沈佳美才將沈如意之前問她的話，一句不漏地向沈二夫人轉述了一遍。

沈二夫人笑著揉了揉沈佳美的頭髮。「好了，沒事，估計她就是惹惱了妳祖母，所以想找妳打聽打聽妳祖母的喜好，侯府的人誰不知道，老夫人平日裡可是最疼愛妳了，問妳是準沒錯。」

「娘，妳說祖母什麼時候才能養好身子？」沈佳美得意了一會兒，趴在沈二夫人懷裡問道。「以前祖母那麼疼我，現在祖母看見我臉色都不好了。」

「那是因為祖母生病，身體不舒服，所以才不高興啊，不是因為妳。」沈二夫人忙安慰道。

沈佳美嘟著嘴不高興。「娘上回也是這麼說的，那祖母什麼時候能好？」

「大概再養一年吧。」沈二夫人也有些不確定，太醫只說老夫人以後是站不起來了，並未具體說其他傷勢得養多久，老夫人也總是在床上躺著，這都個把月了，總感覺老夫人像是在床上躺了幾年。

「還要那麼久啊，要是祖母沒生病多好啊。」沈佳美托著腮幫子嘆氣，她雖然年紀小，但也能感受出老夫人臥床前後她在侯府的地位有什麼不同。

以前老夫人好端端的時候，她這個二房的嫡女，是老夫人最喜歡的孫女兒，廚房的點心她能吃最新鮮、最好吃的，針線房的布料她能先挑自己喜歡的，即使公中不給做，老夫人自己也有私房錢。

現在老夫人倒下了，府裡最好的東西都是沈如意姊妹兩個的。輪到她的時候，已經是挑剩下的。

「很快妳祖母就能好起來了，妳若是有空，就常常去給妳祖母請安。」沈二夫人笑著說道。

沈佳美有些不大願意。「祖母生病了之後，脾氣很壞，我不敢去給祖母請安，等明天娘妳要去給祖母請安時，我再和妳一起去。」

「不行！她是妳祖母，妳忘了平日裡她是怎麼疼愛妳的嗎？」沈二夫人皺眉，嚴厲地看沈佳美。「她現在生病了，心情不好，妳就不願意去安慰她，不願意去關心她了？那她以前不就白疼妳了，妳就這麼忘恩負義嗎？」

這話說得有點兒狠，沈佳美愣了一下，隨即眼圈就紅了。

沈二夫人雖然心疼，面上卻還是很嚴厲。「我平日裡是怎麼教導妳的？妳對待長輩，難道有用的時候討好孝敬，沒用了就扔在一邊不管？」

「娘，我錯了。」沈佳美都哭出來了。

沈二夫人抿抿唇，強忍著心疼轉身不搭理她，沈佳美哭得更傷心了，繞到沈二夫人面前去道歉。

沈二夫人嘆氣。「妳祖母那裡，妳應該怎麼做？」

「我以後會孝敬祖母的，我會常常過去請安，陪祖母說話聊天，安慰祖母，給祖母做點心、做針線活，祖母發脾氣我也不會害怕，祖母是生病了，並不是真的不心疼我了。」

沈佳美抽抽噎噎的，沈二夫人見她真心認錯，這才伸手幫她擦了擦眼淚。「行了，知錯能改還是好孩子，以後就不用我說了，妳若是有空，就去看看妳祖母。」

沈佳美忙點頭，又說今兒就有空，告別了沈二夫人，就出門去給老夫人請安了。沈二夫人靠在軟榻上，瞧著閨女的背影，忍不住笑了笑。

她身邊的嬤嬤忙端了茶杯給她。「夫人放心，姑娘聰明著呢，夫人的苦心，姑娘肯定都能明白。」

沈二夫人嘆口氣。「我雖然不喜歡老夫人，但佳美卻不能對老夫人不孝敬，言傳身教，我這個當娘的，想要她以後孝順，就得先保證自己立身持正才行。今兒沈如意找佳美問的這些話，妳覺得如何？」

那嬤嬤猶豫了一下，沈二夫人笑著說道：「在我面前還用遮遮掩掩？想說什麼只管說。」

「奴婢覺得大姑娘的目的，可能有兩種。」那嬤嬤趕忙說道，見沈二夫人看她，也不敢賣關子。「要麼是大姑娘準備拉攏老夫人，打一棒子給個甜棗，讓老夫人對長房沒那麼厭惡，以後大夫人管家，老夫人也不好多說什麼。」

沈二夫人想了一會兒，搖搖頭。「這個可能性不大，沈侯爺那性子可不是能拉下臉去求和討好的，他既然和老夫人撕破臉了，怕是不會回頭了。盧婉心那女人，一向是個心軟沒主見的，最是聽侯爺的話，侯爺都和老夫人撕破臉了，盧婉心也不大可能上趕著去捧著老夫人了。」

「那就是第二種可能了，」那嬤嬤忙說道。「大姑娘可能是在想辦法，將老夫人徹底踩下去，只侯爺和老夫人撕破臉是不夠的，侯爺和老夫人到底是親母子，俗話說，母子沒有隔夜仇，老夫人生養了侯爺一場，侯爺不是那冷心絕情的人，要不然，這些年也不會容忍老夫人這麼幫襯著三房了。所以侯爺很可能要和老夫人和好，大姑娘說不定就要徹底斷了這個可能。」

這次沈二夫人想的時間更長了，好半天之後，點了點頭。「妳說得有道理，侯爺不是個冷心絕情的人，盧婉心一向心軟沒主見，也就這個沈如意有點兒太狠毒了些。

「說起來，沈如意也是個有手段的。妳瞧瞧，她才多大的年紀，回了侯府，就幫著盧婉心站穩了腳跟，三番兩次將我和三房的打算給駁回來，甚至還穩住了王姨娘。指不定，就連侯爺接盧婉心回來的事情，也是沈如意一手策劃出來的。」沈二夫人壓低聲音說道：「和盧婉心比起來，沈如意那就是一匹狼。」

頓了頓，沈二夫人又說道：「侯爺是一隻老虎，盧婉心是一隻綿羊，兩個人竟然生了一匹狼，這沈如意，也不知道是繼承了誰家的脾性。」

那嬤嬤沒敢接話，心裡倒是嘀咕了一句：有那麼個軟綿綿性子的娘親，當閨女的能不狠起來嗎？再說，大姑娘做的那些，好像也沒多出格，也沒弄出過人命。至於送衙門的那幾人不是罪有應得嗎？證據都齊全了，什麼下場可都是官府判的。

不過，大姑娘將人送衙門這一招，可算不得心善。自家處置了送莊子上或者發賣了，還能念點兒舊情，可送到了衙門，那就有七成可能是送命的；另外三成可就要流放了。這結果，可比在自家處置狠多了。難怪現在府裡的下人一提到大姑娘，就個個噤若寒蟬。

「若是老夫人與侯爺和好了，老夫人就依然是這侯府至高無上的掌權者了，那這會兒得罪了老夫人的盧婉心和沈如意可就沒好日子過了，不光是管家權要丟了。」沈二夫人也沒看那嬤嬤，自顧自地說道：「所以，無論如何，沈如意都不能讓老夫人和沈侯爺和好的，這才打聽老夫人的各種喜好，就是想要對老夫人下手？不對，老夫人是她親祖母，她應該不可能有這個膽子吧？真要讓沈侯爺查出來，她這輩子就算完了。侯爺即使看在血緣關係上，不會要她的性命，怕是也不會將她當自己的女兒看了。」

「或者大姑娘並不是想要動老夫人，而是要想辦法在侯爺和老夫人之間製造誤會，加大裂痕？」嬤嬤想了想，湊近沈二夫人說道：「老夫人上了年紀，太醫之前還說，讓老夫人不要大悲大喜，若是侯爺和老夫人再吵一架，指不定老夫人的病情就更重了，老夫人這個年紀，還能有多少日子，那不是過一天就少一天嗎？」

「妳說得有道理，很可能，沈如意就是打著這個主意。」沈二夫人想了想，點頭說道：「這次說不定就是咱們的機會了，讓沈如意和老夫人鬥起來，咱們坐收漁翁之利。」

頓了頓，沈二夫人又皺眉。「不對，從之前的事情看來，沈如意不是個沒腦子的，既然她想要在老夫人和沈侯爺之間攪和，那應該是無聲無息，最好是一輩子誰都不知道她在這裡面做了什麼，她怎麼可能去問佳美呢？難不成她以為我猜不出她的打算？」

「或許大姑娘是覺得姑娘的話比較好套？」那嬤嬤遲疑了一下說道，但這個理由，她自己都有些不大相信。沈如意若是想知道老夫人的喜好，哪需要找一個小姑娘打聽？

這府裡的下人，個個都是牆頭草，自沈夫人生了小少爺，就全去巴結長房了，尤其是沈如意，之前管家時那手段和脾性，誰敢在她眼前弄鬼？

她想要打聽老夫人的喜好，隨隨便便找幾個嬤嬤問一下，沒問個十成十也能問個九成九，何必問一個小姑娘呢？

「她是在打什麼主意呢？」沈二夫人實在是有些想不明白。

沈如意若想要算計老夫人，卻又告訴自己，難不成還想讓自己幫把手？沈如意不會有這麼幼稚的想法吧？

不對，不是幫把手，或者是在讓自己和她聯手？想到之前沈如意提及帶著沈佳美參加宴會之類的話，沈二夫人就以為自己找到了答案——沈如意的意思就是她願意幫襯二房，提攜二房，而二房要付出的代價就是要二夫人出面幫忙。

沈二夫人忍不住嗤笑了一聲。這個沈如意，未免想得太理所當然了，她真以為給出一點甜頭，自己就要屁顛顛地撲上去幫忙嗎？

不過一些宴會而已，她不帶著佳美參加，難不成自己這個侯府二夫人就是當擺設的？就算自己身分不夠高，佳美現在才多大，等她沈如意出嫁，侯府就剩下沈雲柔和沈佳美，到時候沈雲柔出門，還能不帶著佳美嗎？同是侯府的姑娘，盧婉心要厚此薄彼，侯爺能答應嗎？

她以為佳美是個沒爹沒娘的孤女嗎？就算當娘的說不上話，這當爹的難道是個擺設不成？

「到底年紀小，自以為能大棒棗子一起給，既是威脅又是利誘，也不看看自己的籌碼夠不夠。」沈二夫人笑著說道，她身邊的嬤嬤忙跟著點頭。

第二十四章

第二天一大早，沈二夫人就去向老夫人請安了。請完安後，沈夫人則先行告退了，畢竟她還得回去看帳本和照顧兒子，實在沒空在這兒聽老夫人發脾氣。

接著是沈三夫人告退，她事情也多著呢，三老爺因為上次小產的事情覺得愧對紅柳，至今還對紅柳那賤人十分上心，她得回去想個辦法才行。

因此長春園僅沈二夫人留下來伺候老夫人，沈二夫人直接在老夫人床邊坐下。「老夫人，過段時間就是您的大壽，大哥可曾說起，您的壽宴要怎麼舉辦？這次可是老夫人的整壽，萬萬馬虎不得。前幾日我娘家那邊還來信了，若是大辦，我娘家那邊也要來人給老夫人賀壽呢。」

老夫人原本的臉色有些陰沈，聽了沈二夫人的話，她掀起眼皮子看了看沈二夫人。「自是要大辦，妳大哥即使貴如侯爺，那也是我肚子裡爬出來的，我過整壽，他能不給我大辦嗎？」

與此同時，大房正院裡也商議起老夫人壽宴之事。

沈夫人抱著小兒子晃了晃，抬頭看沈侯爺。「老夫人的大壽，準備什麼時候辦？」

按當地習俗，上了年紀的老人家，辦壽宴一向是推遲一段時間的，越是整壽，越要往後推。老夫人上次過壽是推了兩天，這次是整壽，至少也得推半個月才行。

沈侯爺閒閒地伸手點著小兒子的額頭，頓了一會兒才說道：「如意不是打算辦賞菊宴嗎？等賞菊宴過後半個月再給老夫人辦壽宴。整壽麼，自然是要辦大點兒，不用怕花錢，讓二弟妹和三弟妹幫幫妳，到時候招待客人什麼的，讓她們去，妳多守著老夫人一些，什麼話該說、什麼話不該說，妳也好提醒著老夫人。」

沈夫人本來就不大喜歡招呼客人，沈侯爺也不在意，他從來不需要女眷為他打聽消息。哪怕沈夫人這輩子都不出門，他也不會在意。

不過，沈夫人只是猶豫了一下，就笑著搖頭了。「我可是當家主母，哪有當家主母不陪著客人，反而守著老壽星的？你放心吧，我會找王姨娘幫忙的，再說，還有如意呢，你還不放心如意？」

閨女馬上就要訂親了，到時候哪樣事情不需要她出面？閨女出嫁之後還有雲柔，雲柔出嫁之後還有明修的親事，明修之後就是弟弟。

為了子女，她也得學會和京城的貴婦人相處啊！

大家族裡的女孩子，出門交際都是靠長輩帶的。她家如意獨立慣了，從來不在意這方面的事情。可她心裡也清楚，既然出生於這樣的人家，如意就不能和她一樣，天天窩在家裡。再說，如意將來面臨的情況會比自己更複雜，需要面對的人也更多，即使如意自己不喜歡交際，難道能阻止那些人上門找她嗎？

所以，她不能只縮在自己的殼子裡，她得將如意給帶出去，讓京城的貴婦們都知道，她家的如意是個知書達禮、溫柔嫻淑、端莊賢慧的人。

「妳自己有主意就行。」沈侯爺並未反對，反正不管沈夫人和沈如意做什麼，只要不是謀反了，他就有法子收拾殘局，哪怕是將天給捅個窟窿都行。

「宴請的名單，我這會兒給妳寫下來。對了，有個人，一定要記得請過來。」沈侯爺笑著說道。

沈夫人側頭看他。「誰啊？很是重要？」

「當然重要，這壽宴能不能辦好，可就要看這個人了。」沈侯爺臉上的笑容帶了幾分嘲諷，沈夫人這才察覺出來不對勁，也沒敢再出聲詢問。

沈侯爺也不在意，自己去找了紙筆，將人名一一列出來。「這樣的人家，是咱們侯府交好的人家，若是有事，妳也可以讓他們幫忙，不用太客氣。」

他伸手在中間那一列點了點。「這些是我官場上的同僚，同一陣營的，並不用太看重，卻也不能怠慢了。」

老夫人的娘家已經沒人了，而沈侯爺自己沒有姊妹，所以侯府也沒有親近的姻親人家，就一個宗族，走動也不頻繁，因為之前過年的事情，沈夫人對那些人的印象並不是很好，今年更是沒什麼走動了。

「剩下的這些，有求於我或是攀炎附勢的，妳不用太搭理。」知道沈夫人的想法，沈侯爺就細細解釋起來。「上面的，比如這劉家，劉家的老太爺和我爹是至交好友，咱們兩家時常來往，所以怠慢不得，我估計著，劉家可能會是劉老夫人過來，妳到時候切記要好好招待。」

沈夫人忙點頭，認真將沈侯爺說的話都記住，記住之後還得再對沈侯爺重複一遍，確認自己並沒記錯。

她一側頭，就對上了沈侯爺的視線，沈侯爺長得好，這點只從沈如意的長相上就能看得出來。

沈夫人自己雖然也好看，卻不到絕色的程度。可沈如意比沈夫人還好看且精緻漂亮，有四成是繼承了沈侯爺。

沈侯爺面白如玉，朗目劍眉，不言不笑的時候，氣勢驚人。這會兒，臉上帶了三分笑，眉眼都柔和得不得了，再加上人到中年，自有一股成熟的風韻，沈夫人看著就有些發愣。

好半天，猛然察覺到耳朵被人捏了一下，她一回身，就見沈侯爺的臉色帶了幾分戲謔。

「想什麼呢？」

沈夫人也不算年輕了，忽然覺得面對這樣的沈侯爺，心跳得有些快，面皮也有些發熱，趕緊將臉貼到小兒子的面頰上，弟弟還以為娘親是在和他親近，咧著小嘴笑得口水都塗到沈夫人的臉上。

沈侯爺嘖了一聲，很是有些嫌棄地拿帕子在沈夫人臉上使勁擦了擦，然後伸手捏弟弟的臉頰。「這機靈勁兒可真像如意，但願這孩子長大了，可不要和如意一樣。」

一牽扯到自己最看重的女兒，沈夫人立刻不滿了。「如意有什麼不好？他們可是親姊弟，一模一樣不好嗎？我還想著，他只要有如意一半的好，我這輩子就能放心了。」

沈侯爺嘴角動了動。「如意沒什麼不好，就是太倔強了些，又不認輸，什麼事情都要爭個對錯，女孩子家這樣還能行，若是男孩子……」

看見沈夫人的臉色，沈侯爺很識趣地換了一句。「也很好，清高正直，一看就知道是忠臣。」

沈夫人這才滿意，抱著小兒子顛了顛。「對了，你之前不是一直說在給小兒子想一個小名的嗎？這麼長時間了，想好了沒有，總不能一直喚他弟弟吧？如意叫弟弟倒沒什麼，咱們難不成也一直叫弟弟？」

「想好了，就叫鳴鶴。」沈侯爺伸手摸了摸小兒子的臉頰。「鶴鳴人長壽。」

沈夫人有些無奈。「賤名不是要那種寓意好的，而是聽起來很……」

沈侯爺看了她一眼。「以後鳴鶴可是咱們侯府的世子爺，妳打算讓他一出門，別人叫他都是什麼狗蛋嗎？妳就不怕兒子長大了，很不滿意嗎？」

「又不是叫一輩子了，就叫到他五、六歲，到時候就換名字了，再說，你以為鳴鶴就很好嗎？還不是……」

沈侯爺打斷她的話。「看，妳自己也說鳴鶴上不了檯面吧？那就是賤名，寓意也好，我看就叫鳴鶴。」

沈夫人不搭理他，抱著小兒子就喊：「就叫臭臭！我兒子叫什麼，我自己說了算。」

沈侯爺也不甘示弱，伸手搶了小兒子抱在懷裡。「就叫鳴鶴，我是孩子親爹，我還不能取個小名了？」

兩個人誰也不讓誰，於是決定各喊各的，沈夫人總是喊他臭臭，沈侯爺總是喊他鳴鶴，還找沈如意評理，沈如意也懶得搭理他們，只管喊弟弟，反正這就是她親弟弟，喊一輩子也沒事。

至於侯府的下人喊什麼啊？那當然是小少爺了，誰敢直接喊未來小世子的小名？大名都喊不得呢，更不要說這說不得的小名了。

幾日之後，很快沈二夫人那邊就有了消息，請了沈如意過去。

「之前妳說的那菊花，我跑了幾家，總算是給妳借了四盆，一盆是從悅郡王府借回來的瑤臺玉鳳，一盆是從衛國公府借回來的胭脂點雪，一盆是孟大人府上借來的黃香梨，一盆李大人府上借來的點絳唇，妳看看行不行？」

說著，丫鬟就搬來四盆花，這樣名貴的菊花，自是照顧得相當好，花朵盛開，幽香撲鼻，花瓣纏纏繞繞，白得像雪，紅得妖嬈。

「真好看。」沈如意笑著說道，伸手摸了摸那菊花，轉頭笑道：「我都不知道該怎麼誇讚這菊花了，美得奪人心魄，差點兒就回不了神。」

「妳覺得還行就好，我就放心了。」沈二夫人笑著說道。

沈如意忙起身行禮。「為了我的事情，讓二嬸娘這幾天奔波，如意實在不知道應該怎麼感謝二嬸娘了。」

「一家人何必說什麼謝謝。只是這菊花妳可要照看好，我可是打了保證才借回來的，妳們小姑娘賞菊，看看摸摸還行，可千萬別讓人掐了這上面的花兒。」沈二夫人交代道。

沈如意也不怕沈二夫人之前搞鬼，就像沈二夫人說的，她們這會兒是一家人，真弄壞了人家的花卉，出面借回來的沈二夫人討不了好。當然，沈如意這個舉辦賞菊宴的人，也是跑不掉的。

「二嬸娘就放心吧，我今兒是怎麼將這菊花搬走的，後天就怎麼給您搬回來。」沈如意忙笑道：「多謝二嬸娘了。」

「不用不用，能幫得上忙就行，以後有什麼事，妳只管找我。」沈二夫人笑著擺手。

沈如意點頭，頓了頓才有些為難地說道：「說起來，我還真有件事情特別為難，若不是在二嬸娘跟前，我都不知道該怎麼開口了。」

沈二夫人臉色僵了僵，她剛才那一句只是客氣話，不由得心忖：沈如意這個侯府的嫡長女，都已經管家多久了，能有什麼事情會為難？妳都為難的事情，妳覺得我能幫忙嗎？

「什麼事情？妳先說說看，若是在我力所能及之內，我這個當嬸娘的，怎麼也得給妳幫忙才是。」沈二夫人特別強調了力所能及這幾個字。

沈如意忙笑道：「那肯定是二嬸娘能幫忙的，要不然我也不會開口了。二嬸娘也知道，祖母的壽宴，是訂到了十月上旬？」

沈二夫人點點頭，還有半個月呢，侯府就開始為這次的壽宴忙起來了，又是訂做新衣服，又是準備宴客的器具，誰會不知道壽宴的事情？就連老夫人原本十天半個月都不會露出笑容的臉，現在也時不時地帶著笑容了。

「可是和壽宴有關係？」

沈如意點頭。「正是，二嬸娘也知道，我娘這段時間有些忙，我自己呢，也不好再管家了。」

及笄之後的姑娘，要麼是忙著相親、訂親，要麼是忙著做嫁衣，誰會有空管家？所以，大多及笄的姑娘都不再管家。

沈如意的及笄禮過了，管家權也早已經交給沈夫人，這會兒就不好再回頭去碰管家權了。

沈二夫人點頭，表示明白這個理由。

「我娘又有些不大上手。」

這個就更好理解了，沈夫人一看就是個沒主見的人，回京這麼長時間，都是靠著沈如意在後面出謀劃策，甚至是沈如意替她管著侯府，沈夫人確實是不擅理家的人。

「壽宴這麼大的事情，我娘一個人，定是會手忙腳亂，她自己做錯了什麼，我父親雖然不在意，但到底是祖母的壽宴，萬一出了差錯，那可是要在全京城丟臉了。」沈如意有些不好意思地說道。

沈二夫人點頭，確實是這樣，老夫人的壽宴，那會辦得多盛大啊，差不多京城一半以上的誥命都要過來了。若是沈夫人在這樣的事情上出了差錯，那可真是一輩子都沒臉見人。

「所以我就想著，請二嬸娘出面幫幫忙。」

沈二夫人心裡立刻就盤算開了，臉上卻顯得左右為難。「這樣不好吧，我也很長時間都沒做過這樣的事情了……」

上一次老夫人的整壽，那還是在老侯爺的孝期內呢，老夫人即使願意大辦，沈侯爺也不會給她大辦。再往前一次，老侯爺都還沒過世，一個婦道人家辦什麼大壽？

所以這次的大壽，那可真是侯府頭一次辦。不光是沈夫人沒經驗，沈二夫人、沈三夫人，甚至連老夫人都沒經手過。

若是沈二夫人答應幫忙，中間出了差池，九成九的可能就是沈二夫人頂包，替沈夫人名滿京城了。但幫忙辦壽宴這件事，野心小的人，撈一筆完事；野心大點兒的人，安插人手，乘機做點兒什麼，那可是千載難逢的機會。

「二嬸娘可別謙虛了，之前我和我娘沒回京的時候，雖說各房都是各管各的，但咱們畢竟沒分家，不可能所有事情都是這樣算的。」

沈如意笑著說道，各管各的是私事，府裡的人情往來，以及舉辦宴會、過年過節那可都是公中的事情，這些事情誰負責的？除了三房，就是二房啊。

老夫人是偏心，可二老爺也是老夫人的親生兒子。三房撈夠本了，二房不能連喝口湯的機會都沒有，而且老夫人很懂得打一個拉一個的道理，她不喜歡沈侯爺，那剩下的兩個兒子自然要拉攏到一起。

若是偏得太狠了，二房也會不高興，指不定就會投靠長房了，老夫人自然不願意看到這種情況發生，所以對於二房，老夫人也得拉攏著。那麼，三房有機會時，二房也會有。

「不過是小打小鬧，大事情還有老夫人當家作主呢。」沈二夫人也拿不準沈如意這句話是嘲諷還是什麼，趕緊說道。「老夫人之前身體好得很，又一向有自己的主意，那會兒大嫂不在京城，侯府的事情也都是老夫人出面打理的。」

反正瞧著老夫人的身體不大好，以後沈夫人就成了侯府真正的當家主母，沈二夫人趕緊將以前的事情推個乾淨。有老夫人在前面頂著，她這個小蝦米就不用遭殃了。

「二嬸娘不用擔心，凡事有定例，這次壽宴不過是更大一些。」

沈二夫人臉上的笑容不變，心裡卻嘀咕了一句：正是因為更大了一些，事情才更多更繁瑣更危險，忙中出亂。

「二嬸娘就幫幫忙吧，再說，我娘剛回京沒多久，出門的次數一隻手都能數得過來，到時候定是會來許多貴客，二嬸娘怎麼也得替我娘介紹介紹不是嗎？」沈如意笑著說道。

沈二夫人對這個更心動。不管什麼時候，人脈總是最重要的，連錢財都比不上。雖然二夫人自己也能出門交際，但是沒帶著侯府的名頭，那交際的層次就不一樣。二老爺不過是個四品官，她交好的人家，也不過是四品官的人家。

就像這次借菊花的事情，若不是有沈如意，她上門的時候又暗示了明珠郡主和六公主都可能會來，誰會答應將自家寶貝借出來？

這些人不是看在她沈二夫人的面子上，而是沈家大姑娘沈如意的面子，再往深裡想，給沈如意面子就是給沈侯爺面子。

「二嬸娘也先別急著推辭，我知道您平日裡忙得很，又要照顧二叔父，又要照看我的弟弟、妹妹，還得去照顧老夫人，只是，這壽宴的事情，我也實在是沒辦法，又找不到別人幫忙。」沈如意很是為難。「其實我原先想著，讓三嬸娘也幫幫忙，只是我娘說，怕是三嬸娘年輕，她連自己院子裡的事情……」

沈如意沒說下去，沈二夫人卻知道下半句是什麼。

「二嬸娘您先想想，看這幾天有空沒有，若是有的話，就去和我娘商量這壽宴的事情，若是沒空……」沈如意嘆口氣。「我只好去問問三嬸娘，看她這段時間有沒有空了。」

沈二夫人笑著點點頭。「那行，我先想想，回頭盤算盤算，若是有空，必定過去幫忙，若是沒空，看在如意妳的面子上，我也得擠出點兒時間才行。」

沈如意臉上的笑容立刻燦爛了幾分。「那太好了，我可就等著二嬸娘過去了。」

起身給沈二夫人行了禮後，沈如意叫來丫鬟進來搬花盆。「這菊花的事情，我也得多謝謝二嬸娘，若非是二嬸娘幫忙，這次的賞菊宴我可就要丟人了。二嬸娘回頭和佳美說一聲，讓她學規矩的時候抓緊時間，早些學會了，也好早些過去找我。賞菊宴的事情，也得請佳美多過去幫忙呢。」

「回頭我一定和她說，她肯定高興！妳不知道，她盼著這個賞菊宴都盼了多久，每天回來就是問我知不知道什麼時候舉辦賞菊宴，問得我頭都大了。」沈二夫人笑著說道，她自己沒有起身送沈如意，只是叫了外面的丫鬟。

等沈如意離開後，她才開始細想剛才沈如意的話，說實話，她從不覺得沈如意是個不懂事的小姑娘。

若是不懂事，能想辦法為盧婉心搭上何家那條線？若是不懂事，能費盡心思為盧婉心弄來節孝牌坊和聖旨？若是不懂事，能在回京如此短的時間裡，幫著盧婉心站穩腳跟？論才智，沈如意的年齡和她的頭腦實在不匹配，可沈二夫人不得不承認，就連她自己都有可能鬥不過沈如意。

壽宴這事情，說是大辦，可是以沈如意的能力，不可能掌控不住。哪怕是這宴會再擴大十倍，沈如意說不定都能遊刃有餘。那麼，她為什麼要找人幫忙？

只是為了讓盧婉心別那麼累？別扯了，管家這種事情，當家夫人皆是自己上場幹活的，不就是制定好計劃，然後分配任務，動動嘴皮子的事情嗎？

還有沈如意剛才說若是她不願意，就要請三房的人出面。不是她看不起三房，而是三弟妹那出身，實在是管不起這個侯府，她連自己院子裡的事情，都還得讓身邊的嬤嬤拿主意，她能幹什麼？

沈如意現在辦事，是越來越讓人看不懂了。不過，自己也沒必要害怕她吧？

沈二夫人輕笑了一聲，這可是沈如意自己提供的機會，若是放過了，就實在太可惜了。不管沈如意是打著什麼主意，到底是個小姑娘，難不成能在壽宴上給侯府一個大大的沒臉？即使她想做什麼事情，也不能在壽宴上弄得人盡皆知吧？

退一步說，沈如意想要利用她，可若是她不配合，沈如意能有什麼辦法？牛不喝水強按頭，那也得她能按得動是不是？

心裡已經有了決定，沈二夫人卻不急著派人去和沈如意與沈夫人說，這次可是沈如意在求人，她不吊吊沈如意的胃口，那沈如意以後有什麼事情，還會對她這麼恭敬嗎？

沈二夫人揚聲叫了自己的大丫鬟過來。「讓人盯緊了長房和三房那邊，若是沈如意去了三房，就趕緊來和我說一聲。」

丫鬟應了，沈二夫人這才放心繼續做自己的事情去了。她娘家過段時間就要進京，她這段時間得先將二房的事情給處置好，等娘家的人過來，才能騰出時間和娘家的人相處。

只是，沈二夫人還沒來得及做事，就聽外面的丫鬟說道：「夫人，長春園那邊來人了。」

沈二夫人微微皺眉，卻不敢將長春園的人攔在外面，忙叫人請過來。

來者是榮梅，是長春園剛選上沒多久的大丫鬟，由於被嬤嬤精心調教過，一點都看不出來是從莊子新上來的。

「榮梅怎麼有空過來我這裡？」沈二夫人笑著說道。

那榮梅笑盈盈地行禮。「二夫人一向安好？奴婢早就想過來給二夫人請安了，只是老夫人那裡離不開人，這才一直拖到現在。二夫人這會兒可有空？老夫人那裡，有事情找二夫人商量呢。」

「有事？今兒早上我過去請安的時候，還沒什麼事呢。」二夫人有些疑惑。

榮梅微微搖頭。「奴婢也不知道，老夫人剛才和三夫人說了一會兒話，忽然就想起來叫二夫人過去了。」

沈二夫人將這幾個消息在腦袋裡轉了半天，還是有些不明白。最近她和三房已經有些疏遠了，除了早上請安的時候，基本上就不怎麼見面。她自己不愛出門，只在自己的院子裡待著，三夫人也不願意出門，幾乎是半年都沒出過侯府大門了。

「二夫人過去看看不就知道是什麼事情了嗎？」榮梅笑著說道。

二夫人忙笑道：「我就是有些納悶，三夫人一向將老夫人伺候得很周到，老夫人怎會這會兒想起我來。妳且等等，我換了衣服就過去。」

榮梅笑著應了，等沈二夫人換好了衣服，一起前往長春園。

老夫人已經半躺在床上，後面靠著大大的軟枕，三夫人坐在床邊給老夫人剝橘子，老夫人吃了一口，微微皺眉。「太酸了些，盧氏那賤人，定是將好的都留下了，只給我送來這些酸不溜丟的東西！」

沈二夫人眉頭微微動了動，老夫人這話說得有點兒偏頗。不過，老夫人又不是在罵她，她只要不張嘴就行了。

等請了安，老夫人招手，沈二夫人笑盈盈地過去，沈三夫人忙起身讓開自己的位子，沈二夫人伸手按住她肩膀。「妳可別起來，老夫人最疼愛妳了，一瞧見妳，連飯都能多吃一碗，妳坐在這裡啊，老夫人只看著妳就高興。」

往常沈二夫人這樣說，老夫人定是也會將她拉過去，心肝兒地喊，極力表明自己是同樣疼愛沈二夫人。只是這會兒，老夫人早已經將以前的冷靜給扔得一乾二淨了。

一而再、再而三的失敗，甚至她都殘廢了，若是再不除掉那母女倆，她覺得自己都快活不下去了。什麼慢慢來，什麼等待時機，她一刻鐘都等不了！

她變得暴躁易怒，變得疑神疑鬼，不管誰說一句什麼，她都覺得是針對她。

所以沈二夫人的話音一落，老夫人就冷笑了一聲。「妳是說我太偏心？」

沈二夫人不知道老夫人竟會是這個反應，一時愣住了。

老夫人更怒了。「妳在抱怨我偏心，在埋怨我向著三房，不搭理你們二房？」

「我不是這個意思。」沈二夫人總算回神，忙解釋道。

沈三夫人也趕忙拉住老夫人的手拍了拍。「老夫人，二嫂不是那個意思，二嫂是開玩笑呢！您別生氣，您看都嚇著二嫂了，二嫂對您一向孝順，這樣說，可是要讓她傷心了。」說著，她又向二夫人解釋。「老夫人病的時間長了些，長時間沒出門，就有些煩，二嫂千萬別和老夫人計較才是。」她背對著老夫人，朝沈二夫人擠眉弄眼又是用唇形說話。

沈二夫人心裡惱極，臉面上卻不顯，只順著三夫人的話笑道：「老夫人，您可真是冤枉我了，誰不知道您老人家是最公平了，我真是開玩笑的，想著讓三弟妹也坐這兒，咱們三個能親近親近。」

老夫人在三夫人的安撫下，總算是將暴躁脾氣收起了一些，又得了三夫人的暗示，知道這會兒不能氣跑了二夫人，就順著坡下來了。「也是，我病了這麼長時間，見什麼都生氣，不是妳的錯，妳快坐下吧。」

沈二夫人在床邊一坐下，老夫人就拉著她的手拍了拍，算是安撫她。「我心裡知道，妳和老三家的，最是孝順了，我這輩子，有妳們這兩個兒媳，真是上輩子積福了。若不是有妳們兩個，哪怕是我餓死在這病榻上，都不會有人來看一眼。」

沈二夫人笑了笑沒接話，這話若是傳出去，那就是說沈夫人大不孝，沈夫人的節孝牌坊還在，皇上賞賜的匾額也在門上掛著呢，她又不是不要命了，跟著老夫人說這樣的話。

「妳們且放心，妳們孝敬我，我日後也不會虧待妳們的。」老夫人只當是沒瞧見沈二夫人的臉色，繼續說道：「我雖說沒多少私房錢，但我那嫁妝什麼的，都還留著呢，妳們對我好，我心裡有數，以後我的這些東西，可都是要留給妳們的。」

沈二夫人看了看老夫人，有些詫異。以往老夫人別說是將自己的私房錢給他們了，連說都不會說。今兒倒是奇怪了，竟然自己提起私房錢的事情了。

說不心動那是假的，老夫人的娘家也是世家大族，要不然也不會嫁給老侯爺。當年的十里紅妝，現在說起來還是有人能記得。只可惜，老夫人的娘家當年參與到奪嫡的事情裡，竟是做出謀害皇子的事情來，當今聖上一登基，老夫人的娘家幾乎被抄斬殆盡了。

禍不及出嫁女，再加上老侯爺重情重義，老夫人這才半點兒沒被波及到。

錢財這東西，一個人獨占最好，兩個人分太心疼，三個人分就要心疼得睡不著了，跟割肉一樣。老夫人這會兒可是親口說了，要將自己的私房錢分給二房和三房。

雖然心動，但沈二夫人卻還是沒接話。她又不是傻子，這普天之下哪有天上掉餡餅的好事？老夫人這人雖不是愛財如命，卻也不是個大方的人，忽然說起這私房錢，那必定是還有事情要說啊。

若是能辦，為了這一筆錢財，她或許能考慮考慮。可若是不能辦，她就只能放棄了。有錢也得有命花，老夫人要做的事情，能是小事嗎？

剛才還說到沈夫人，暗示大嫂不孝順，說不定這事情，就是和長房有關係。盧婉心是好欺負，但是，盧婉心背後站著的是那個鬼靈精沈如意，還有一個從不顧情面的沈侯爺，那可不是好招惹的。

「老夫人您說什麼呢，之前太醫不是說，妳已經大好了，只要再養幾天就行了嗎？」三夫人伸手給老夫人揉了揉腿。

老夫人嘴唇動了動，好半天才嘆氣。「就算是好了又怎麼樣呢？我這雙腿已經廢了，以後別說是院門了，連屋門怕是都出不去了，即使好了，還不照樣是在屋子裡躺著。」

「您啊，就是太在意了些，這不是還有輪椅嗎？您若是想出門，還有我和二嫂能推著您出門。就算我們兩個不行，您還有兒子，還有孫子，不用輪椅，揹也能揹著您出門。」三夫人笑著說道。

沈二夫人忍不住好奇地看了三夫人一眼，一段時間沒見，三弟妹這口才倒是長進了不少啊。

「生孩子不就是為了養老嗎？」三夫人繼續說。「要是他們不孝順，要他們有什麼用？」

老夫人忍不住大笑。「說的是這個理，要孩子可不就是為了養老，這人啊，一旦上了年紀，就要這兒不舒服、那兒不舒服了，到時候可就要孩子們在身邊伺候了。拉拔那麼大，不就是為了等自己老了、躺在床上不能動的時候，孩子能搭一把手嗎？老二家的，妳說是不是？」

沈二夫人笑著點頭。「您說得是。」

老夫人滿意地點頭，又說起別的話來。「說起來，妳們不知道，前朝的時候，京城有一戶姓平的人家，也是高門大戶，那家的長子也是個侯爺，家裡兄弟五個，都是親生的……」

沈二夫人挑挑眉。這是要開始講古了，話鋒有點兒不大對，剛才不還在暗示長房不孝順嗎？唔，以古諷今？

抱著各種心思，二夫人和三夫人對老夫人就更是熱情了，半個字都不會讓老夫人不高興。婆媳幾個以往相處很是和睦，今兒就更是和睦了。

第二十五章

沈如意正核對著明兒宴會上的點心和菜單，就見丫鬟進來回話。「侯爺身邊的回春過來了，說是有事情找姑娘，姑娘要見嗎？」

那必須要見啊！沈如意放下單子，讓夏冰去請了回春進來。

回春是個小廝，十分懂規矩，從跟著夏冰進門到站在屋子中間，頭都沒抬，只盯著腳下那片地方。

他進了門就給沈如意行禮。「姑娘好，小的給姑娘請安，六殿下帶了幾本書過來，侯爺說那些書他不喜歡，讓姑娘您過去看看。」

沈如意挑了挑眉。六皇子？

「好，我現在就過去吧。」一點了點頭，沈如意起身步出房門。

來到沈侯爺的書房前，丫鬟們留守在外面，沈如意則推門而入。

此時沈侯爺在書桌後面坐著，手裡正翻看一本棋譜。六皇子則坐在書桌前，兩手搭在腿上，坐得規規矩矩，眼睛一直看著門邊，見沈如意進來，瞬間露出個大大的笑容。

沈如意忙行禮。「見過六殿下，給六殿下請安。」

六皇子連忙伸手虛扶了沈如意一把。「不用和我客氣，咱們兩個都這麼熟悉了，也算是至交好友，妳見了我就和見了朋友一樣，就像是明珠和六妹她們，妳見了她們不也是免行禮的嗎？」

「那怎麼能一樣。」沈如意忍不住笑，至少那兩個是女孩子。

六皇子看見她臉上有一絲戲謔，雖然感到有些莫名其妙，卻還是直覺地不糾纏這個問題。「我之前不是和妳說，從江南那邊買了幾套書回來嗎？本來想早些給妳送過來的，只是回去之後，父皇忽然交給我一份差事，這一忙就忙到了現在，讓別人送過來我又不放心。」

其實他就是想趁著送書過來的機會，見一見沈如意，若是讓別人送來，那還怎麼見面？

沈如意正要開口，忽然就聽見幾聲咳嗽，一轉眼就瞧見沈侯爺，還是和剛才一樣的坐姿，到現在連動一下都沒動，視線下垂看著書，手指在桌子上輕輕敲了敲。

沈如意忙行禮。「父親。」

「嗯，過來坐吧。」沈侯爺平心靜氣，一掀眼簾，又看六皇子。「六殿下也請坐吧，不用客氣，咱們也時常見面，就不用太多禮了。」

這話簡直不知道該怎麼接，沈如意索性不理會這句話，直接繞過書桌，在沈侯爺身邊坐下了，六皇子看了看沈如意，又看了看沈侯爺，乖順地重新坐下了。

再次張口，簡直不知道該說什麼，想說點兒情意綿綿的話，但沈侯爺那身形，誰都忽略不了。要說點兒普通的話題，實在是太浪費這大好的時機，誰知道下次見面是什麼時候？

「我聽說侯爺喜歡喝太平猴魁，今兒下了早朝，我特意向父皇要了一些，侯爺要不要嚐嚐？」沈默了一會兒，六皇子忽然想起自己還帶了討好未來老丈人的禮物，忙起身從旁邊的盒子裡拿出一個青花圓罐子，恭恭敬敬地送到沈侯爺面前。

沈侯爺這才給面子地輕哼了一聲，接了那茶葉罐子，打開聞了聞，笑著點頭。「不錯，上等的太平猴魁，不愧是御品，多謝六殿下了。」

「不用謝、不用謝。」六皇子趕忙擺手，憨笑著摸摸後腦勺。「侯爺喜歡就行，若是侯爺喝著好，下次宮裡還有，我就再給侯爺帶過來一些。」

沈侯爺忍不住笑，這御茶，宮裡能有個三、五斤就差不多了，然後皇上還要將這御品這個賞賜一點兒、那個賞賜一點兒，留下來的能有多少？六殿下能帶出來三、五兩就是頂天了，這一罐子，差不多是二兩，估計皇上已經是心疼到不行了，說不定他這邊送過來，那邊皇上就能再要回去。

「只有茶葉嗎？」沈如意探頭瞧了瞧。

六皇子有些不明所以，沈如意轉頭看沈侯爺。「父親，我娘不喜歡喝這個茶葉的，我娘喜歡喝花茶。」

以前在盧家是沒那個條件，後來去莊子上更不要說了，幸好沈夫人也不挑，莊子上那些花茶，她也很喜歡，喝的時間長了，亦喜歡上那種味道。

沈侯爺看向六皇子，六皇子恍然大悟——光顧著討好未來老丈人，竟是忘記還有未來岳母了。想要順順利利娶到老婆，必定要討好老丈人，老丈人點頭了這門親事才能算，他才能選好日子上門提親，可想要日後過得好，那就得討好岳母大人了。

雖然說，丈母娘看女婿，越看越喜歡，但若根本不願意討好岳母大人，那喜歡的可能性真不大。

「皇祖母也喜歡喝花茶，她那裡有不少花茶，不知道沈夫人喜歡什麼樣的，回頭我去向皇祖母要一些。」六皇子忙說道。

沈如意看沈侯爺，沈侯爺輕咳了一聲。「她喜歡玫瑰茶。」

沈如意這才轉頭看六皇子，六皇子忙點頭。「皇祖母倒是不大喜歡喝這個，不過，母后那裡有不少的玫瑰茶。」

沈侯爺滿意了，就將話題扯回來。「六殿下不是說帶了書過來嗎？如意也是個喜歡看書的人，聽她說你平日裡得了好書都會和她討論，今兒得了什麼好書？」

「是從江南得來的，有兩本話本，還有一本點評、一套志怪雜談。」六皇子不好意思地說道。

沈侯爺點點頭，又看向沈如意。「去吧，若是喜歡，回頭我讓人多買些書回來。」

沈如意嘴角抽了抽，實在想不明白今兒沈侯爺怎有些不尋常，原先他根本不管她和六皇子之間的來往，現在怎麼忽然變得婆婆媽媽了，連他們要看書都要在一邊監督著！

瞧見六皇子正看著自己，沈如意只好點點頭，先過去看書了。有外人在的時候，她從來都是乖巧溫順且聽話的人，從來都不和沈侯爺作對。現在她還沒嫁人呢，若是傳出去她頂撞長輩，以後都別想嫁出去了。

「這是我上次和妳說過，那個江南有名的才子寫的書，這一本是新的，這一本我寫了批註在裡頭，妳看的時候也寫上批註好不好？」六皇子壓低了聲音，笑咪咪地說道。

沈侯爺在另一邊又咳了一聲，六皇子趕忙閉嘴，朝沈如意眨眼，眼裡帶著笑意。

沈如意也忍不住笑，伸手接了那書，翻看了有批註的部分，先奪了視線的就是上面的字跡，雋秀飄逸，行雲流水，十分漂亮。都說字如其人，這一手字，果然是溫潤如玉。

「妳看，我最喜歡這一本了，很是大氣，奇思妙想，我都覺得驚訝，這人竟能想到這麼多的東西。」六皇子笑著說道。「描寫又是這麼的真實，我有時候都會想，這樣的東西是不是真實存在，或者說這樣的東西，是不是都在另外一個世界存在著，然後作者得了某種機緣，能一窺天機。」

「說不定呀，就像是我們平時作夢，不也是稀奇古怪得很嗎？」沈如意笑著說道。

六皇子忙點頭。「對，我以後也要寫書，寫一本巨著！」

沈如意有些驚訝，之前六皇子也說過他以後想要寫書，沈如意還以為他只是說著玩玩，可能就是寫幾本話本，再或者就是寫一些類似雜談之類的東西，卻沒想到，六皇子竟然志向遠大，想要寫一本巨著！

「好，有志氣！」沒等沈如意說話，沈侯爺忽然拍手笑道。「我沈某人的女婿，自然不能是庸才，你有這個志向，我定全力支持！你父皇那裡，我也會幫你說話的，你只管做你喜歡做的就行。」

六皇子激動得滿臉通紅，不光是因為沈侯爺說會幫助他，會支持他這個想法，更是因為沈侯爺之前的那句話——我沈某人的女婿，這是不是說明，沈侯爺是真的答應這門親事了？

和以前的似是而非不一樣，這可是明明白白地說出來了！

「爹，你湊什麼熱鬧啊？」沈如意轉頭，簡直想將沈侯爺轟走了。

沈侯爺笑咪咪地摸摸下巴。「說起來，這太平猴魁可是難得的御茶，讓不懂茶葉的人來泡簡直是糟蹋了，你們且等著，我自己去泡一壺來。」

說完，沈侯爺起身，走人，乾脆俐落，讓沈如意目瞪口呆。

六皇子則是十分欣喜地目送沈侯爺走人，轉頭就問沈如意。「如意，妳覺得如何？我想寫一本巨著，妳會支持我嗎？」

沈如意抬頭看六皇子，這人還很年輕，二十不到，有夢想、熱情、目標。忽然面對他，沈如意就有些無措了，自己這輩子，是想要做什麼呢？剛重生的時候，想過要將日子給過好，平平安安地過一輩子，可然後呢？等安全了呢？等沒有了性命威脅的時候呢？

每天就是看看帳本，聽下人們回事，然後發發管家的牌子。若是還有空，就看看書、寫寫字，機緣到了就生個孩子，時間到了就能抱孫子，再之後就可以壽終正寢了。

一輩子，除了子嗣，就什麼都沒留下了。

不光是她，女人都是這樣過一輩子。以前，沈如意從不覺得這樣有什麼不對，人活一輩子，不就追求個平平穩穩、一世如意嗎？可對上眼裡寫滿興奮的六皇子，沈如意莫名有些自卑了。

有著這樣理想、這樣目標的人，是不是一個腹有詩書、博古通今的才女，才更適合六皇子呢？自己這樣的俗人，是不是有些配不上六皇子？

「如意？」良久得不到沈如意的回答，六皇子的興奮褪去了一些，有些疑惑地看沈如意。「妳覺得不好？」

「不是，只是覺得，我可能會幫不上你。」停頓了一會兒，沈如意很老實地回答。「你看，我平日裡看書，也不過是看一些話本、雜談、趣聞之類的東西，連史書我都不喜歡，可你想要寫一本巨著，我一點兒都幫不上忙。」

六皇子剛才太激動了，所以沒發現沈如意的異常。可他也是個聰明人，這會兒沈如意低著頭沒能掩飾住她的沮喪，六皇子一眼就看出來了，忍不住笑。

「妳現在也能幫得上忙啊，我想要知曉什麼，可以告訴妳具體一些，讓妳幫我查閱古籍，我們也可以一起翻書看、一起討論，妳為什麼不能幫上我？就算妳平日裡只喜歡看話本之類的書，可妳喜歡的也是大部分人都喜歡的，我寫出來的書，又不是只要那麼一小撮人看，我想要更多的人去看，妳為什麼不能給我建議？」

「不一樣的。」沈如意搖頭。

六皇子笑道：「有什麼不一樣？若是妳喜歡的和我不一樣，那我寫書的時候，妳若是閒著，也可以自己寫一本書啊，就當是陪著我寫。」

不等沈如意說話，六皇子又說：「我若是要找一個能幫我寫書的人，乾脆就別成親了，只和翰林院的那些老頭子們待在一起就行了。或者，我自己一個人住在書庫裡，想什麼時候看書就看書，想查閱什麼古籍就查閱，連睡覺吃飯都可以自己作主了，一輩子不離開書庫，成親了有什麼好處？吃飯的時候有人管著，睡覺的時候有人管著，生了孩子更是麻煩，不是白白耽誤時間嗎？」

沈如意的眉頭皺得更緊了，六皇子接著道：「如意，我知道妳擔心什麼，妳是怕自己幫不上我，也總覺得內宅婦人，天長日久地管家，時間長了就變成俗人，每日裡除了管家的事情，就再也找不到話題和我說話了，對不對？」

愣了一下，沈如意抿抿唇，沒有說話。

「如意，這世上九成九的夫妻，喜好都不一樣。就比如說我父皇和母后，他們兩個這些年也算是恩愛，可我父皇整日處理政務，母后管著後宮，他們兩個見面，難不成就一句話都不說嗎？」

那是因為他們基本上見不了多少次面，說起來，其實她以前一直覺得皇上應該白天待在自己的乾清宮，除了看摺子就是和大臣們商量事情，晚上入睡的時候，再隨便挑選一個宮殿就寢。

談什麼感情深厚啊，皇上就不應該有感情的嘛。

大約從沈如意的臉色上看出了些什麼，六皇子自己也反應過來皇上和皇后這一對天下至尊的夫妻，是不能和尋常人相比，於是他果斷換了個例子。「妳知道沈侯爺喜歡做什麼嗎？沈夫人呢？」

沈如意簡直想瞪六皇子了，這京城裡，誰不知道沈夫人被沈侯爺送出京城十年，連一眼都沒有去看過，若不是後來有了節孝牌坊，說不定沈夫人就要老死在莊子上。

再說上輩子沈夫人那下場，沈侯爺難不成半點兒過錯都沒有？

六皇子也有些尷尬了，伸手摸摸鼻子。「那個……我不是這個意思，我是說，並非是只有共同的目標、共同的喜好，才能成為夫妻。夫唱婦隨是夫妻恩愛的一種，琴瑟和諧也是夫妻恩愛的一種。妳看，妳平日裡看了什麼好看的話本，對我講的時候我有過不耐煩嗎？我平日裡喜歡看的書，我和妳討論的時候，妳有過不耐煩嗎？」

那真沒有，偶爾看多了話本，也是要換一本別的書看看，比如說史書。只看話本，人會看傻的，上輩子沈如意可就聽聞過那看多話本而移了性情的貴女。

「妳的擔心根本不成問題，大不了，我寫書的時候妳也寫書。等將來成親了，咱們府裡要建一個特別大的書房，妳一張桌子，我一張桌子，我寫字的時候妳也寫字，妳不想寫字了就可以找我說話，我想查書也可以讓妳幫忙，我們寫完了，彼此還可以交換著看。」

一開始說成親之類的詞語，六皇子還有些不好意思，總是想要伸手摸摸鼻子，或者撓撓下巴，再或者摸摸後腦勺，可說多了，六皇子的話就變得順溜了。

好吧，不光是話變得順溜了。他越說眼睛越亮，對未來的描述也越是詳細。「前朝不是有著名的女詩人嗎？如意妳也可以寫一本詩詞，即使妳不喜歡詩詞，那妳可以寫個話本啊！妳看了那麼多的話本，妳可以寫一本流傳千古的話本，就好像梨花白！」

「……」已經沒有任何詞語能讓沈如意表達自己的心情了。

梨花白！難道她就只能寫一本梨花白！那梨花白是什麼好書嗎？多少年了，它在閨閣之中還是禁書，她要寫，就要寫不管男女老少都能看的話本！

不對，不是這個，她什麼時候說要寫話本了？

「在看書之外，我也有很多其他的愛好，比如說畫畫、下棋，妳就將管家當作是妳看書之外的另一個愛好不就行了？再說，也不過是一、二十年的時間，等以後咱們的兒子娶媳婦了，妳就可以不管家了……」六皇子還在嘮嘮叨叨地說。

沈如意臉色通紅。成親什麼的已經夠難為情了，還要生兒子娶媳婦，六皇子你想的是不是太長遠了一些？

「真的，如意，妳相信我，我絕不會讓妳後悔嫁給我的。」說了一大堆，六皇子總算是將這句話說出口了，因為之前說得太順溜了，這一句雖然難為情，卻也沒打結。

沈如意抬頭看六皇子。說起來，六皇子雖然長相不如四皇子英俊，卻也是清秀溫和，另有一種魅力。

「我不是擔心你會只顧著寫書而冷落了我，也不是擔心跟不上你的腳步。」這些都是可以彌補的嘛，若是自家的男人只會寫書，不會喝花酒、不會眠花宿柳、不會爭權奪利，那簡直太省心了。

「我是擔心生活太平穩……」沈如意猶豫了一下還是說了出來，她重生之後的第一個願望，也是唯一的一個願望，就是一輩子過得順心如意、平平穩穩。

可六皇子是什麼人？他是皇子，皇家血脈，天生就有勾心鬥角的本能。

「這個妳就更不用擔心了。」六皇子微微側頭，皺了皺眉。「或許妳是對我太沒信心了吧？我以前不是已經和妳說過了，那些事情與我無關，之前沒有關係，以後也沒有關係。

「就算是不相信我，妳也應該相信沈侯爺，他會將妳嫁給一個不知道輸贏結果的人嗎？」六皇子微微挑眉。

沈如意嘴角抽了抽，以前六皇子是暗示過，他以後根本不會去搶皇位。可是，誰能保證，自己說得出就一定能做得到？

不對勁！自己的心態很不對！忽然之間，沈如意就反應過來了，自己之前在明珠郡主家的莊子上，不是已經想過了嗎？六皇子是個可靠之人，自己若是嫁給六皇子，以後就不用擔心什麼了。

怎麼這會兒，竟會生出這麼多的擔憂？也不對，好像不光是擔憂，有些……竟是有些患得患失的感覺！

沈如意瞬間就驚了，自己怎麼會有這種感覺？若非是十分看重一個人，怎麼會患得患失？難不成……

「如意？」六皇子喊了一聲。

沈如意忙抬頭。「啊？」

「發什麼呆，又想起什麼了？」六皇子是自覺剛才的話題已經結束了，自發提起另外一個話題。「若是妳覺得可以，我這段時間就找人上門提親，過年的時候父皇就能賜婚了，說不定明年就能成親。對了，成親之前，咱們的府邸得重新修葺一下，我現在身上還沒有爵位，等我成親的時候，父皇肯定是要賞賜我爵位的，以前皇兄們成親都是這樣。

「府邸是咱們兩個的，自然也是要妳喜歡才行，妳喜歡什麼風格的？這種規規矩矩的遮進院子，還是那種精緻的園子？」六皇子笑著問道。

沈如意也被帶歪了。「園子吧，多修建幾座風格不同的園子，咱們在自家也能賞景。」

「好，那就修建成園子，回頭我請了人畫圖，然後送過來給妳看好不好？」六皇子笑著問道。

沈如意自然沒意見。她一邊和六皇子說話，一邊忍不住打量六皇子，喜歡一個人，不應該是想起來的時候就高興嗎？怎麼自己見不到六皇子的時候，就從來沒想過呢？

既然沒想過，那就不是喜歡，既然不是喜歡，那為什麼又患得患失？

連沈如意自己都想不明白自己的心思了，到底是喜歡還是不喜歡，都不能乾脆點兒嗎？

「差點忘記了，還有一件特別重要的事情！」六皇子忽然一拍手，笑著說道：「如意妳明天不是要舉辦賞菊宴嗎？那天我是不能來的。」

請的都是女賓，六皇子當然不能來。

「不過，我有禮物送給妳。」六皇子笑咪咪地說道。「這會兒沒帶來，妳且等等，一會兒就能送過來了。」

話音剛落，就聽外面沈侯爺說話。「六殿下，您身邊的公公過來了，說是有事找您。」

六皇子忙出門，沈如意也跟隨其後，到了院子裡就看見一個年輕的公公站在中間，腳邊放著一個很大的盒子。

「見過殿下，見過沈姑娘。」那公公笑著行禮，然後將盒子抱到六皇子身邊。「殿下，您讓奴才找的東西，奴才已經找來了，您看看滿不滿意？」

六皇子親自蹲下身子打開盒子。

沈如意探頭一瞧，忍不住笑問：「菊花？」

「是啊，妳不是要辦賞菊宴嗎？這盆菊花可是珍貴得很，是父皇親自養的，我磨了很久父皇才答應給我的。」六皇子笑得燦爛。「妳看看喜不喜歡。」

就憑著六皇子的一番心意，沈如意也得喜歡啊，更不要說那盆是皇上親自養的菊花，是一般人能得到的嗎？連皇后那裡……好吧，她也不知道皇后那裡有沒有，但至少連沈侯爺都弄不到啊！沈侯爺再怎麼被皇上看重，那也是個中年大叔，一個沒有任何關係的中年大叔，能比得過皇上自己的親兒子嗎？

「喜歡，真好看。」沈如意笑著點頭，伸手摸了一把層層疊疊的花瓣，轉身給六皇子行禮。「多謝六殿下了。」

「不用謝。」六皇子笑著擺手，說完又伸手摸摸下巴。「不對，不說咱們即將訂親的事情，咱們也算是朋友了吧，妳也別總是叫我六皇子了啊，多生疏啊，就叫我的名字吧。」

沈如意笑著點頭，六皇子興致勃勃地說：「妳先喚我一聲，我聽聽。」

「承文。」沈如意也不扭捏。剛才說生孩子那樣的話題都不害羞了，現在不過是叫個名字，有什麼好尷尬的，不就是個名字嗎？六皇子都叫多少次如意了？

沈如意剛叫完，沈侯爺咳嗽了一聲。「時候不早了……」

六皇子看看天色，沈如意也跟著仰頭，然後兩個人一起看向沈侯爺。

沈侯爺背著雙手，臉上帶著三分笑意。「六殿下，您不是還有差事要忙嗎？」

「已經忙完了。」六皇子一對上沈侯爺，自動變蠢。「所以我才趕緊來找如意的，之前答應來給如意帶書的，一直拖到現在，我怕如意等急了。」

「如意若是想看書，自有我派人去買，六殿下就不用操心了。」沈侯爺很大度地擺擺手。「六殿下還是要以差事為主，雖然差事辦完了，但可以盡善盡美一些，讓皇上更高興，下次你要菊花的時候也更容易一些，你說是不是？」

六皇子點頭，沈侯爺笑吟吟地伸手示意一下。「所以，六殿下還是先回去吧，差事要緊。」

六皇子張張嘴，又閉上，轉頭很依依不捨地告別。「如意，那我就先回去了，妳若是有什麼事情，直接讓人去府裡找我就行了。」

想了想，他想對沈如意說的話還有很多，但是當著沈侯爺的面，是一句都說不出來。

沈侯爺讓回春送了六皇子走人後，就領著沈如意回書房。

「怎麼樣？和六皇子接觸了幾次，覺得他這個人還行吧？婚事上，妳沒有什麼意見了吧？」

沈如意笑著點頭，將剛才沈侯爺拎過來的茶水倒在茶杯裡，端了一杯遞給沈侯爺。「多謝父親，若不是父親，我現在還在猶豫呢，六皇子確實是個不錯的人選。」

「嗯，妳喜歡就好。」沈侯爺抿了一口茶，享受地瞇了瞇眼。「賞菊宴都準備好了？」

「準備好了，有雲柔和佳美幫忙，我輕鬆了很多。」沈如意笑著說道。

沈侯爺頓了頓又問道：「壽宴的事情，準備得如何了？」

「也差不多了，採買上的事情只要吩咐下去就行了，宴會的菜單是娘定下來的，請來喜班的戲班子，當天的各項事情是由二嬸娘來安排，二嬸娘說後天再和我娘商量。」

這壽宴還不光是要吃一頓飯，什麼時候客人會到，哪一道門是誰負責迎接客人，哪一道門是誰負責引領客人，之後是誰負責茶水點心，飯前有什麼活動，飯後有什麼活動……亂七八糟的事情一大堆。

誰家送了什麼禮，你得接了禮單再對一遍，然後記下來，之後再回同等價值的禮。老夫人因為病重，也不能所有的人都見，所以誰能去見老夫人，誰只能在門口站一會兒，這都得安排好。

「三嬸娘到時候就負責器具之類的東西，也都安排好了。父親就放心吧，到時候我會陪在我娘身邊的。」

到時候要用什麼茶杯、茶壺和碗碟，萬一誰不小心打碎了一個，一套都得跟著換，這個聽起來輕鬆，其實也不怎麼輕鬆。

沈如意在書桌前坐下，猶豫了一下，還是將自己的計劃略微提了提。「之前我娘一不小心聽見了老夫人的那個……」

偷偷打量沈侯爺的臉色，見並沒有動怒的跡象，她才接著說道：「後來父親指點了我一番，所以我就想著，讓二房出面……」

沈侯爺挑眉。「妳要將二房當槍使？」

「也不是，若是二房自己沒那個心思，那我不管做什麼，二房只要不接招就完全沒他們什麼事，可二房自己立場不穩，我這邊不過是稍微試探了幾句，老夫人那邊就是個空口承諾，二房都願意鋌而走險，可見一開始就不是什麼好人。」

不用問，沈侯爺都明白老夫人的空口承諾是什麼。除了侯府的家產，就是侯府的爵位了。二房沒缺錢缺到不要命的程度，所以那承諾是什麼，根本不用想。

沈侯爺沈默了一會兒才嘆氣，都說皇帝愛長子，百姓愛么兒，這話其實在這些大家族裡面也通用。嫡長子是要繼承家族的人，承擔更重的責任，所以當爹的人，未免就更疼愛長子，因為那不光是自己血脈的繼承，還是自己一輩子事業的繼承，是家族繁榮昌盛的保證。甚至有些家族，為了保證嫡長子的地位，還會限制下面嫡子的出生。嫡長子和嫡次子，最少也要相差五歲。就好比沈侯爺和沈二老爺，剛好是差了五歲。

老侯爺最疼愛他這個長子。他剛一歲，就抱到前院親自教養了。後來二弟、三弟出生，都是養在老夫人身邊。那會兒，老二、老三懂事的時候，老侯爺和老夫人已經有些不對盤了，一個經年累月住在前院，一個滿心怨憤住在後院。

沈侯爺受老侯爺影響比較多，性子有些冷淡，對老夫人也不是很親近。而老二、老三則是親近老夫人，對老侯爺有些怨言。對親爹都有怨言了，對他這個親大哥，自然也不會有多親近。

可沈侯爺一直牢記著老侯爺臨死之前的交代，再怎麼樣，他們是親兄弟，親兄弟之間不能動手，就算有隔閡，也不能起紛爭。

這些年，哪怕是老夫人將心偏到胳肢窩去了，沈侯爺都不在意。一來他真不缺錢，老夫人想給另外兩個兒子撈取財產，他就當是接濟兄弟了。二來，他不想和老夫人計較，老夫人再怎麼不堪，那也是他的生母，若非是碰到底線，沈侯爺也不願意和她計較。

可沒想到，自己一再容忍，他們卻步步緊逼。不光是想要整個侯府的家產，甚至還想要侯府的爵位，那可是自己的爹臨死之前殷殷交代過的——務必讓沈家繁榮昌盛，保住自家的爵位。若不能更進一步，也不要倒退一步。

錢財乃身外之物，可他不能辜負老侯爺臨終的囑託，再者，他還有兒女，要錢財，他給；可要他性命，甚至是要他所重視之人的性命，這不行，死都不行！

第二十六章

待沈如意將宴會事宜準備就緒，廣平侯府轉眼即迎來了賞菊宴。

「如意姊姊，我可想妳了。」劉明珠一進來，就先飛撲過來抱住了沈如意。她年紀小，個子也矮，抱起來倒也還算能看。

六公主拎著裙子慢悠悠地走進來。「妳是不是想著如意之前說的，咱們京城沒有、唯大名府才有的點心？」

別看京城和大名府相鄰，但是光騎馬趕路也得好幾天，兩邊的風俗還是有些差別。

「才不是呢，我是想如意姊姊了。」劉明珠忙辯駁，頓了頓又說道：「當然，要是有點心吃，那就更好了。」

六公主禁不住笑了起來，沈如意也露出笑容，伸手捏了捏明珠郡主的臉頰，這個明珠郡主，還真是和上輩子自己聽過的傳言一樣，率直天真、坦率可愛。自己這輩子能交到這麼幾個好朋友，也算是幸運了。

「放心吧，一早就給妳準備點心，妳先瞧瞧？」沈如意微微挑眉，伸手指了指大廳。

劉明珠忙點頭，三個人相攜去了大廳，一進門劉明珠就被桌上擺放著的幾盤點心吸引了目光，連忙放開沈如意的胳膊，連蹦帶跳地到桌前驚嘆。「太好看了，這個是什麼做的？」

劉明珠繞著桌子轉了一圈。「可真漂亮，漂亮到我都不敢伸手去碰了。」

「這有什麼不敢去碰的，不過是一盤點心。」六公主笑著說道，伸手就捏了一塊，對劉明珠晃了晃，然後塞進嘴裡。

劉明珠眼巴巴地看她。「怎麼樣，好不好吃？什麼味道？」

「微涼，帶著一些苦味，不過苦得恰到好處，很好吃。我猜，這裡面一定有菠菜汁。」六公主轉頭說道。

沈如意笑著點點頭。「猜對了！裡面這個綠色的花兒，是用菠菜汁弄出來的。」

劉明珠皺著一張臉。「菠菜汁？我最不喜歡菠菜了，這個點心看著最漂亮，但是我不喜歡啊。」

「沒關係，妳嚐嚐，說不定就喜歡了呢？」沈如意將盤子遞到劉明珠跟前。

劉明珠看向六公主，六公主點點頭。「是很好吃。妳試試，完全嚐不出菠菜的味道。」

劉明珠很疑惑。「那妳怎麼知道是菠菜汁做的？」

六公主笑著挑眉。「猜的呀，綠色的通常不就是菜汁嗎？這個季節，能有什麼蔬菜，也就菠菜比較常見些，所以我就瞎猜了一下，沒想到矇對了。妳快嚐嚐，我覺得這個做得挺好的，妳若是不喜歡，等會兒我可就自己吃了。」

搶著吃的東西才是最好吃的，一聽說六公主要搶，劉明珠迫不及待就伸手捏了一塊點心塞嘴裡，細細地咀嚼之後，笑得十分燦爛。「好吃，我決定了，這盤點心歸我了，妳們都不許和我搶。」

「不和妳搶，不過，我估計妳也不能吃一盤，難不成妳就打算吃這一種，其他的不再嚐嚐看了？說不定有妳更喜歡的喔。」沈如意笑著說道。

劉明珠低頭看看桌子，上面擺放十幾盤點心，一個比一個好看：有花瓣形狀的、有捏成小動物的、有晶瑩剔透的、有上面裹著亮晶晶糖粉的、有黃燦燦的、有酥軟的……個個看著都很可口，讓人真想一下子全部吞到肚裡去。可是，肚子就那麼一丁點大，若是全部吞下去，今兒的午膳就別想用了。

她倒是願意不吃午膳只吃點心，可萬一如意家的廚娘做了更好吃的午膳呢？之前如意可是說了，大名府那邊有些菜色，是京城這邊沒有的，即使有，那味道也不一樣。就比如說這紅燒肉，京城這邊的更香軟一些，大名府那邊卻更有嚼勁，肥肉和瘦肉的用量不一樣，可就這麼一點兒差別，口味也是有很大的不同。

真是很難選擇啊，選了點心，說不定就得放棄午膳了；選了午膳，這好看又好吃的點心，就不能吃個痛快，人的肚子，為什麼就那麼小呢？

「妳一樣各嚐一點兒，喜歡哪個，回頭我讓人寫了做法給妳送過去好不好？」沈如意看她糾結了半天還是拿不定主意，索性就替她決定了。「不過是一些點心，回頭妳也將妳們府裡最拿手的點心做法讓人送過來，咱們交換著做好不好？」

「好！」沒辦法拿定主意，沈如意的這個提議就是最好的了。

劉明珠正興致勃勃地點著點心吃，就聽丫鬟們通報，說劉姑娘也過來了，沈如意忙親自去迎了。

走到院子門口就見沈佳美急匆匆地趕過來。「大姊，可是客人都來了？妳怎麼沒讓人叫我呢？若是我來得晚了，那可就太失禮了。」

「正打算派人叫妳，妳自己就過來了。」

沈佳美的話說得有些衝，沈如意也不在意，小姑娘家的，若是不自己吃個虧，永遠都不會長大。再說，她願意看在同是姓沈的分上，提攜沈佳美一把，那也看沈佳美自己爭不爭氣。

沈佳美自己不願意爭氣，沈如意說穿了不過是個堂姊，又不是一個爹娘生的，憑什麼耗費自己的心神去替二房教導他們的姑娘？

現在是一家人，以後可就不一定了。

沈如意的口氣也不怎麼好，說出來的話也有些意思，沈佳美不是真笨，臉色當即就變了，意識到自己有些著急了，趕忙補救。「我本來是想給大姊帶一些點心過來，都是我親手做的，走到門口正好聽見大姊說話，這才問一句，大姊不要誤會了，也別生我的氣。」

「無妨，既然過來了，就跟我來吧。」沈如意不在意地擺擺手，直接往門口走去。

劉寶瑞已經進了內儀門，一瞧見沈如意就揮手。「快快快，我帶了好東西過來，妳讓丫鬟過來幫幫忙。」

沈如意有些好奇。「什麼好東西？」

「妳猜猜？」劉寶瑞笑嘻嘻地說道。

沈如意往後面張望了一眼，恍然大悟。「是不是我上次說的骨牌？」

京城這邊比較流行的是葉子牌，大名府那邊是骨牌，聽說再往南一些，流行著一種叫做麻將的東西，不過沈如意沒見過，她只知道大名府那邊的骨牌。

「是啊，我特意找人做出來的，之前聽妳說就覺得很有意思，今兒妳一定要和咱們說說怎麼玩，我可想玩了。」

和劉明珠這個一心只惦記著吃的人不一樣，劉寶瑞是一心只惦記著玩，葉子牌玩得純熟，一群人當中就數她玩得最好了，據說在劉家，一大家子的人都沒人能贏得過劉寶瑞。

「行，等用了午膳，我教妳們怎麼玩。」沈如意笑咪咪地說道，讓丫鬟過去幫忙搬了箱子。

劉寶瑞一轉頭就瞧見沈佳美了，有些疑惑地看沈如意，沈如意笑著介紹道：「寶瑞，這是我三妹，叫佳美，妳讓她給妳帶路，一會兒雲柔也會過去，還有幾個客人要來，妳們且在裡面等我。」

劉寶瑞笑著點點頭，和沈佳美打招呼。「三姑娘好，有勞妳了。」

沈佳美笑得十分天真可愛。「沒事，妳是大姊的客人，我自是應當照顧妳的，我叫妳寶瑞姊姊好不好？寶瑞姊姊是從家裡過來的嗎？」

「嗯，是從家裡過來的。」劉寶瑞有問有答。

沈佳美一邊走一邊向她介紹。「我們家的院子，其實是分成好幾個小園子，其中的精緻更不相同……」

劉寶瑞只管點頭，因著時間算算差不多了，被沈如意邀請的姑娘們也陸陸續續都到了。

沈雲柔一邊來協助沈如意，一邊壓低聲音說道：「三妹倒是能說會道，這一會兒工夫，就和陳家、趙家的姑娘們說得熱火朝天。」

「她年紀小，活潑好玩一些是正常的。」沈如意不在意地說道，看了看時間，轉頭吩咐沈雲柔。「妳且在這裡等著，看白家的姑娘有沒有來，等她過來了，妳直接將人帶過去，然後招待好客人，我去廚房看看，眼瞧著就要中午了，我看看這午膳準備得怎麼樣了。」

沈雲柔忙點頭，等沈如意走了，就找了個小涼亭先進去坐著。

白家姑娘來得比較晚，一進門就先致歉了。「馬車在半路上壞掉了，我實在是著急，就讓人到馬車行又租了馬車，這才來得有些晚了，妳大姊呢？」

「我大姊說是去廚房看看，讓我在這裡等著妳呢，馬車壞了，人沒事吧？」沈雲柔關心地問道。

白姑娘笑著搖搖頭。「沒事，這會兒是不是人都來了？」

「嗯，就差妳了，早知道我應該讓人去接妳。馬車行的馬車可還在外面等著？」沈雲柔挽了白姑娘的胳膊，一邊往裡面走一邊說道：「我讓人將馬車行的人打發了，回頭我送妳回去吧，這樣也安全一些，妳只帶了幾個丫鬟過來嗎？」

「不用擔心，馬車行的人我已經打發走了，之前馬車壞了的時候，我就已經讓人往家裡送信了，估計一會兒馬車就能到，妳就不用操心了。我帶了丫鬟婆子呢，安全得很。」

到了正院，還沒進門就聽見一陣笑聲，白姑娘側了側頭。「倒是熱鬧得很，我一聽就聽出來，這個是趙姑娘的聲音對不對？」

「我也知道是趙姑娘的聲音。」沈雲柔做了個鬼臉。「她啊，一笑起來就收不住了，咱們快些進去，看她到底在笑什麼。肯定是在講笑話，趙姑娘知道的笑話最多了。」

只見那趙家姑娘問道：「妳們猜，那個書生說什麼？」

眾人一起搖頭，那趙家姑娘正要說話，一抬眼就瞧見甫進門的沈雲柔和白家姑娘，沈雲柔倒是沒什麼，可這白家姑娘，以往她是最不喜歡的。

她自恃出身武將世家，性子大大咧咧，有什麼說什麼，最喜好熱鬧。眾人聚會時，她總是能輕易引人注目，也最喜歡大家都繞著她轉。

可這白家姑娘，自恃出身清貴。但凡聚會，不是寫詩就是作詞，要不就是彈琴、對句子，說起話來更是軟和得快要聽不見了，就像是一團棉花。

一個看對方覺得粗俗，一個看對方覺得無趣，各自看對方都不順眼。不過，大的齟齬倒是沒有。表面上，兩個人也還能維持和平。

「白姑娘也過來了？」趙姑娘笑盈盈地打招呼，又問沈雲柔。「妳大姊呢？她還是賞菊宴的主人，哪有主人自己去忙活，將客人扔在一邊，快說說她幹什麼去了。」

白姑娘只笑了笑，就往一邊去和交好的姑娘們說話了。

沈雲柔笑著說道：「我大姊一會兒就來了，請妳們參加賞菊宴，總不能這麼乾站著是不是？大姊去園子裡看看是不是布置妥當了，我是來請大家過去的，給大夥兒當領路的小丫鬟。」

「哎喲，妳要是小丫鬟，我就是那粗使婆子了。」趙姑娘哈哈笑道。

旁邊一個姑娘拍了她一下。「快，妳還沒說，剛才那個笑話，那個書生說了什麼？」

「他能說什麼？不過是兩句酸詩。」趙姑娘隨口應道。

這邊沈雲柔已經和各位姑娘們都告知了，請她們移步去園子裡。

眾人說說笑笑的，一起轉移。

侯府裡很是熱鬧，外頭是聽不見的。

常石騎馬跟在四皇子身後，有些無奈地看四皇子。「殿下，你若是真喜歡沈家姑娘，不如和皇上說一聲，讓皇上給你們指婚？你這剛回京，不先去宮裡回話，小心被人知道了消息，參你一本。」

四皇子皺著眉不說話，常石簡直要無語了。

幾年前他陪著四皇子去大名府，是因為聽到宮裡的暗線說，皇上派了慧心大師悄悄去了大名府，好像是為了給一個女子算命。

能得皇上親自開口，讓慧心大師親自出手的命格，能是普通命格嗎？指不定就是鳳命，至尊至貴！所以四皇子就跟著偷偷去了大名府，若真是鳳命，也好先占了時機。

可誰知道，那姑娘竟然才十二歲，比四皇子小了四、五歲！若是正常情況下，他和這姑娘根本就扯不上關係。後來又仔細打聽慧心大師給她批的命格，那姑娘也就是個普通的富貴命。什麼至尊至貴，那是完全沒有的。

可四皇子又不相信慧心大師是為了這麼一個普通的命格過去的，猶豫之下，就一連等了這麼些年。

常石自己瞧著，都覺得這位沈姑娘怕是不一般。小小年紀，那份心計、沈穩，簡直是前所未見，再加上沈侯爺對這位沈姑娘的態度，好像也轉變了很多，不是以前那種可有可無，而是十分看重。

若是娶了這位沈姑娘，一來四皇子的後院就不用再操心了，這麼一個聰明絕頂的王妃，定是能將後院給打理得妥妥當當，絕對不會給四皇子扯後腿；二來，沈侯爺這個助力，可是不容小覷的，若是能得沈侯爺相助，這奪嫡之戰就能多四分的把握！四分啊，這得在朝堂上拉攏多少人才能達到這個效果？

只可惜的是這個沈姑娘年紀真有點兒小，之前皇上可是已經給四皇子指過婚了，可誰知道，老天竟是站在他們這邊的！先是邊關戰爭，一拖就拖了三年，回來之後，那個羅家的姑娘竟然死了。

這可是大好機會，正好，沈家的姑娘今年及笄，也能論及婚嫁了。

常石一邊想著，一邊磕了一下馬腹。「只是，瞧著沈侯爺那架勢，殿下若是真娶了這位沈姑娘，以後這後院怕是要清靜一些了。」

沈侯爺疼愛沈姑娘，沈姑娘自己也是個聰明人，真要把持四皇子的後院，四皇子怕是也沒辦法。

「聽說，六弟這段時間常常來沈家？」四皇子沈默了半天，才轉頭問道。

常石愣了一下搖頭。「殿下，我哪知道，我這不是跟著你去邊關送糧了嗎？」

四皇子抿抿唇，伸手拽了拽馬韁，往皇宮方向去了，常石趕緊跟上。

「六皇子可是也看中了沈姑娘？說起來，這沈姑娘確實是個好人選，人長得好、聰明，沈侯爺那權勢不必說了，怕是不光六皇子也惦記著吧？咱們得趕緊下手才是，下手慢了，指不定沈姑娘就是別人家的媳婦了。」

四皇子不出聲，任常石一個人在後面嘮嘮叨叨的。

到了皇宮門口，四皇子翻身下馬，自顧自地朝宮裡走去，常石忙跟上。不過，跟到大殿外面，就再也進不去了。太監通傳了一聲，只讓四皇子一個人進去面聖。

「邊關情勢如何？」皇上放下朱砂筆，抬頭看四皇子。

四皇子在一邊的椅子上坐下。「自是咱們的軍隊更勝一籌，我瞧著，再過個一年半載，這戰事就差不多能結束了。」

「你做得不錯。」皇上微微點頭，皺眉仔細打量了他一番。「之前說是受傷了？」

四皇子點點頭，伸手按了按肩膀。「傷在了這裡，不過不要緊，已經讓大夫瞧過，也上過藥了，只要好好養著，過幾天就沒事了，父皇不用擔心。」

那刀差一點就砍到臉上了。若真是傷到臉，留下了疤痕，那他這輩子，可就和皇位沒什麼關係了。幸好，老天保佑。

皇上又問了幾句傷口的事情，這才轉了話頭。「可曾回府？」

見四皇子搖搖頭，皇上嘆氣。「你府裡總沒個女人也不行，之前那個羅家姑娘是她自己福薄，你也不用總是記在心上，回頭我另外給你指一個好的，或者，你自己有喜歡的，也可以和父皇說說。」

皇上一向很大方，自家的孩子喜歡哪個姑娘，他一般都會應下來。身分哪怕一般，也能當正妃。就好像三皇子，之前喜歡一個五品官家裡的姑娘，皇上照樣是封了正妃。

不等四皇子說話，皇上又說道：「你年紀也不小了，你六弟、七弟都有喜歡的姑娘，也都和朕說過了，今年年底就能指婚了，你也趕緊找一個，若你自己不知道喜歡什麼樣的人，父皇就給你挑一個。」

「六弟和七弟有喜歡的人了？」四皇子眉頭動了動。

皇上笑著點頭。「是啊，你六弟喜歡的是沈家大姑娘，你七弟喜歡的是趙家二姑娘。」

五皇子是早已經成親，孩子都兩歲了。

四皇子臉色變了變，但又趕忙扯出個笑容，若是這會兒他有什麼不對勁，父皇肯定是能看出來的。

「六弟竟是喜歡沈家的大姑娘？」四皇子心裡也說不清是什麼滋味，他並非是喜歡沈家的姑娘，只是自去年決定娶沈家姑娘，並鋪好了這條路，他對沈家姑娘也算是上心了。可現在父皇竟是說已經打算將她指給六弟，他心裡不是不遺憾的，也有些不滿，只是若沈姑娘沒有鳳命，自己也不是非她不可。

為了一個女人，傷了兄弟感情，這事情也不值當。要是那沈家的姑娘有鳳命，哪怕是得罪了六弟，自己也是要將人弄到自己府裡的。

雖然有些不甘心，可他又明白，要是他和六弟爭，以沈侯爺的權勢，沈家姑娘是不會有事的，可他定然是得不了好。六皇子既然能在父皇面前說了喜歡沈姑娘的事情，父皇也打算指婚，那沈侯爺和沈家姑娘那邊必定是自願的。

這兩個人兩情相悅，自己再插一腳，這錯可就不在沈家姑娘身上，而是在自己身上了。奪兄弟妻，說出去誰還敢再支持他上位？

應付了皇上兩句，四皇子就出宮了。

常石跟在後面喋喋不休。「咱們是不是要想個辦法見沈姑娘一面？你也好和沈姑娘聯絡一下感情，將來求皇上指婚的時候，有沈侯爺幫襯著，定是不會有問題的。」

「別說了，以後，不要提起沈姑娘了。」四皇子臉色暗沈。

常石有些吃驚，為了這沈家的姑娘，殿下可是已經……怎麼這會兒，忽然就變卦了呢？

「父皇已經決定，將沈姑娘許給六弟了。」四皇子解釋了一句。

常石面色也跟著變了變。「難不成六皇子也有……」

「沒有，六弟那性子，我還是瞭解的，怕是真喜歡上了沈家姑娘，那沈家姑娘喜好和他相同，兩個人也能說到一起……」想到之前過年的時候在宮裡發生的事情，四皇子的臉色又變了變，自己那會兒，怎麼就沒作決定呢？

不，那會兒沈如意不到十五歲，還未及笄，自己就算作了決定，怕是也不能出手，只能等著。

誰能想到，六弟和沈家竟是如此迅速，這會兒沈如意才及笄一個多月吧？

既然六弟和沈如意兩情相悅，那自己就不能插手了。四皇子深吸一口氣，好在自己也並非很喜歡這個沈姑娘，見了她總有一種很彆扭的感覺，現在做不成夫妻了，也是天意。

沈侯爺是一定要拉攏的，沈姑娘嫁給六弟也不錯。六弟一向和自己交好，沈侯爺說不定就能偏向自己這邊一點兒，就算不偏向，不扯他後腿也算是助力了。

說不定，自己娶了沈姑娘，父皇那裡還要懷疑自己呢！父皇雖然年紀不小了，卻也不是垂暮之年，並不想馬上退位交權，若是自己勢力過大，怕是父皇也不會放心。

不能娶沈家姑娘，自己也得趕緊換個人選才是。上面三個兄長都有兒子了，自己也不能落後。只是，誰家的姑娘才更合適呢？

真是可惜了……

雖說有些可惜，但四皇子不是那種不理智的人，不會為了那一點兒不甘心去做什麼。最重要的是皇位，一個女人而已，天底下又不是沒有更漂亮的人。

常石見四皇子的臉色終於正常了，趕忙湊到身邊。「殿下，咱們這會兒怎麼辦？」

「回去找人打聽打聽，我年紀也不小了，確實是該成家了。日後邊關安定，我就要留在京城了，後院沒人打理，也不是個事兒。」四皇子沈聲說道。

最重要的是，女人能做的事情也真不少。就像是宮裡，皇祖母在父皇跟前，可是有一些影響力的，自己一個成年男人，總不好一直往皇祖母身邊湊。

「家世？」常石問道。

四皇子頓了頓。「家世不用太在意，關鍵是姑娘的人品性子，我要的是一個平和的後院，可不要一個雞飛狗跳的後院。」

常石應了一聲，將四皇子送回去，這才自己打道回府，找自己的娘親商量這事情去了。姑娘家的事情，還是得女人出面才好打聽。

「好了，用了午膳，想做什麼就做什麼，想寫詩就寫詩，想看書就看書，想打牌就打牌。」沈如意笑著說道，擺擺手，朝著院子中間指了指。「今兒天氣好，園子裡的花也開得好，所以我就想著，將膳桌擺到園子裡，咱們可以一邊吃飯一邊賞花，妳們覺得如何？」

劉明珠很捧場，立即點頭。「好，這個主意好，要是有熱湯，還能摘一些菊花放進去。」

「沒洗的菊花怎麼能放在湯裡？」有姑娘笑著說道：「明珠郡主若是想吃菊花，還得看沈姑娘準備了沒有。」

「菊花湯是沒有，不過有菊花做的麵餅。」沈如意笑著說道，瞧著劉明珠眼睛亮了，伸手將人拉過來。「放心吧，保證妳的比別人的都大。」

六公主已經想捂臉不願意看了，真不想承認這個吃貨是自己的表妹，丟臉都快丟出京城去了。不過和表妹在一起，食慾就是要好些，平日裡不大喜歡吃的東西也能吃下一點兒了。

「咱們光吃飯也沒意思，所以我特意請了教坊的人，妳們要不要聽彈琴？」

沒有第二個選擇，個人的愛好不一樣，若是這個想聽琴，那個想聽說書，那她可就沒辦法調解了。

「要吧。」趙家的姑娘率先開口。「不過讓她們彈一些歡快的調子，胃口才好。」

這個劉明珠是贊同的。「對，要歡快的，可不能淒淒慘慘，要不然，吃飯也沒胃口了。」

「如意，說起來，妳們家這盆菊花很是眼熟啊？」陳家的姑娘壓低聲音問道。

沈如意和她背對背，也微微側頭。「妳看出來了？這是我二嬸娘借來的菊花，讓我想想，這一盆是誰家的呢？」

「是悅郡王家的。」沈佳美在一邊提示。

沈如意忙點頭。「對，怎麼樣，這菊花開得好吧？」

「確實是好，我原先在悅郡王府見過一次，當時很是喜歡呢，能再看一次，可真是好運氣了。」陳姑娘笑著說道，頓了頓又問道：「我聽說，妳畫畫挺好的？」

沈如意笑著搖頭。「那妳可是聽錯了，我那畫兒啊，用我父親的話說就是慘不忍睹，別說是色彩了，鳳凰都能畫成雞。我最拿手的不是畫畫，是繡花。」

陳姑娘恍然大悟。「我想起來了，沈夫人的雙面繡，那在京城可是出了名，妳肯定會繡花的，妳會不會繡雙面繡？」

「那肯定得會啊，我娘教過我。」沈如意笑著說道。

陳姑娘就有些猶豫了，好一會兒，轉過身，很是誠懇地說：「那妳能不能教教我？」

沈如意愣了一下。「怎麼，妳要學？」

「嗯，不瞞妳說，我前陣子也訂親了，對方是杭州知府的嫡長子，杭州那邊，刺繡最出名，可我的女紅手藝平平，若是嫁到了杭州……」陳姑娘臉色羞紅。

嫁過去的姑娘，就算是不給相公做衣服，也得替公婆做鞋子衣服、替小姑做個帕子荷包之類的。

她那手藝，在京城都不夠看，到了那邊，怕是連一般都算不上了。在家裡丟臉沒什麼，可萬一丟臉丟到外面去了，那婆家是不是會嫌棄她？

「這樣啊，沒問題，妳若是有空就過來吧。不過，要等一段時間，妳也知道，我祖母馬上要過大壽了……」沈如意想了想就點頭，反正這雙面繡也不是什麼秘密。

陳姑娘大喜，忙點頭。「我知道，妳儘管忙老夫人大壽的事情，我這事情不要緊。等有空了，我就給妳下帖子。」

劉明珠在一邊湊熱鬧。「我也想學啊，要不然我也一起來？」

六公主伸手戳戳她鼓起的臉頰。「妳就算了吧，就妳那手，笨得不成樣，連針都捏不起來呢，還做針線活，別把自己手指頭給戳爛了。」

趙姑娘在一邊笑道：「說起這個，我又想起一個笑話，話說從前有一對妯娌，到了中午呢，她們的婆婆就吩咐大兒媳去做飯，二兒媳做被套。

「大兒媳做麵條和蒸饅頭得和麵啊，於是，一瓢水、一瓢麵，一看，哎呀！太稀了，那就加一瓢麵，又太稠了，再加一瓢水，太稀了，再加一瓢麵，太稠了，再加一瓢水……沒多久，麵缸裡的麵就用完了。二兒媳呢……」

趙姑娘一邊說，還一邊做動作，一手倒水一手倒麵，哪怕這笑話不好笑，眾人也被她的動作逗得哈哈大笑。

沈佳美在一邊看著，臉上有些不可思議，好半天才湊到沈雲柔跟前。「二姊，這還是正在吃飯呢……」

「食不言寢不語？」沈雲柔挑眉問道。

沈佳美忙點頭，她學規矩的時候嬤嬤就說了，食不言寢不語，尤其是不要在人多的席面上說說笑笑，萬一將嘴裡的飯菜噴出去，那就別想嫁出去了。可是這會兒……

「那也得分情況，嚴肅點的宴會，自然是不會有人出聲。可原本咱們這菊花宴，就是請了眾人來玩耍，吃飯的時候說說笑笑也沒什麼。再者，在場的哪個人不是沒學過規矩，會在嘴裡有飯菜的時候說話嗎？食不言，並非是讓妳吃飯的時候一句話都不要說，而是妳嘴裡有東西的時候不要說話，妳仔細瞧瞧，可有誰嘴裡含著東西說話？」

沈佳美瞧了一圈，有些不好意思地搖頭。

沈雲柔壓低聲音，近乎耳語。「什麼規矩都得分情況，讓妳學規矩，是讓妳儀態更美好，舉止更優雅，並不是要將妳教導成死板的人。妳看，大家都在說笑，妳自己一個人端坐著規規矩矩地吃飯，誰好意思和妳開玩笑、找妳說話聊天？」

猶豫了一下，沈佳美點點頭。「我明白了，多謝二姊教導。」

「一家人，不用客氣，妳好我也好。」沈雲柔不在意地說道，就像大姊說的，沈家的名聲才是最重要的。

有沈雲柔看著，沈佳美倒也沒鬧出什麼么蛾子，賞菊宴還算是順利，至少，各家姑娘們走的時候，臉上都是帶著笑。

第二十七章

六皇子又登門拜訪侯府的時候，不光是給沈如意帶了些書，還帶了個消息。

「我四哥回京了，我父皇說，要給我四哥選媳婦，咱們的婚事，得等我四哥的定下來才能賜婚。」

一來六皇子年紀也不算大，十八歲正好，而沈如意才剛及笄，過了年才十六，所以等個一年半載也沒關係，沈侯爺是肯定不會答應讓自己的閨女早早就出嫁；二來，六皇子的婚事還沒宣布，就不好越過兄長了。長幼有序，怎麼樣也得讓四皇子先定下來才能說六皇子的事情。

「四皇子回京了？那邊關的戰事，已經結束了？」沈如意有些驚訝，記憶中四皇子好像沒有回來得這麼早吧。

上輩子自己是及笄的時候才被接回侯府，那會兒四皇子還沒回京，所以一開始，她在侯府是沒什麼存在感，除了沈雲柔和沈佳美會在她身上找找優越感，沈侯爺等人就當她是不存在。

可是等到了冬天，四皇子來求娶沈家姑娘的時候，她就被人想起來了。當時四皇子毀了容，繼承大位無望，只能擇一兄弟輔佐，一為拉攏沈侯爺，二為保命。

雖然他屈服於兄弟了，也不會再參與奪位，但之前他做的那些事情，並不是無跡可尋的，他選擇的兄弟也不一定完全信任他。而沈侯爺，就是一個保命符，只要沈侯爺還站在朝堂上，那沈侯爺的女婿也能活著。

這樣的局面，沈夫人看不出來，可王姨娘能模模糊糊地摸到邊兒。再者，當時四皇子府裡也有側妃了，出身雖然比不上侯府，卻也是嫡女，若是沈雲柔嫁給四皇子，那庶女出身的她，根本就壓不住那些嫡女。

王姨娘察覺出危險，沈雲柔也不喜歡一個毀容的男人，於是沈如意這個沒嫁出去的嫡女，就成了擋箭牌。

剛重生的時候，沈如意也恨，也怨。但回京沒多久，她就有些釋然了。

王姨娘雖然將她推進了火坑，但說到底，王姨娘和她有什麼關係？王姨娘要保的從來只有沈雲柔和沈明修，再者，王姨娘在嫁妝上可不曾虧待她半分，甚至因為用她代替了沈雲柔，王姨娘還特意勸說沈侯爺加了三成嫁妝。

王姨娘並非是她沈如意的親人，沈如意憑什麼苛責王姨娘對她不好？

現在她扶著沈夫人在侯府站穩了腳跟，就已經是對王姨娘最大的懲罰了。因為這輩子，王姨娘不管再怎麼努力，都不可能和上輩子一樣，穩穩地把持著侯府了。最重要的是，沈夫人已經替上輩子的沈如意報了大仇——上輩子，這侯府可是沈明修繼承了爵位，這輩子，哪怕是沈如意的親弟弟沒站穩腳跟，沈明修也絕不可能繼承爵位了。

所以，對王姨娘的怨恨，沈如意已經不想再記在心裡了。她活得越來越好，沈夫人過得越來越幸福，弟弟將來越來越出色，那才是梗在王姨娘喉嚨上拔不掉的刺，既吞不下又吐不出，王姨娘再聰明再想得明白，也不可能完全釋然。

「邊關的戰事已經差不多穩定了。」

沈如意發著呆，六皇子的聲音忽然將她驚醒過來。

「若非如此，四哥也不會回來得這麼早，之前四哥在戰場上還受傷了，特別驚險，差一點就割到脖子上了，幸好四哥被人推了一把，那刀只砍在四哥的肩膀上。」

六皇子笑著說道：「四哥吉人自有天相，大難不死必有後福。」

「傷在肩膀上？」沈如意有些驚訝。

不是傷在臉上嗎？難不成，和上輩子不一樣？若是四皇子臉上沒有受傷，那是不是就還有奪位的可能？

「是啊，這麼深的口子，若是劃在臉上，那肯定是要毀容了。」六皇子比劃了一下。

沈如意抿抿唇。「四皇子臉上沒受傷吧？」

「自然沒有，我剛剛不是和妳說了，四哥被人推了一下，躲開了嗎？只砍在肩膀上了。」六皇子又重複了一遍。

沈如意揉揉臉頰。「我剛才在想別的事情，沒有聽見這一句。」

「在想什麼？」六皇子趕忙問道。

沈如意頓了頓，猶豫了一下，還是說道：「你四哥回來了，這京城裡的局勢，是不是又要有變化了？」

六皇子愣了一下，隨即搖頭。「這些事情，不是我們該過問的，妳且放心，就是有變化，大約也不會太大了，四哥又不是長年不在京城，去年過年的時候還在呢。」

「可是，四皇子得了戰功……」沈如意心裡很複雜。

若是四皇子臉上沒受傷，那是不是能重新爭奪皇位了？

她對四皇子，心裡沒有愛，也說不上什麼刻骨的恨，只是一想起上輩子，就有些不舒服，若是四皇子再得意，她就更不舒服了。

可平心而論，四皇子還真不錯，沈穩大氣，氣勢儀態是有了。為國為民，心態和目標放得正，若是真當了皇上，不一定比當年的八皇子差。

而且，目前看來，四皇子占據的優勢不少。全部的皇子裡面，就四皇子有戰功。原先他就是皇子裡面比較出色的一個，不大拉幫結派，反而更全心全意地完成皇上吩咐下來的差事。連戰場這麼危險的地方，別的皇子為了不出意外都不願意親自去，他倒是不在意，一而再、再而三前往邊關，這次還是受了傷回來。

「沒事啊，四哥雖然得了戰功，之前父皇說要獎賞他，他都沒要。」六皇子笑咪咪地說。「四哥是想娶媳婦了，這段時間只在家裡讓官媒打聽京城閨秀的性情呢，妳可不要告訴別人啊，四哥只想悄悄地打聽，可不想弄得太大。」

「先娶正妃嗎？」頓了頓，沈如意問道。

六皇子點點頭。「自然是要先娶正妃，不過也快定下來了，父皇也是很操心四哥的婚事，還讓皇祖母幫忙留心呢。等過段時間，宮裡的宴會肯定也要多起來了，到時候皇祖母也定然會讓妳進宮的。」

沈如意和六皇子的事情，皇上也不會瞞著皇太后，皇太后自然是要趁著各種宴會，見見自己的準孫媳了。

若是印象好了，那以後就得常見；印象不好……沈如意可不敢做出自毀長城的事情來。再說，因節孝牌坊的事情，沈如意和沈夫人欠皇太后一個大大的人情，她可是真心實意地感激這位老人家。見了面，也是打心底覺得親近和尊敬。

「你四哥有沒有說看中了誰家？」沈如意對這個倒是有些好奇。

不知道誰家的姑娘才能入了這位四皇子的眼。若是四皇子成了親，那是不是說明，上輩子和這輩子是真的完全區分開了，她再也不用擔心上輩子的事情會再發生？是不是也不用擔心沈夫人的性命了，老夫人和二房三房也不會成功？

「我也不知道，四哥挑挑揀揀的，要求太高，要端莊賢慧，要管家很好，還要長得不錯，家風很好。各方面要求都很高，這世上，哪有這麼十全十美的事情啊？」

然後，六皇子無師自通學會了說情話。「幸好，我早早將妳訂下來了。妳可不光是賢慧端莊，管家理事也十分拿手，妳還十分溫柔體貼，才華出眾……」

沈如意臉色通紅。「好了，誰讓你說這些了……」

六皇子忍不住笑。「如意，我是說真的，過年時能在宮裡遇見妳，我真是攢了八輩子的福氣，都用在那一天了，我這輩子最幸運的事情，就是早早將妳訂下來了。」

沈如意臉色更紅了，今兒沈侯爺用了午膳之後就出門，沒能阻擋得住六皇子的腳步。這會兒他和沈如意，是在前院的小園子裡說話，這小園子是沈侯爺特意修建的，看書看累了，或者是來客人了，就能到這兒走走。

天氣晴好，氣氛和諧。美人在面前，又是心頭所愛，六皇子就有些蠢蠢欲動了。

看沈如意低著頭，他就悄悄地挪挪身子，不動聲色地往她那邊蹭了一點兒。見沈如意看過來了，他連忙露出笑容。「如意，妳熱不熱？」

沈如意有些不解地搖頭，快十月的天氣，能熱到哪兒？這會兒陽光照著，可是很舒服呢。

「怎麼，你覺得有些熱？那要不然咱們回去？」沈如意轉頭看了看書房，正要起身，又被六皇子給拽住了衣袖。

「不熱不熱，我就是擔心妳會覺得熱。妳要不要喝茶？」

沈如意搖搖頭，頓了頓反問道：「你要喝茶或者吃點心嗎？今兒早上我自己有做點心，不過，這會兒怕是有些涼了。」

「沒關係，涼了也好吃。」六皇子忙點頭，趁著沈如意吩咐人去端點心，又往她身邊蹭了蹭。

沈如意一回頭，差點兒沒撞上六皇子的腦袋，六皇子傻呵呵地笑，手心在自己的衣服上擦了擦，心裡不停地給自己打氣，然後，趁著沈侯爺不在，吃了熊心豹子膽的六皇子，猛地出手，將沈如意的手抓住了。

隨即，六皇子就笑得更傻氣了。這小手，看著白白嫩嫩，摸著也和想像中一樣是那麼柔軟光滑啊，比他摸過的任何絲綢都要細膩！

沈如意已經愣住了，六皇子輕咳一聲。「那個，如意，我……」

沈如意眨眨眼，手動了動。

六皇子忙握緊。「那個，我有事情要和妳商量。」

「你說。」沈如意見掙不開，臉色緋紅，也不敢直視六皇子的視線了。

她活了兩輩子，真沒經過這樣的事。頭一次被男人拉住手，頭一次被男人用這麼火熱的眼神注視，頭一次覺得心跳有些過快。

「我……」六皇子是絞盡腦汁地想話題，說什麼呢？朝堂上的事情？如意不知道感不感興趣，都是男人之間的爭鬥，她應該是不喜歡的吧？說自己以前的趣事？唔，糗事不能講，似乎自己也沒經歷過什麼好玩的事情吧？每日裡除了看書就是看書。

講講新房子？現在圖紙還沒畫出來呢。想像一下美好的未來，這個好像以前就展望過了。

「等咱們成親了，咱們便去江南那邊走走吧？」過了好一會兒，六皇子的額頭都快急得冒汗了，這才想到一個比較合適的話題。「之前只看各種遊記，自己卻不曾親眼所見，就算書上寫得再逼真美好，到底是有些遺憾。以前我就想著，等以後有機會了，就一定要出門遊歷一番，我朝疆域遼闊，南邊臨海，北邊草原，西邊遼闊，東邊寬曠，蘇杭美景，江南人文，我都想去看看瞧瞧。

「還有各地方的美食，酸甜苦辣，我也都想嚐一番。」原本只是急中生智，臨時想了個話題，但是一說下去，六皇子的眼睛就越來越亮，神情也越發嚮往。「咱們成親之後，就四處走走看看，好不好？」

沈如意有些猶豫，六皇子忙捏了捏她手心。「妳先不急著回答，等妳想好了再說。」

「好，我願意，不過，最近五年不行。」沈如意也被說得有些意動，不管是上輩子還是這輩子，她出門的機會都不多。甚至上輩子她踏足的地方只有三個——大名府的青山鎮、京城的侯府、京城的王府。

這輩子，她去過大名府府城，所見所聞，很是新奇。若是有機會，她想出去走走，不想一輩子被困在後院。活著是有很多事情能做的，比如說走遍大江南北、吃遍大江南北？

「真的？」六皇子欣喜若狂。在他看來，女人是很少能吃苦的，讓她們在後院繡花、看帳本還行，或者是暗地裡勾心鬥角、爭奪一下男人的注意力也行，就是不能出遠門。

出門遊歷真不是什麼舒服的事情，嘴上說得容易，但是，官道也不是十分平坦。光是坐馬車就是件大事情，還有吃喝拉撒，在城鎮上還行，等出了城，那才是大問題。

其次，出門就是風吹日曬，女人對自己的皮膚，那可是最在意了，吹風時間長了，臉上會龜裂；曬太陽時間長了，皮膚會變黑。太冷了會受不了，太熱了也會受不了。

男人半個月不洗澡也不在意，女人半個月不洗澡那簡直不能活了。

所以，一開始六皇子是真沒想到沈如意會答應。他還想著，若是如意不答應，自己就多磨磨，磨個三、五年，讓如意陪自己出一次門，大不了，就一年一次。其餘時間，自己一個人去也是可以的，卻沒想到沈如意竟是一下子就答應了。

這下子，六皇子反而是有些猶豫了。「如意，妳真的想明白了？妳真的答應我了？我可先和妳說好啊，出門在外，可不是一件特別舒服的事情，就算咱們能帶很多人，但有時候，咱們得連續幾天吃乾糧，路上若是沒有水流，馬桶有好幾天都不能刷。若是走了好幾天沒有城鎮，就連乾糧也吃不上，只能吃野外的獵物什麼的。但是有時候，連獵物也沒有，就比如說冬天下雪的時候，找不到獵物，連野菜也沒有。」

沈如意挑眉。「你是打算去逃難吧？這根本不是出遊，出遊之前，你不會讓人先定好路線嗎？咱們直接選幾個府城，每次都在一個府城停留一段時間，這段時間裡，我們可以出城去玩，也可以在府城裡面玩，就算三、五天趕不到下一個府城，難道這路上就是沒個村鎮？」

「好吧，我只是不想等妳跟著我出去，才覺得太艱苦了。」六皇子摸著鼻子不好意思地笑，說實話，他自己其實也是沒經驗，只是以前一說要出去走走，父皇和皇兄們就會找各種藉口來嚇唬他，時間長了，他就真以為出門在外是一件非常艱苦的事情了。

男人能吃苦，可男人怎麼能讓自己的女人吃苦呢？

不行，回去得好好研究一下，至少得將馬車改良一番，讓路上奔波的時候，不會那麼顛簸。還有路線，也得提前準備好，路上準備的乾糧必須要充足。另外，要帶的人手得精通各種事情才行，比如說打獵、找野菜、露宿之類的，要找好手！

實在不行，他就先派人出去在這些方面鍛鍊鍛鍊，然後等過個三、五年，他們經驗豐富了，自己再和如意出門走走。

想得太入神，幾乎都已經忘記自己還捏著沈如意的手了，等掌心裡軟軟嫩嫩的手抽動了兩下，六皇子才猛然反應過來，臉色有些發紅，但實在捨不得放開。

再說，自己剛才都沒仔細感受啊，光想著出遊的事情了。真是的，出遊什麼的，能和自己心愛的人比嗎？自己竟然捨本逐末去了！實在太蠢了，蠢得他自己都覺得不忍心看了。

「那個，你先坐，我去給你端點心。」沈如意也是剛反應過來，臉色通紅，看看石桌。

自己剛才不是讓人去拿點心了嗎？怎麼這會兒連個人影都沒有？

一轉頭，夏冰正在轉角處探頭張望呢。一時間，沈如意都說不清自己心裡是羞多一些，還是惱多一些了。使勁掙開了六皇子的手，她拎著裙子就小跑著去了沈侯爺的書房。

早上她做了點心，讓人給沈侯爺送了一些，只是沈侯爺今兒一天都沒來書房，點心就一直在那兒放著。然而，沈如意在桌子上找了一圈，連盤碟子都沒瞧見。

夏冰急急忙忙跟過去。「姑娘，怎麼了？」

「我不是讓妳回來端點心嗎，點心呢？」沈如意問道。

夏冰訕訕地將自己手裡的盤子舉高了一些。「姑娘恕罪，奴婢剛找到點心正想送過去呢，卻沒想到姑娘自己回來端了。奴婢這就幫妳端過去？」

實際上是早就端出來了，只是瞧著六皇子正十分激動地和自家姑娘說話，自家姑娘竟然也沒有掙扎，身為一個為主子著想的好丫鬟，她到底是出來還是不出來呢？這一猶豫，就猶豫到姑娘自己來拿點心了。

「不用了，我自己端過去吧。」白了夏冰一眼，沈如意自己端了盤子過去。

六皇子記得之前沈如意說這是她自己做的點心，沒等盤子放好，就迫不及待伸手捏了一塊，只嚐了一口就使勁點頭。「如意，妳做的點心真好吃，太好吃了！」

沈如意嘴角抽了抽，正要說話，就聽見腳步聲，趕緊轉頭。

沈侯爺正領著回春進門。在沈如意看見沈侯爺的時候，沈侯爺已經瞧見坐在那兒的六皇子。

瞇了一下眼睛，沈侯爺直接進了小亭子。「六殿下是來找本侯的？」

六皇子趕忙一臉正經地點頭。「是，我想和侯爺商量商量修官道的事情，之前父皇說要修路，是因為那會兒要派人往邊關送糧草，所以指定了那條路要修。」

沈侯爺點點頭。「那條路不是一年前就修好了嗎？」也幸好那條路一年前就修好了，要不然，這次四皇子說不定就不能平安回來了。

「我是想說，能不能再修一條路？」六皇子頓了頓說道。

這個也是他剛才想起來的，只是，越想越覺得可行。但是，他自己上朝才一年，開始插手政事還不到三個月，若是他提出這種事情，那是保准要被駁回的。

可沈侯爺就不一樣了，沈侯爺提出來的事情，那都要當成頭等大事來看。父皇就是不答應，也會事先讓人討論一番利弊。即使沈侯爺自己不提出來，沈侯爺的人脈也廣，還可以讓別人提出來嘛，反正都是比六皇子自己有分量。

「理由呢？」沈侯爺屈指在桌子上敲了敲，見桌子上的點心盤子都快空了，就轉頭看了沈如意一眼。

沈如意忙行禮。「父親，您和六殿下慢慢商量，我親自給你們做些點心過來。」

沈侯爺擺擺手。「不用了，眼看天要黑了，妳只管回去陪妳娘吧。」

沈如意應了一聲，給六皇子也行了禮，這才轉身走人。

夏冰在後面嘀嘀咕咕地說話。「姑娘，六殿下對您可真好，您將來能嫁給六殿下，那以後肯定是很幸福。對了，之前您不是說要給小少爺做衣服的嗎？三姑娘讓人送了一身過來……」

沈佳美？

「什麼時候送的？」沈如意輕聲問道。

夏冰低著頭回話。「今兒早上剛送的，姑娘忙著照看小少爺，奴婢就沒說，後來忙忘了，這會兒才想起來。姑娘，咱們要不要給回禮？」

「不用了。」沈如意擺擺手，快步去了正院，和沈夫人說了會兒話，又逗弄了一下弟弟。

晚膳的時候沈侯爺才回來，也沒提起六皇子。和以往一樣用了晚膳後，沈如意就告辭回自己院子去了。

陸嬤嬤迎了出來。「二房那邊有動靜了。」

「這幾天二嬸娘天天去給老夫人請安，我想著二房也不會太甘於平凡了。」沈如意笑了笑。

二房心心念念的是什麼，老夫人現在給出什麼承諾？那自然是侯府的爵位啊。

老夫人雖然不能摻和朝堂上的事情，但她能寫摺子給皇太后或者皇后，表示自己願意支持哪個兒子襲爵，朝廷有九成可能是會偏向於親娘的。

等沈夫人死了，一個沒滿月的小嬰兒還不好對付嗎？

「二嬸娘是人精，怕是老夫人那裡給二房吃了什麼定心丸。」

空口無憑的，沈二夫人也不會傻乎乎去冒險，可若是老夫人做了什麼，讓二房徹底放心，那情況可就不一樣了。

「說不定是老夫人已經寫了摺子？」想了想，沈如意挑眉說道。

陸嬤嬤神情嚴肅地點點頭。「很有可能，那咱們是不是要將這個摺子給找出來？」

「那是自然，這種東西就不應該出現。」沈如意笑了笑。「我想，若非是因為壞了我娘的名聲，可能會讓我父親暴怒，從而害了老夫人的小兒子，怕是老夫人早已經給宮裡寫了摺子吧？」

自從老夫人不能走之後，她可是整天罵人。被她罵得最厲害的人，就是沈夫人，不管沈夫人去不去請安、有沒有在她跟前，她都罵。

陸嬤嬤猶豫了一下。「姑娘，咱們是不是得防著點兒？萬一這次二夫人的事情敗露了，老夫人想要玉石俱焚……」

「只要三叔父、三嬸娘活著，老夫人就不會選擇玉石俱焚。」沈如意挑了挑嘴角。「更何況，到了老夫人這個年紀了，可就越來越怕死，若是玉石俱焚了，那老夫人能活多久？」

沈夫人最大的倚仗，以前是節孝牌坊，現在已經變成了沈侯爺。沈如意也不著急，再等三、五年，娘親的倚仗總會變成自己的，到時候，就再也不用擔心了。

「妳讓人去二房那邊找找，看能不能找到什麼東西，也不一定是摺子，有可能是書信什麼的，或者是某種信物，若是信物的話……」

沈如意頓了頓，能讓二夫人相信的信物，可不是什麼普通東西。可老夫人手裡，能有什麼不普通的東西？是老侯爺留下的，還是沈侯爺當年給的？再或者，是老夫人從誰的手上得到？

話本看多了，這想得也有點兒多。比如說，老夫人和某個太妃交好，然後得了什麼信物，可以讓二夫人拿去求助之類的。

晃晃腦袋，她將這種可能給排除掉。太妃的本事再大、地位再高，也不能隨便插手別人家的爵位傳承……不對，太妃不能插手，那太妃的兒子……

可誰會傻得去得罪沈侯爺，然後扶持起來一個沒什麼用的人？也不對，凡事不能太絕對，沈侯爺也不是沒敵人。相反，想要沈侯爺下臺的，那是一抓一大把。

「姑娘？」陸嬤嬤半天沒聽見後半句，忍不住喊了一聲。

沈如意拍拍額頭。「算了，讓人先找著，看什麼東西比較可疑，是二夫人最近剛得到且二房原先沒有的。」

陸嬤嬤猶豫了一下。「有沒有什麼大致的範圍，比如說首飾什麼的？」

頓了頓，沈如意說道：「信件、摺子、玉珮、首飾。」要是信物的話，總不可能是個大傢伙吧？可萬一是老侯爺留下來的，還真有些說不準。

想了半天，沈如意擺擺手。「就這幾樣吧，先找著，找不著也沒關係，等壽宴過了，二嬸娘就算不說也不行，總有她開口的時候。至於老夫人……」

上次算是拔掉了她的牙齒和指甲，那這次，是不是要廢掉她的四肢？這人啊，怎麼總是這麼貪心呢？據她所知，老侯爺多專情的一個人啊，一輩子都沒讓姨娘生下個庶子庶女的，結果老夫人還不滿意，竟然勾搭了個……唔，小白臉？那人年紀不小了吧，說不定是年輕的時候長得好看？

這個看臉的世界……人長得好就是占優勢。

不對，這個也不能說是準則，沈侯爺都長得如此俊秀了，那祖父他老人家長得應該也不錯吧，老夫人竟然沒看上？哎，說明臉也不是那麼重要。

阿彌陀佛，罪過罪過，竟然腹誹老人家，祖父您在天有靈可要當作沒聽見啊。

「對了，妳之前說，二房有動作了？」沈如意忙將脫了韁的思緒給扯回來。

陸嬤嬤忍不住抽了抽嘴角。姑娘今兒實在是太奇怪了，說三句話走一次神，難不成是有什麼心事？

「嗯，二夫人派了身邊的嬤嬤出門。」陸嬤嬤一邊想著，一邊恭恭敬敬地回答。「廚房那邊，二夫人雖然沒有插手，可前段時間，有陌生人去李嬤嬤家了。」

李嬤嬤是新上任的廚房主廚，既不是老夫人那邊的人，也不是沈夫人這邊的人。沈如意管家才多久，那些人要投靠沈夫人，也不會第一時間就對沈夫人忠心耿耿，總得等沈夫人拿出點成績來，她們才會有幾分真心。

其實，就算沈夫人徹底站穩了腳跟，完完全全將侯府的後院給捏在自己手裡，侯府所有人也不可能都對沈夫人忠心耿耿。

有人的地方，就有紛爭。哪怕是孝敬一個主子，下面的人也要分好幾種心思。更不要說，這後院不光是沈夫人一個主子，後院的事情，不是東風壓倒西風，就是西風壓倒東風。這會兒看著老夫人是被壓倒了，沈夫人占據了上風。但是，老夫人在侯府經營了多少年，誰敢保證老夫人一定沒有站起來的時候？

而沈夫人看著是得意，但根基不穩，現在沈侯爺是對她寵信有加，可男人的心思誰能保證？再深刻的愛，也比不過天生的血緣之情，沈侯爺總有一天會被老夫人給感動的。

「可否查出是誰家的人？」沈如意輕笑了一聲問道。

陸嬤嬤搖搖頭。「咱們外面的人手沒有那麼多……」

「我明兒讓春花過來拜訪一下。」沈如意擺擺手。「妳仔仔細細將那人的相貌說一遍，

一定要準確點兒，萬不能模糊。」

當初方琴和黃可兒進京，將春花夫妻和春葉夫妻也帶了過來。現在這兩家，都在京郊的莊子上住著。

「是，老奴明白。」陸嬤嬤忙應道。

沈如意打個呵欠，叫了夏冰和夏蟬進來。「洗澡，鋪床。」

兩個大丫鬟趕緊去忙，沈如意剛站起身，忽然又想起來一件事。「三房呢？最近有什麼動靜？」

「三房沒什麼大動靜，和以前一樣，不過，三夫人最近派人往娘家送了兩次東西，老奴讓人打聽了，都是一些金銀之物和藥材之類的。」

「喔，那就繼續盯著吧，三夫人是個沒腦子的人，老夫人既然許了二房這麼大的好處，三房不可能是一點兒都不嫉妒。」頓了頓，沈如意伸手拍了拍額頭。「我竟是傻了，居然沒早早想到這些，二房和三房，那也不是鐵板一塊的！」

陸嬤嬤眼睛也亮了。「是老奴的錯，老奴竟是忽略了這一點，姑娘您放心，老奴這就吩咐下去，二房和三房怎麼樣也不能站在一起了。」

沈如意笑咪咪地點頭。「嬤嬤妳儘管去吩咐，妳做事，我放心，只是時間有點兒短，三房那邊，可有能信任的人？」

「有，三房那邊咱們還能找到幫手呢。」陸嬤嬤也笑。

沈如意瞬間就想起來了。「那個紅柳？」

「是呀，紅柳最近可是很得三老爺的歡心呢。」陸嬤嬤說道，說完忽然反應過來，這話不大適合姑娘家聽，趕忙在臉頰上拍了拍。「總之，姑娘放心，老奴這次是不會出差錯了，二房和三房就等著反目吧。」

沈如意點頭，去洗了澡，在床上翻滾了兩下。若是以往，這種沒儀態的動作她才不會做呢。只是，今兒心情實在是有些複雜。

四皇子回來了，且沒毀容。自己和六皇子的婚事已經訂下來了，她也越來越喜歡六皇子了，看得出來，六皇子亦挺喜歡她的。事情和上輩子不一樣了，娘親肯定會沒事的。

至於老夫人和二房總算是忍耐不住，想要出手了。不怕她們不出手，就怕她們沒動靜，只要有動靜，那就能抓到小辮子。只要她們動手，這個陷阱就沒白設。

沈如意屈指在掌心敲了兩下，等她們都掉進去，這陷阱就可以收網了。將二房和三房趕出京城，將老夫人給徹底困起來，將這侯府給收拾乾淨，以後，就不用再擔心了。

對了，還有個王姨娘呢……不過，王姨娘是聰明人，這次的事情，王姨娘可是也幫了忙。

沈如意想東想西的，糟心事情想太多了就轉換一下，想想今兒過來的六皇子。以前她想到六皇子，心裡是猶豫，現在再想到六皇子，則是有一種喜孜孜的感覺。

知道有人在那裡等著妳，妳高興的時候他替妳高興，妳難過的時候他更難過，妳為難的時候他會想盡辦法幫助妳，妳的喜好他會掛在心上，妳的事情他會看得比自己的還重要。

這種被人放在心裡、捧在手裡的感覺，實在是太美妙了。

當然，不是說沈如意缺乏關愛，所以就覺得六皇子很重要。若是論重要程度，那沈夫人能為沈如意給出自己的性命，將沈如意看得比自己還重要，光這一點，六皇子怕是比不上。

但這不一樣，沈如意揉揉胸口，感覺太玄妙，讓她用語言來描述，她是有些說不出來，可心裡的感覺是騙不了人的。而且，沈如意現在發現，想到四皇子的時候，只要趕緊再想一想六皇子，心裡原先的那些不甘和惱怒，就會消失很多。

四皇子和她有什麼關係呢？上輩子四皇子唯一對不起她的事情就是冷落了她，然後在她做錯了幾件事情之後，將管家權拿走送給了韋側妃。

可那些錯事，是四皇子讓她做的嗎？反而是她做錯的那些事情，讓四皇子在其他皇子面前十分沒臉，奪了她的管家權，那也很正常。四皇子不是沒事做，他哪有空去教導沈如意應該如何做一個王妃？

她的死，和四皇子即使有間接的關係，那也是韋側妃錯得更多。她連韋側妃都不怨恨了，為什麼要去怨恨四皇子？再說，現在她的生活如此美滿，以後的人生會更加幸福，她哪有空去怨恨、去報仇？

有這個時間，還不如多做一些點心，多抱抱自己的弟弟，多看幾本書，多和六皇子說說話、聊聊天。

四皇子是什麼人？和她有什麼關係？憑什麼自己要將大半注意力放在四皇子身上？平日裡的生活中，有更多的事情需要她注意呢，四皇子算什麼？連帳本上的一列數字都比不上，自己何必時常去想呢？

越想越通透，放下了這些心結，徹底拋開對上輩子的怨念和憤恨，沈如意越發感到輕鬆了，閉上眼睛不到一刻鐘，就陷入了沈睡。

——未完，待續，請看文創風277《如意盈門》3完結篇

2015年2月出版

被休的代嫁

文創風 270～272

突來一場車禍，不良於行的她穿到陌生朝代，而且還能站了？
但偏偏穿成怯弱又不受寵的庶女，立馬被逼著代姊妹出嫁！
如今兩眼一抹黑，只好先乖乖出嫁，再想法子被休吧……

嘻笑中寫出真心，吵鬧中鋪陳真情／安濘

不良於行的蕭雲遇上車禍，沒想到穿越來了陌生朝代，還能走能站！
但開心不久她立刻發現身陷險境，姊妹逼她代嫁王爺，
她人單勢孤，只好先嫁再說，
再找個法子激怒王爺，騙到休書逍遙去～～
被休之後做個下堂妻又如何？既來之，正好讓她大展身手，
不如以前世的「專業技能」，開創這朝代的娛樂事業！
只是她已下堂，為何前夫還要追著她跑？
恐怕不是「念念不忘」而已吧；
蕭雲當機立斷閃人去，可是又能閃去哪呢……
最危險的地方就是最安全的地方，前夫的「好兄弟」趙王如今在家養傷，
瞧他是個寡言謹慎的，乾脆去他府上做個復健師，
包吃包住兼躲人，那就平安無事啦……

文創風
276

如意盈門 2

國家圖書館出版品預行編目資料

如意盈門 / 暖日晴雲著. --
初版. -- 臺北市 : 狗屋, 2015.03
冊 ; 公分. --（文創風）
ISBN 978-986-328-429-1（第2冊 : 平裝）. --

857.7 104001127

著作者 暖日晴雲
編輯 黃鈺菁
校對 黃薇霓 蔡佾岑
發行所 狗屋出版社有限公司
地址 台北市104中山區龍江路71巷15號1樓
電話 02-2776-5889～0
發行字號 局版台業字845號
法律顧問 蕭雄淋律師
總經銷 知遠文化事業有限公司
電話 02-2664-8800
初版 2015年3月
國際書碼 ISBN-13 978-986-328-429-1
原著書名 《重生之一世如意》，由北京晉江原創網絡科技有限公司授權出版

定價250元
狗屋劃撥帳號：19001626
網址：love.doghouse.com.tw E-mail：love@doghouse.com.tw